aug 2 here
16 *gent* 197-224
30 ~~Vicky~~ O.l.ﾝ
1
2

10859475

COLLECTION FOLIO

Marie NDiaye

Trois femmes puissantes

Gallimard

© *Éditions Gallimard, 2009.*

Marie NDiaye est née en 1967 à Pithiviers. Elle est l'auteur d'une douzaine de livres — romans, nouvelles, théâtre. Elle a obtenu le prix Femina en 2001 pour *Rosie Carpe*, le prix Goncourt en 2009 pour *Trois femmes puissantes*, et sa pièce de théâtre *Papa doit manger* est entrée au répertoire de la Comédie-Française.

À Laurène, Silvère, Romaric

Et celui qui l'accueillit ou qui parut comme for-
tuitement sur le seuil de sa grande maison de béton,
dans une intensité de lumière soudain si forte que son
corps vêtu de clair paraissait la produire et la répandre
lui-même, cet homme qui se tenait là, petit, alourdi,
diffusant un éclat blanc comme une ampoule au néon,
cet homme surgi au seuil de sa maison démesurée
n'avait plus rien, se dit aussitôt Norah, de sa superbe,
de sa stature, de sa jeunesse auparavant si mystérieu-
sement constante qu'elle semblait impérissable.

Il gardait les mains croisées sur son ventre et la tête
inclinée sur le côté, et cette tête était grise et ce ventre
saillant et mou sous la chemise blanche, au-dessus de
la ceinture du pantalon crème.

Il était là, nimbé de brillance froide, tombé sans
doute sur le seuil de sa maison arrogante depuis la
branche de quelque flamboyant dont le jardin était
planté car, se dit Norah, elle s'était approchée de la
maison en fixant du regard la porte d'entrée à travers
la grille et ne l'avait pas vue s'ouvrir pour livrer passage à son père — et voilà que, pourtant, il lui était

apparu dans le jour finissant, cet homme irradiant et déchu dont un monstrueux coup de masse sur le crâne semblait avoir ravalé les proportions harmonieuses que Norah se rappelait à celles d'un gros homme sans cou, aux jambes lourdes et brèves.

Immobile il la regardait s'avancer et rien dans son regard hésitant, un peu perdu, ne révélait qu'il attendait sa venue ni qu'il lui avait demandé, l'avait instamment priée (pour autant, songeait-elle, qu'un tel homme fût capable d'implorer un quelconque secours) de lui rendre visite.

Il était simplement là, ayant quitté peut-être d'un coup d'aile la grosse branche du flamboyant qui ombrageait de jaune la maison, pour atterrir pesamment sur le seuil de béton fissuré, et c'était comme si seul le hasard portait les pas de Norah vers la grille à cet instant.

Et cet homme qui pouvait transformer toute adjuration de sa propre part en sollicitation à son égard la regarda pousser la grille et pénétrer dans le jardin avec l'air d'un hôte qui, légèrement importuné, s'efforce de le cacher, la main en visière au-dessus de ses yeux bien que le soir eût déjà noyé d'ombre le seuil qu'illuminait cependant son étrange personne rayonnante, électrique.

— Tiens, c'est toi, fit-il de sa voix sourde, faible, peu assurée en français malgré sa maîtrise excellente de la langue mais comme si l'orgueilleuse appréhension qu'il avait toujours eue de certaines fautes difficiles à éviter avait fini par faire trembloter sa voix même.

Norah ne répondit pas.

Elle l'étreignit brièvement, sans le presser contre elle, se rappelant qu'il détestait le contact physique à la façon presque imperceptible dont la chair flasque des bras de son père se rétractait sous ses doigts.

Il lui sembla percevoir un relent de moisi.

Odeur provenant de la floraison abondante, épuisée du gros flamboyant jaune qui poussait ses branches au-dessus du toit plat de la maison et parmi les feuilles duquel nichait peut-être cet homme secret et présomptueux, à l'affût, songeait Norah gênée, du moindre bruit de pas s'approchant de la grille pour prendre son essor et gauchement se poser sur le seuil de sa vaste demeure aux murs de béton brut, ou provenant, cette odeur, du corps même ou des vêtements de son père, de sa peau de vieux, plissée, couleur de cendre, elle ne le savait, elle n'aurait su le dire.

Tout au plus pouvait-elle affirmer qu'il portait ce jour-là, qu'il portait sans doute toujours maintenant, songeait-elle, une chemise froissée et tachée d'auréoles de sueur et que son pantalon était verdi et lustré aux genoux où il pochait vilainement, soit que, trop pesant volatile, il tombât chaque fois qu'il prenait contact avec le sol, soit, songeait Norah avec une pitié un peu lasse, qu'il fût lui aussi, après tout, devenu un vieil homme négligé, indifférent ou aveugle à la malpropreté bien que gardant les habitudes d'une conventionnelle élégance, s'habillant comme il l'avait toujours fait de blanc et de beurre frais et jamais n'apparaissant fût-ce au seuil de sa maison inachevée sans avoir remonté son nœud de cravate, de quelque salon poussiéreux qu'il pût être sorti, de quelque flamboyant exténué de fleurir qu'il pût s'être envolé.

13

Norah, qui arrivait de l'aéroport, avait pris un taxi puis marché longuement dans la chaleur car elle avait oublié l'adresse précise de son père et n'avait pu se retrouver qu'en reconnaissant la maison, se sentait collante et sale, diminuée.

Elle portait une robe vert tilleul, sans manches, semée de petites fleurs jaunes assez semblables à celles qui jonchaient le seuil tombées du flamboyant, et des sandales plates du même vert doux.

Et elle remarqua, ébranlée, que les pieds de son père étaient chaussés de tongs en plastique, lui qui avait toujours mis un point d'honneur, lui semblait-il, à ne jamais se montrer qu'avec des souliers cirés, beiges ou blanc cassé.

Était-ce parce que cet homme débraillé avait perdu toute légitimité pour porter sur elle un regard critique ou déçu ou sévère, ou parce que, forte de ses trente-huit ans, elle ne s'inquiétait plus avant toute chose du jugement provoqué par son apparence, elle se dit en tout cas qu'elle se serait sentie embarrassée, mortifiée de se présenter, quinze ans auparavant, suante et fatiguée devant son père dont le physique et l'allure n'étaient alors jamais affectés par le moindre signe de faiblesse ou de sensibilité à la canicule, tandis que cela lui était indifférent aujourd'hui et que, même, elle offrait à l'attention de son père, sans le détourner, un visage nu, luisant qu'elle n'avait pas pris la peine de poudrer dans le taxi, se disant, surprise : Comment ai-je pu accorder de l'importance à tout cela, se disant encore avec une gaieté un peu acide, un peu rancuneuse : Qu'il pense donc de moi ce qu'il veut, car elle se souvenait de remarques cruelles, offensantes, proférées avec désinvolture par cet homme supérieur lorsque adolescentes elle et sa sœur venaient le voir et qui toutes concernaient leur manque d'élégance ou l'absence de rouge sur leurs lèvres.

Elle aurait aimé lui dire maintenant : Tu te rends compte, tu nous parlais comme à des femmes et comme si nous avions un devoir de séduction, alors que nous étions des gamines et que nous étions tes filles.

Elle aurait aimé le lui dire avec une légèreté à peine grondeuse, comme si cela n'avait été qu'une forme de l'humour un peu rude de son père, et qu'ils en sourient ensemble, lui avec un rien de contrition.

Mais le voyant là debout dans ses tongs en plastique, sur le seuil de béton parsemé des fleurs pourrissantes qu'il faisait tomber peut-être lorsque, d'une aile lourde et lasse, il quittait le flamboyant, elle réalisa qu'il ne se souciait pas davantage de l'examiner et de formuler un jugement sur son allure qu'il n'eût entendu, compris la plus insistante allusion aux méchantes appréciations qu'il lançait autrefois.

Il avait l'œil creusé, le regard lointain, un peu fixe.

Elle se demanda alors s'il se souvenait vraiment de lui avoir écrit pour lui demander de venir.

— Si on entrait ? dit-elle en changeant d'épaule son sac de voyage.

— Masseck !

Il frappa dans ses mains.

La lueur glaciale, presque bleutée que dispensait son corps informe parut croître en intensité.

Un vieillard en bermuda et polo déchiré, pieds nus, sortit de la maison d'un pas vif.

— Prends le sac, ordonna le père de Norah.

Puis, s'adressant à elle :

— C'est Masseck, tu le reconnais ?

— Je peux porter mon sac, dit-elle, regrettant aussitôt ces mots qui ne pouvaient que froisser le serviteur habitué, malgré son âge, à soulever et transporter les charges les plus incommodes, le lui tendant alors avec une telle impétuosité que, non préparé, il chancela, avant de se rétablir et de jeter le sac sur son dos puis, courbé, de rentrer dans la maison. La dernière fois que je suis venue, c'était Mansour, dit-elle. Masseck, je ne le connais pas.

— Quel Mansour ? fit son père avec cet air soudain égaré, presque consterné qu'elle ne lui avait jamais vu autrefois.

— Je ne connais pas son nom de famille mais, ce Mansour, il a vécu ici des années et des années, dit Norah qui sentait peu à peu l'emprise d'une gêne poisseuse, étouffante.

— C'était peut-être le père de Masseck, alors.

— Oh non, murmura-t-elle, Masseck est bien trop âgé pour être le fils de Mansour.

Et comme son père avait l'air de plus en plus désorienté et semblait même tout près de se demander si elle ne se jouait pas de lui, elle ajouta rapidement :

— Mais vraiment ça n'a pas d'importance.

— Je n'ai jamais eu de Mansour à mon service, tu te trompes, dit-il avec un fin sourire arrogant, condescendant, qui, première manifestation de l'ancienne personnalité de son père et pour agaçant qu'eût tou-

16

jours été ce petit sourire dédaigneux, réchauffa le cœur de Norah, comme s'il importait que cet homme suffisant continuât de s'entêter à avoir le dernier mot plus encore qu'il eût raison.

Car elle était certaine de la présence d'un Mansour, diligent, patient, efficace, aux côtés de son père des années durant, et si sa sœur et elle n'étaient venues depuis l'enfance, en fin de compte, guère plus de trois ou quatre fois dans cette maison, c'est Mansour qu'elles y avaient vu et jamais ce Masseck au visage inconnu.

À peine entrée, Norah sentit à quel point la maison était vide.

Il faisait nuit maintenant.

Le grand salon était obscur, silencieux.

Son père alluma un lampadaire, une pauvre lumière, de celles que propagent les ampoules de quarante watts, découvrit le milieu de la pièce avec sa longue table au plateau de verre.

Sur les murs au crépi rugueux Norah reconnut les photos encadrées du village de vacances que son père avait possédé et dirigé et qui avait fait sa fortune.

Un grand nombre de personnes avaient toujours vécu chez cet homme orgueilleux de sa réussite, non pas tant généreux, avait toujours pensé Norah, que fier de montrer qu'il était capable de loger et d'entretenir frères et sœurs, neveux et nièces, parents divers, de sorte que Norah n'avait jamais vu le grand salon dépeuplé, quel que fût le moment de la journée où elle s'y était trouvée.

Toujours des enfants se vautraient sur les canapés, ventre en l'air comme des chats repus, des hommes buvaient le thé en regardant la télévision, des femmes allaient et venaient depuis la cuisine ou les chambres.

Ce soir-là, déserte, la pièce dévoilait crûment la dureté de ses matériaux, carrelage brillant, murs de ciment, étroit bandeau de fenêtres.

— Ta femme n'est pas là ? demanda Norah.

Il écarta deux chaises de la grande table, les approcha l'une de l'autre, puis se ravisa, les remit à leur place.

Il alluma la télévision et l'éteignit avant même que la moindre image eût eu le temps d'apparaître.

Il se déplaçait en raclant ses tongs sur le carrelage, sans soulever les pieds.

Ses lèvres tremblaient légèrement.

— Elle est partie en voyage, laissa-t-il tomber enfin.

Oh, se dit Norah avec inquiétude, il n'ose pas avouer qu'elle l'a quitté probablement.

— Et Sony ? Où est Sony ?

— Pareil, dit-il dans un souffle.

— Sony est parti en voyage ?

Et que son père qui avait eu tant de femmes et tant d'enfants, que cet homme sans beauté particulière mais brillant, astucieux, impitoyable et rapide et qui, sorti de la misère, avait toujours vécu entouré de toute une petite société reconnaissante et soumise une fois sa fortune établie, que cet homme gâté se retrouvât seul et peut-être abandonné flattait chez Norah, à son corps défendant, une vieille et vague rancune.

Il lui semblait que son père recevait enfin la leçon

que la vie aurait dû lui faire entrer dans le cœur bien plus tôt.

Mais de quelle sorte était cette leçon?

Elle se sentait, songeant ainsi, mesquine et vile.

Car si son père avait abrité des gens intéressés, si son père n'avait jamais eu d'amis véritables ni de femmes sincères (à l'exception, pensait Norah, de sa mère à elle) et pas même d'enfants aimants, et si, âgé, amoindri, sans doute moins florissant, il traînait solitaire dans sa maison lugubre, en quoi une respectable, une absolue morale s'en trouvait-elle confortée et pourquoi Norah s'en féliciterait-elle, du haut de sa vertu de fille jalouse enfin vengée de n'avoir jamais appartenu au cercle des proches de son père?

Et se sentant mesquine et vile elle avait honte maintenant de sa peau échauffée, humide, de sa robe froissée.

Comme pour rattraper ses mauvaises pensées, comme pour s'assurer qu'il ne resterait pas trop long-temps seul, elle demanda :

— Sony va rentrer bientôt?

— Il te le dira lui-même, murmura son père.

— Comment cela, s'il est absent?

— Masseck! cria-t-il en frappant ses mains l'une contre l'autre.

De petites fleurs jaunes de flamboyant voletèrent de ses épaules ou de sa nuque sur le carrelage et du bout d'une de ses tongs, d'un mouvement preste, il les écrasa.

Norah eut alors l'impression qu'il piétinait sa robe semée de fleurs semblables.

Masseck arriva en poussant un chariot chargé de

plats, d'assiettes et de couverts et entreprit de disposer le tout sur la table de verre.

— Assieds-toi, dit le père, on va manger.

— Je vais me laver les mains avant.

Elle retrouvait dans son propre ton cette volubilité tranchante dont elle n'usait jamais avec qui que ce fût d'autre que son père et qui avait pour intention de prévenir toute tentative de la part de celui-ci pour faire exécuter par Masseck, par Mansour autrefois, ce qu'elle s'apprêtait à effectuer, sachant qu'il détestait tellement voir ses hôtes s'acquitter chez lui de la moindre tâche et paraître ainsi douter de la compétence de ses serviteurs qu'il était capable de lui dire : Masseck se lavera les mains pour toi, et de ne pas imaginer qu'elle n'obéirait pas comme lui avaient toujours obéi jeunes ou vieux autour de lui.

Mais son père l'avait à peine entendue.

Il s'était assis, il suivait d'un œil absent les gestes de Masseck.

Elle lui trouva la peau noirâtre, moins foncée qu'avant, sans éclat.

Il bâilla comme un chien, silencieux, la bouche très grande ouverte.

Elle fut certaine alors que la douce senteur fétide qu'elle avait remarquée sur le seuil venait à la fois du flamboyant et du corps de son père car l'homme tout entier baignait dans la lente corruption des fleurs jaune orangé — cet homme, se dit-elle, qui avait pris si grand soin de la pureté de son apparence, qui ne s'était parfumé qu'aux essences les plus chics, cet homme altier et inquiet qui jamais n'avait voulu exhaler sa véritable odeur !

Pauvre de lui, qui aurait pensé qu'il deviendrait un vieil oiseau épais, à la volée malhabile et aux fortes émanations?

Elle prit la direction de la cuisine, suivit un long couloir de béton qu'une ampoule tout obscurcie par les chiures de mouches éclairait à peine.

La cuisine était la plus petite pièce et la plus malcommode de cette maison disproportionnée et cela aussi, Norah s'en souvenait, elle l'avait inscrit dans l'inépuisable colonne des griefs à l'encontre de son père, sachant bien qu'elle ne lui ferait part ni des graves ni des bénins, sachant bien qu'elle ne pourrait jamais rappeler dans la réalité du face-à-face avec cet homme insondable l'audace dont elle ne manquait pas au loin pour l'accabler de reproches, et de ce fait mécontente, déçue par elle-même et plus fâchée encore contre lui de plier le genou, de n'oser rien lui dire.

Son père se moquait bien de faire travailler ses serviteurs dans un endroit pénible et fatigant, puisque lui-même ni ses invités n'y mettaient jamais les pieds.

Une telle réflexion, il ne pourrait pas la comprendre et, se disait-elle avec une rancœur excédée, il la mettrait au compte d'une sensiblerie typique et de son sexe et du monde dans lequel elle vivait et dont la culture n'était pas la sienne.

Nous n'avons pas le même pays, les sociétés sont différentes, dirait-il à peu près, docte, condescendant, convoquant peut-être Masseck pour lui demander devant elle si la cuisine lui convenait, à quoi Masseck répondrait par l'affirmative et son père, sans même jeter à Norah un regard triomphant car cela donnerait de l'importance à un sujet qui ne pouvait en avoir, considérerait simplement le sujet clos.

Cela n'a ni sens ni intérêt d'avoir pour père un homme avec lequel on ne peut littéralement pas s'entendre et dont l'affection a toujours été improbable, songeait-elle une fois de plus, calmement néanmoins, sans plus frémir maintenant de ce sentiment d'impuissance, de colère et de découragement qui la ravageait autrefois lorsque les circonstances lui faisaient cogner du front contre les irrémédiables différences d'éducation, de point de vue, de perception du monde entre cet homme aux passions froides, qui n'avait passé en France que quelques années, et elle-même qui y vivait depuis toujours et dont le cœur était ardent et vulnérable.

Elle était pourtant là, dans la maison de son père, elle était pourtant venue quand il l'avait appelée.

Et cette émotivité qu'il méprisait sans retenue, méprisant avec elle sa propre fille et tout l'Occident avachi et féminisé, si elle en avait été un peu moins pourvue elle aurait trouvé n'importe quel prétexte pour s'éviter un tel voyage — ... *et tu me ferais honneur et un plaisir insigne en voulant bien, si tes forces te le permettent, te séparer pour un temps plus ou moins long de ta famille pour venir chez moi, ton père, car j'ai à te parler de choses importantes et graves...*

Oh, comme elle regrettait déjà d'avoir fléchi, comme elle aspirait à rentrer chez elle, à s'occuper de sa propre vie.

Une mince jeune fille en débardeur et pagne élimé lavait des marmites dans le petit évier de la cuisine.

La table était couverte des plats qui attendaient, comprit Norah, de leur être servis à elle et à son père.

Abasourdie, elle aperçut du poulet rôti, du couscous, du riz au safran, une viande sombre dans une sauce à l'arachide, d'autres mets encore qu'elle devinait sous les couvercles transparents et embués, surabondance qui lui coupa les jambes et se mit déjà à peser sur son estomac.

Elle se glissa entre la table et l'évier et attendit que la jeune fille eût fini, avec peine, de rincer un grand fait-tout.

L'évier était si étroit que les parois du récipient ne cessaient de heurter les bords ou le robinet, et comme il était dépourvu de paillasse la jeune fille devait s'accroupir pour poser à terre, sur un torchon étalé, la vaisselle à égoutter.

Encore une fois, la preuve du médiocre souci qu'avait son père du confort de ses domestiques exaspéra Norah.

Elle se lava les mains rapidement tout en adressant à la jeune fille sourires et petits signes de tête.

Et quand elle lui eut demandé son nom et que la jeune fille, après un temps de silence (comme, songea Norah, pour enchâsser sa réponse dans une monture d'importance), eut déclaré : Khady Demba, la tranquille fierté de sa voix ferme, de son regard direct étonna Norah, l'apaisa, chassa un peu l'irritation de son cœur, la fatigue inquiète et le ressentiment.

La voix de son père résonnait depuis le fond du couloir.

Il l'appelait avec impatience.

Elle se hâta de le rejoindre et le trouva contrarié, pressé d'attaquer le taboulé aux crevettes et aux fruits que Masseck avait servi dans les deux assiettes qui se faisaient face.

À peine fut-elle assise qu'il se mit à manger goulûment, la figure presque au ras de la nourriture, et cette voracité entièrement dénuée de discours et de faux-semblants s'accordait si mal avec les anciennes manières de cet homme facilement affété que Norah faillit lui demander s'il avait jeûné, pensant qu'il était bien capable, pour peu que ses difficultés financières fussent telles qu'elle le supposait, d'avoir fait concentrer sur ce dîner, pour l'épater, les provisions des trois jours précédents.

Masseck apportait plat après plat à un rythme que Norah ne pouvait suivre.

Elle fut soulagée de voir que son père ne prêtait aucune attention à ce qu'elle mangeait.

Il ne levait la tête que pour scruter d'un œil à la fois soupçonneux et avide ce que Masseck venait de poser sur la table, et lorsqu'une fois il regarda furtivement vers l'assiette de Norah, ce fut avec un air d'appréhension si enfantin qu'elle comprit qu'il s'assurait simplement que Masseck ne l'avait pas servie plus copieusement que lui.

Elle en fut bouleversée.

Son père, cet homme loquace, volontiers phraseur, restait silencieux.

Seuls s'entendaient dans la maison désolée le bruit des couverts, le frottement des pieds de Masseck sur le carrelage, peut-être aussi le bruissement sur la toiture de tôle des plus hautes branches du flamboyant

— appelait-il son père, se demanda-t-elle vaguement, l'appelait-il pour la nuit, cet arbre solitaire ?

Il continuait de manger, passant de l'agneau grillé au poulet en sauce, respirant à peine entre deux bouchées, se gavant sans joie.

Pour finir, Masseck lui présenta une mangue coupée en morceaux.

Il fourra un morceau dans sa bouche, puis un autre, et Norah le vit mastiquer avec difficulté et tenter d'avaler mais en vain.

Il cracha la bouillie de mangue dans son assiette.

Ses joues ruisselaient de larmes.

Une chaleur intense monta aux propres joues de Norah.

Elle se leva, s'entendant balbutier elle ne savait quoi, vint se placer derrière lui et ne sut alors que faire de ses mains, elle qui ne s'était jamais trouvée dans la situation ni de réconforter son père ni de lui témoigner davantage que des égards formels, contraints, entachés de rancœur.

Elle chercha Masseck du regard mais il avait quitté la pièce avec les derniers plats.

Son père pleurait toujours, muettement, le visage vide d'expression.

Elle s'assit près de lui, tendit son front au plus près de sa figure mouillée, ravinée.

Elle pouvait sentir, derrière l'odeur de la nourriture, des jus épicés, celle, doucereuse, des fleurs corrompues du grand arbre, elle pouvait voir le col malpropre de la chemise, comme son père gardait la tête un peu penchée.

Lui revint alors à l'esprit une nouvelle que lui avait

donnée son frère Sony deux ou trois ans auparavant et que son père, lui, n'avait jamais jugé bon de leur divulguer, à elle et à sa sœur, ce dont Norah lui avait voulu avant d'oublier et l'information et l'amertume suscitée par ce silence, et les deux la traversèrent en même temps de nouveau et sa voix en fut un peu acerbe alors qu'elle ne voulait qu'être consolante.

— Où sont tes enfants, dis-moi ?

Elle se rappelait qu'il s'agissait de jumeaux mais de quel sexe, elle ne s'en souvenait pas.

Il la regarda d'un air désemparé.

— Mes enfants ?

— Les derniers, dit-elle, que tu as eus, enfin je crois. Est-ce que ta femme les a emmenés avec elle ?

— Les petites ? Oh, elles sont là, oui, murmura-t-il en se détournant, et c'était comme si, déçu, il avait espéré qu'elle lui parlait de quelque chose qu'il ignorait ou dont il n'avait pas saisi toutes les implications et qui, d'une étrange et merveilleuse façon, le sauverait.

Elle ne put retenir un petit frisson de triomphe malveillant, vengeur.

Sony était donc le seul fils de cet homme qui n'aimait ni n'estimait guère les filles.

Accablé, submergé d'inutiles et mortifiantes femelles pas même jolies, se disait tranquillement Norah en pensant à elle-même et à sa sœur qui avaient toujours eu, pour leur père, le défaut rédhibitoire d'être trop typées, c'est-à-dire de lui ressembler davantage qu'à leur mère, témoignant ainsi fâcheusement de l'inanité de son mariage avec une Française — car, cette histoire, qu'aurait-elle pu lui apporter de bon sinon des enfants presque blancs et des fils de bonne facture ?

Or cela avait échoué.

Elle posa doucement la main sur son épaule.

Troublée par ailleurs, elle se sentait pleine d'une ironique compassion.

— J'aimerais les rencontrer, dit-elle, ajoutant aussitôt pour ne pas l'entendre demander de qui il était question : Tes deux filles, les petites.

L'épaule grasse de son père se dégagea de sa main, mouvement involontaire pour signifier que nulle circonstance n'autorisait une telle familiarité.

Il se leva pesamment, essuya son visage sur la manche de sa chemise.

Il poussa au fond de la pièce une vilaine porte vitrée, alluma l'unique ampoule qui éclairait un nouveau couloir étroit et long, tout de béton gris, sur lequel, Norah s'en souvenait, ouvraient comme autant de cellules de petites chambres carrées qu'habitait autrefois la nombreuse parentèle de son père.

Elle était certaine, à la façon dont leurs pas, dont le souffle bruyant, irrégulier de son père résonnaient dans le silence, que ces pièces étaient vides aujourd'hui.

Il lui semblait marcher depuis de longues minutes déjà lorsque le couloir obliqua, puis encore une fois dans l'autre sens, devenant alors presque obscur et si étouffant que Norah faillit tourner les talons.

Son père s'arrêta devant une porte fermée.

Il saisit la poignée et demeura un instant immobile, l'oreille contre le battant, et Norah ne sut s'il tâchait d'entendre quelque bruit de l'intérieur ou s'il ramassait toutes ses forces mentales avant de se décider à ouvrir, mais l'attitude de cet homme à la fois méconnaissable et sempiternellement illusoire (oh, l'incorrigible croyance, quand elle ne l'avait pas vu pendant plusieurs années, que le temps l'aurait amendé et rapproché d'elle !) lui déplaisait et l'inquiétait plus encore qu'autrefois, quand on n'était jamais sûr qu'il n'allait pas, dans son impudence effrénée, sa gaieté arrogante, sans humour, lancer quelque remarque d'une inoubliable cruauté.

D'un mouvement brusque, comme pour surprendre et compromettre, il ouvrit la porte.

Il s'effaça aussitôt, avec effroi et répugnance, pour laisser entrer Norah.

La petite pièce était éclairée d'une lampe à abat-jour rose posée sur une table de nuit entre deux lits dont l'un, le plus étroit, était occupé par la jeune fille que Norah avait vue dans la cuisine et qui lui avait dit s'appeler Khady Demba et qui avait, observa Norah, le lobe de l'oreille droite coupé en deux.

Assise en tailleur sur le matelas, elle cousait une petite robe verte.

Elle jeta un coup d'œil à Norah, lui sourit brièvement.

Deux fillettes dormaient dans l'autre lit, tournées l'une vers l'autre, sous un drap blanc.

Avec un léger serrement de cœur, Norah songea que ces deux visages d'enfant étaient les plus beaux qu'elle eût jamais vus.

Peut-être éveillées par la touffeur qui parvenait du couloir dans la chambre climatisée ou par une imperceptible modification de la quiétude ambiante, les fillettes ouvrirent les yeux en même temps.

Elles les posèrent sur leur père, graves, impitoyables, sans chaleur aucune, sans plaisir de le voir, sans crainte non plus, tandis qu'il paraissait, observa Norah stupéfaite, se liquéfier sous ce regard, son crâne aux cheveux ras et sa figure et son cou dans l'échancrure de la chemise dégouttant soudain d'une sueur à l'odeur âcre et forte de fleurs piétinées.

Et cet homme qui avait su répandre autour de lui une atmosphère de peur sourde et que nul n'avait jamais intimidé semblait terrifié.

Que redoutait-il de la part de toutes petites filles, se demanda Norah, et si merveilleusement jolies, enfants miraculeuses de son grand âge, qu'elles devaient pouvoir faire oublier leur sexe mineur et le peu de beauté des deux premières filles, Norah et sa sœur — comment des enfants aussi enviables pouvaient-elles l'épouvanter ?

Elle s'approcha du lit, s'agenouilla, souriante, à hauteur des deux petites figures identiques, rondes, sombres, délicates comme des têtes de phoque posées sur le sable.

À cet instant les premières mesures de *Mrs Robinson* retentirent dans la pièce.

Tout le monde sursauta, même Norah qui avait pourtant reconnu la sonnerie de son portable et plongeait la main dans la poche de sa robe, prête à couper l'appareil puis, s'apercevant que l'appel venait de chez elle, le portant à son oreille avec gêne dans le silence de la chambre qui semblait avoir changé de nature et, de calme, lourd, léthargique, était devenu attentif, vaguement inamical.

Comme dans l'attente de paroles définitives et claires qui leur feraient choisir de me tenir à l'écart ou de m'accepter parmi eux.

— Maman, c'est moi ! cria la voix de Lucie.

— Bonjour, ma chérie. Tu peux parler moins fort, je t'entends bien, dit-elle le front brûlant de confusion. Que se passe-t-il ?

— Rien ! Là, on fait des crêpes avec Grete. On va aller au cinéma. On s'amuse bien.

— Formidable, souffla-t-elle, je t'embrasse, je te rappellerai.

Elle ferma l'appareil d'un coup sec, le fit glisser dans sa poche.

Les deux fillettes faisaient mine de dormir, paupières frémissantes, lèvres scellées.

Déçue, Norah leur caressa la joue, puis elle se releva, salua Khady, sortit de la chambre avec son père qui referma soigneusement la porte.

Elle pensa avec mauvaise humeur qu'il semblait, une fois de plus, avoir échoué à nouer avec ses enfants une relation tendre et simple, elle pensa qu'un homme qui se faisait accueillir par un regard aussi implacable ne méritait pas les belles petites filles de sa vieillesse, elle pensa encore que rien ni personne ne pouvait réformer un tel homme car il aurait fallu rien moins que lui arracher le cœur.

Mais cependant qu'elle le suivait en sens inverse dans le couloir lugubre et qu'elle sentait, maintenant, le poids léger de son portable qui battait sur sa cuisse, elle s'avouait, maussade, contrariée, que cette irritation contre son père s'amplifiait de ce qu'elle avait cru deviner d'excitation outrancière dans la voix de Lucie et que les remarques acrimonieuses qu'elle ne pouvait ou n'osait adresser à Jakob, l'homme avec lequel elle vivait depuis un an, allaient se ficher droit dans le dos de son père qui la précédait, innocent, voûté, adipeux, dans le couloir lugubre.

Car elle voyait en esprit son cher appartement de Paris, emblème intime et modeste de sa persévérance, de sa discrète réussite, où, après y avoir vécu quelques années seule avec Lucie, elle avait introduit Jakob et la propre fille de celui-ci, Grete, et fait entrer du coup le désordre et l'égarement, alors que dans l'achat (avec un crédit de trente ans) de ce trois-pièces de la Goutte d'Or avait prévalu le désir spirituel d'en finir précisément avec la confusion dont son père aux ailes repliées sous sa chemise, aujourd'hui âgé, usé, énorme et insolite dans le couloir lugubre, avait été sa vie durant l'angoissante incarnation.

Oh, elle l'avait bien senti à la voix de Lucie : trop haute, rapide, haletante — l'appartement devait être en ce moment même le théâtre de ces démonstrations d'enthousiasme paternel qu'elle détestait, qui se distinguait par le refus ostentatoire chez Jakob d'imposer la moindre contrainte, d'exercer la moindre autorité sur les deux filles de sept ans, et par le lancement abondamment commenté, joyeux à grands frais, d'une préparation culinaire qu'il n'avait souvent pas les capacités ni le goût ni la patience de mener à son terme, de telle sorte que les pâtes à crêpes ou à gâteaux n'étaient jamais mises à cuire et qu'il avait entre-temps proposé une autre activité ou une sortie, de sa voix elle-même soudain trop haute, rapide, haletante que les fillettes imitaient et qui les banderillait si bien qu'elles finissaient souvent par s'écrouler en pleurs, rompues d'énervement et aussi, pensait Norah, du sentiment obscur que la journée, malgré les rires et les clameurs, avait été vaine, fausse, bizarre.

Oh, elle l'avait bien senti à la voix de Lucie — et Norah s'inquiétait déjà de ne pas être là-bas, ou plutôt l'inquiétude qui avait tenté de <u>poindre</u> à mesure qu'approchait le jour de son départ et qu'elle avait fermement muselée, elle lui donnait libre cours, non qu'il y eût quoi que ce fût d'objectivement dangereux à laisser les filles à la garde de Jakob mais l'idée l'oppressait que les valeurs de discipline, de frugalité, d'altière morale qu'il lui semblait avoir réunies dans son petit appartement, qui devaient représenter et orner sa vie même et fonder l'enfance de Lucie, soient dévastées en son absence, avec une allégresse froide, méthodique, par un homme que rien ne l'avait obligée à introduire chez elle, sinon l'amour et l'espoir.

Elle n'arrivait plus aujourd'hui à reconnaître l'amour sous la déception, elle n'avait plus l'espoir d'une vie de famille ordonnée, sobre, harmonieuse.

Elle avait ouvert sa porte et le mal était entré, souriant et doux et obstiné.

Après des années de méfiance, lorsqu'elle avait quitté le père de Lucie puis acheté cet appartement, après des années d'austère édification d'une existence honorable, elle avait ouvert sa porte à l'anéantissement de cette existence.

Honte à elle.

Elle ne pouvait le dire à personne.

Rien ne lui semblait exprimable ni compréhensible dans l'erreur qu'elle avait commise — cette faute, ce crime à l'encontre de ses propres efforts.

Ni sa mère ni sa sœur ni ses quelques amis ne pouvaient concevoir comment Jakob et sa fille Grete, tous deux prévenants et tendres, séduisants et bien élevés, travaillaient subtilement à détruire le bel aplomb qu'avait enfin trouvé la vie de Norah et Lucie ensemble, avant que Norah ouvrît complaisamment, comme si trop de défiance avait fini par l'aveugler, sa porte au mal charmant.

Comme elle se sentait seule !

Comme elle se sentait stupide et captive !

Honte à elle.

Mais quels mots pouvait-elle trouver, assez précis pour leur faire comprendre le malaise, l'indignation qu'elle avait éprouvés deux ou trois jours auparavant, lors d'une de ces scènes domestiques où s'illustraient si bien à ses yeux la vicieuse déloyauté de Jakob et la médiocrité de pensée dans laquelle elle-même était tombée, alors qu'elle avait tant aspiré à la délicatesse, à la simplicité, alors qu'elle avait si grand-peur des esprits tordus et qu'elle les avait fuis au moindre indice quand elle vivait seule avec Lucie, résolue à ne jamais exposer la petite fille à l'extravagance, à la perversité ?

Mais elle avait ignoré que le mal pouvait avoir un regard gentil, qu'il pouvait être accompagné d'une fillette exquise et prodiguer de l'amour — oh, c'est que l'amour de Jakob, impersonnel, inépuisable et vague, ne lui coûtait rien, elle le savait maintenant.

Norah s'était levée la première comme chaque

matin, elle avait fait manger Grete et Lucie et les avait préparées pour l'école, et c'est alors que Jakob était sorti de la chambre pendant que Norah finissait de se coiffer dans la salle de bains, lui qui habituellement ne se réveillait que bien après leur départ à toutes trois.

Et les filles étaient en train d'attacher leurs chaussures et voilà qu'il s'était mis à les taquiner, tirant sur la boucle d'un lacet pour le défaire, chipant l'une des chaussures et courant la cacher sous le canapé avec de grands rires d'enfant moqueur, indifférent à l'heure comme au désarroi des enfants qui, d'abord amusées, lui couraient après dans l'appartement en le suppliant d'arrêter ses niches, au bord des larmes et s'efforçant pourtant de sourire car la situation était censément légère et cocasse, et il avait fallu que Norah intervienne et lui ordonne comme à un chien, de cette voix faussement douce, vibrante de colère rentrée dont elle n'usait qu'avec Jakob, de rapporter immédiatement les chaussures, ce à quoi il s'était rendu avec une telle grâce que Norah et les fillettes elles-mêmes avaient soudain eu l'air de tristes, de mesquines bonnes femmes qu'un sympathique lutin avait tenté sans succès d'égayer.

Norah savait qu'il lui faudrait maintenant se dépêcher pour ne pas être en retard au premier rendez-vous de sa journée, aussi avait-elle sèchement protesté quand Jakob avait manifesté le désir soudain de les accompagner mais les filles l'avaient soutenu et encouragé, lui, alors Norah avait baissé les bras, tout d'un coup lasse, démoralisée, et elles avaient dû attendre, avec leurs manteaux, leurs chaussures, leurs écharpes, plantées silencieuses dans l'entrée, qu'il se fût habillé, les eût rejointes, frivole et gai mais d'une manière qui semblait à Norah forcée, presque menaçante, et leurs regards s'étaient croisés à l'instant où elle jetait un coup d'œil anxieux à sa montre et elle n'avait vu dans celui de Jakob que malice cruelle et presque de la dureté sous l'éclat opiniâtrement pétillant.

Quelle sorte d'homme ai-je fait entrer chez moi ? s'était-elle demandé, prise de vertige.

Il l'avait alors entourée de son bras, l'avait serrée contre lui plus tendrement que personne ne l'avait jamais fait, et elle s'était dit encore, misérable : Qui ayant connu une fois la tendresse peut de soi-même y renoncer ?

Ils avaient ensuite pataugé dans les résidus de neige boueuse sur le trottoir, s'étaient engouffrés dans la petite voiture de Norah, glaciale, inconfortable.

Jakob s'était installé à l'arrière avec les filles ainsi qu'il en avait, pensait Norah, l'agaçante habitude (sa place d'adulte n'était-elle pas à l'avant auprès d'elle ?) et tandis qu'elle faisait chauffer le moteur elle l'avait entendu souffler aux enfants qu'elles n'avaient pas besoin d'attacher leur ceinture de sécurité.

— Tiens, pourquoi ? avait demandé Lucie avec étonnement, interrompue dans son geste.

— Parce qu'on ne va pas loin, avait-il répondu de sa voix excitée, absurde.

Les mains de Norah sur le volant s'étaient mises à trembler.

Elle avait commandé aux filles d'attacher leur ceinture immédiatement et la fureur qu'elle éprouvait

35

contre Jakob avait durci son ton et semblé s'adresser à elles, injustice que Grete et Lucie avaient ressentie car elles avaient regardé Jakob d'un air blessé.

— On ne va vraiment pas loin, avait-il dit. Moi, en tout cas, je ne m'attache pas.

Norah avait démarré.

Elle était assurément en retard à présent, elle qui s'appliquait à ne jamais l'être.

Elle était au bord des larmes.

Elle était une femme perdue, lamentable.

Après hésitation, Grete et Lucie avaient renoncé à attacher leur ceinture et Norah n'avait rien dit, excédée qu'il cherchât toujours à lui attribuer le rôle de l'ennuyeuse ou de la méchante et cependant dégoûtée d'elle-même, se trouvant lâche, indigne.

Elle avait eu envie de jeter la voiture contre un autobus afin de lui montrer qu'il n'était pas inutile de s'attacher — mais il le savait, n'est-ce pas ?

Là n'était pas la question — où était-elle alors, et que voulait d'elle cet homme au regard clair et doux, accroché à son dos avec le poids supplémentaire de son enfant adorable, que voulait d'elle cet homme qui avait planté dans son flanc ses petites griffes indolores et dont elle ne pouvait plus, malgré ses ruades, se débarrasser ?

Voilà ce qu'elle ne pouvait ni n'osait expliquer à sa mère, à sa sœur, aux quelques amis qu'il lui restait — la trivialité de telles situations, l'étroitesse de ses réflexions, la nullité d'une pareille vie sous l'apparence accomplie à laquelle se faisaient facilement prendre mère, sœur ou amis, car terrible était le pouvoir d'enchantement de Jakob et de sa fille.

Le père de Norah s'arrêta devant l'une des cellules qui se succédaient tout au long du couloir.

Il en ouvrit la porte prudemment, se rejeta aussitôt en arrière.

— Tu vas dormir ici, dit-il.

Avec un geste vers les profondeurs du couloir, et comme si Norah avait exprimé une quelconque réticence devant cette chambre-ci :

— Dans les autres, il n'y a plus de lit.

Norah alluma le plafonnier.

Des posters de joueurs de basket étaient punaisés sur chacun des murs.

— La chambre de Sony, murmura-t-elle.

Son père hocha la tête sans répondre.

Il respirait plus fort, la bouche ouverte, le dos plaqué au mur du couloir.

— Comment s'appellent les petites ? demanda Norah.

Il regarda de côté, faisant mine de réfléchir.

Il haussa les épaules.

Elle eut un petit rire choqué.

— Tu ne t'en souviens pas ?

— C'est la mère qui a choisi, ce sont des prénoms bizarres, je n'ai jamais pu les retenir.

Il rit à son tour, sans joie.

Elle lui trouva soudain, très surprise, un air désespéré.

— Qu'est-ce qu'elles font dans la journée, quand leur mère n'est pas là ?

— Elles restent dans leur chambre, dit-il abruptement.

— Toute la journée ?

— Elles ont tout ce qu'il leur faut. Elles ne manquent de rien. La fille, là, elle s'en occupe bien.

Norah voulut alors lui demander pour quelle raison il l'avait fait venir.

Mais, bien qu'elle connût assez son père pour savoir que ce ne pouvait être pour le simple plaisir de la revoir après tant d'années et qu'il devait attendre d'elle quelque chose de précis, il lui parut en cet instant si vieux, si vulnérable qu'elle retint sa question, se disant qu'il lui parlerait lorsqu'il serait prêt à le faire.

Elle ne put s'empêcher pourtant de lui dire :

— Je ne pourrai rester que quelques jours.

Et elle songeait à Jakob et aux deux filles survoltées et son ventre se contractait.

— Ah mais non, dit-il, brusquement agité, il faudra que tu restes bien plus longtemps, c'est absolument indispensable ! Bon, à demain.

Il s'esquiva dans le couloir en trottinant, claquant ses tongs sur le béton, ses hanches lourdes roulant sous le fin tissu de son pantalon.

En même temps que lui disparut l'odeur douce-amère de fleurs pourrissantes, de fleurs épanouies écrasées sous une semelle indifférente ou amèrement piétinées, et lorsque Norah enleva sa robe ce soir-là elle mit un soin particulier à l'étendre sur le lit de Sony afin que les fleurs jaunes semées avec un très léger relief sur le coton vert demeurent intactes et fraîches à l'œil et ne ressemblent en rien aux fleurs gâtées du flamboyant dont son père transportait l'odeur coupable et triste.

Elle trouva au pied du lit son sac de voyage.

Assise en chemise de nuit sur le lit de son frère recouvert d'un drap aux emblèmes de clubs de basket américains, elle promenait un regard navré sur la petite commode encombrée de babioles poussiéreuses, le bureau d'enfant au plateau bas, les ballons de basket entassés dans un coin, la plupart dégonflés ou crevés.

Elle reconnaissait chaque meuble, chaque objet, chaque poster.

Son frère avait trente-cinq ans, il s'appelait Sony et Norah ne l'avait pas vu depuis un grand nombre d'années, bien qu'il fût resté cher à son cœur.

La chambre de Sony n'avait pas le moindrement changé depuis son adolescence.

Comment était-il possible de vivre ainsi ?

Elle en frissonnait malgré la chaleur.

La nuit était très noire, parfaitement silencieuse derrière la vitre de la petite fenêtre carrée.

De l'intérieur de la maison ni de l'extérieur ne lui parvenait aucun bruit, sinon, peut-être, mais elle n'était pas sûre qu'il s'agît de cela, de temps à autre le grattement des branches de flamboyant sur le toit de tôle.

Elle attrapa son portable et composa le numéro de son appartement.

Personne.

Elle se rappela alors que Lucie avait parlé d'une sortie au cinéma, ce qui la contrariait maintenant car on était lundi et que les filles devaient se lever tôt pour aller à l'école, et elle dut se défendre contre ce pressentiment de catastrophe ou de terrible désordre qui la visitait chaque fois qu'elle n'était pas là pour

voir, seulement voir car elle ne pouvait toujours inter-
venir, ce qui se passait.

Elle portait ces appréhensions au compte de ses
défauts, non de ses faiblesses.

Car c'était trop d'orgueil que de considérer qu'elle
seule savait organiser correctement la vie de Lucie et
de Grete, qu'elle seule pouvait, grâce à la puissance
de sa raison, de son anxiété, empêcher le désastre de
franchir son seuil.

N'avait-elle pas déjà ouvert sa porte au mal souriant et débonnaire?

L'unique moyen de compenser les effets de cette
grave erreur consistait en sa présence constante, vigi-
lante, inquiète.

Or voilà que, répondant à l'appel de son père, elle
était partie.

Assise sur le lit de Sony, elle se le reprochait.

Que lui était son père, ce vieillard égoïste, comparé
à sa fille?

Qu'importait maintenant l'existence de son père
quand l'équilibre de la sienne était si fragile?

Bien qu'elle sût que c'était inutile s'il se trouvait
en cet instant dans une salle de cinéma, elle composa
le numéro du portable de Jakob.

Elle laissa un message faussement enjoué.

Elle voyait son visage affable, son œil clair à l'expression neutre, prudente, la ligne un peu molle de
ses lèvres et la gentillesse générale de cette figure
bien dessinée et elle comprenait encore assurément
que tant d'aménité lui eût inspiré confiance au point
qu'elle ne s'était pas attardée sur les éléments gênants
de la vie de cet homme venu de Hambourg avec sa

fille, sur les versions quelque peu différentes qu'il avait données des raisons de son départ pour la France, sur la brume dont il entourait son manque d'assiduité à la faculté de droit ou le fait que Grete ne voyait ni ne parlait jamais de sa mère demeurée, prétendait-il, en Allemagne.

Elle savait maintenant que Jakob ne deviendrait jamais avocat ni quoi que ce fût d'autre, qu'il ne contribuerait jamais vraiment aux frais de leur maisonnée même s'il recevait de temps à autre, de ses parents disait-il, quelques centaines d'euros qu'il dépensait aussitôt, avec ostentation, en nourriture coûteuse et vêtements superflus pour les enfants, et elle savait aussi, elle s'avouait enfin qu'elle avait tout simplement établi chez elle un homme et une fillette qu'elle devait entretenir, qu'elle ne pouvait chasser, qui l'avaient acculée.

C'était ainsi.

Elle rêvait parfois qu'elle rentrait un soir chez elle et qu'il n'y avait plus que Lucie, paisiblement gaie comme elle l'était autrefois, sans cette fièvre creuse que Jakob suscitait, et que Lucie lui annonçait tranquillement que les deux autres étaient partis pour toujours.

Car, c'était ainsi, Norah savait qu'elle n'aurait jamais la force de les mettre dehors.

Où iraient-ils, comment se débrouilleraient-ils?

On ne pouvait faire une chose pareille.

Seul un miracle la débarrasserait d'eux, les délivrerait, songeait-elle parfois, elle et Lucie de la cohabitation avec ce couple gracieux et subtilement malfaisant.

Oh, c'était ainsi, elle était coincée.

Elle se leva, tira de son sac une trousse de toilette, sortit dans le couloir.

Si profond était le silence qu'il lui semblait l'entendre vibrer.

Elle ouvrit une porte qu'elle se rappelait pouvoir être celle de la salle de bains.

Mais c'était la chambre de son père, elle était vide, le grand lit non défait et certaine qualité d'inertie de l'air et de toute chose qui lui fit penser que la pièce n'était plus utilisée.

Elle longea le couloir jusqu'au salon, traversa celui-ci en tâtonnant.

La porte d'entrée n'était pas verrouillée.

Serrant sa trousse contre sa poitrine et sentant au creux de ses genoux le frôlement de sa chemise, elle sortit sur le seuil de la maison, ses pieds nus sur le ciment tiède foulant les fleurs invisibles tombées du grand flamboyant vers lequel elle osa enfin lever les yeux dans le vain espoir de n'y rien discerner, de n'y pas découvrir dans l'entrelacs des branches noires la tache claire, la froide luminescence du corps recroquevillé de son père dont elle croyait entendre la respiration douloureuse et forte, le souffle désolé et même les pleurs étouffés, les petits gémissements de détresse.

Brisée d'émotion, elle voulut l'appeler.

Mais par quel mot?

Elle ne s'était jamais servie avec aisance de « papa » et ne pouvait s'imaginer criant son prénom, qu'elle connaissait à peine.

L'envie de le héler lui resta dans la gorge.

Elle le regarda un long moment osciller très faiblement au-dessus d'elle, ne pouvant distinguer son visage mais reconnaissant, agrippées à la plus grosse branche, les vieilles tongs de plastique.

Son père, cet homme fini, brillait de mille feux livides.

Quel mauvais présage !

Elle voulait fuir au plus vite cette maison funèbre, elle avait l'impression cependant qu'en ayant accepté d'y revenir et su repérer l'arbre où perchait son père, elle avait engagé sa responsabilité trop avant pour détourner le regard et rentrer chez elle.

Elle rejoignit la chambre de Sony, renonça à trouver la salle de bains tant elle craignait maintenant d'ouvrir une porte sur quelque scène ou situation qui l'exposerait au remords.

De nouveau assise sur le lit de son frère, elle soupesait son portable, méditative.

Devait-elle essayer de rappeler chez elle, au risque de réveiller les enfants si elles étaient rentrées ?

Ou s'endormir dans la conscience coupable de n'avoir rien tenté pour prévenir quelque éventuel problème ?

Elle aurait aimé entendre une nouvelle fois la voix de Lucie.

Une monstrueuse pensée la traversa, si brièvement qu'elle en oublia les termes exacts mais en ressentit toute l'horreur : entendrait-elle jamais de nouveau la voix de sa fille ?

Et si, en accourant chez son père, elle avait choisi sans le savoir entre deux camps, deux formes de vie possibles pour elle mais dont l'une excluait l'autre fatalement, entre deux attachements férocement jaloux l'un de l'autre ?

Sans plus hésiter elle composa le numéro de l'appartement, puis, comme personne ne décrochait, celui du portable de Jakob, encore vainement.

Ayant peu et mal dormi elle se leva dès l'aube, enfila sa robe verte et ses sandales et partit à la recherche de la salle de bains qu'elle trouva, en fait, juste à côté de la chambre de Sony.

Elle retourna jusqu'à la chambre des deux petites filles.

Elle poussa la porte tout doucement.

La jeune fille dormait encore.

Les deux petites, réveillées, assises toutes droites sous le drap, fixèrent sur Norah le regard sévère de leurs yeux parfaitement semblables.

Norah leur sourit, leur murmura de loin les mots tendres qu'elle disait habituellement à Lucie.

Les petites froncèrent les sourcils.

L'une d'elles cracha dans la direction de Norah, un pauvre jet de salive qui retomba sur le drap.

L'autre gonfla les joues, se préparant à l'imiter.

Norah referma la porte, non pas froissée mais mal à l'aise.

Elle se demanda si elle devait faire quelque chose pour ces fillettes esseulées, et à quel titre, celui de demi-sœur, de mère en général, d'adulte moralement responsable de tout enfant qu'il rencontre ?

Et elle sentait de nouveau son cœur gonflé d'une colère stérile contre son père, cet homme inconséquent qui n'avait de cesse, après tant d'échecs, de reprendre femme et d'engendrer des enfants dont il n'avait que faire, ses aptitudes à l'amour et aux égards pour autrui, limitées, semblant avoir été toutes consommées dans sa jeunesse au profit de sa vieille mère, morte depuis longtemps, que Norah n'avait pas connue.

Il avait, certes, montré un peu d'affection pour Sony, son fils unique.

Mais qu'avait-il eu besoin d'une nouvelle famille, cet homme sans pitié, incomplet, détaché ?

Il mangeait déjà lorsqu'elle rejoignit la grande pièce, attablé comme la veille et dans la même tenue claire défraîchie et, le front bas sur l'assiette, se bourrant de porridge, de sorte qu'elle dut attendre qu'il eût fini sa ration, se fût renversé brutalement en arrière comme après un gros effort physique, soufflant et soupirant, pour lui demander, le regardant droit dans les yeux :

— Et maintenant, que se passe-t-il ?

Son père avait, ce matin-là, le regard plus fuyant encore que d'habitude.

Était-ce parce qu'il savait qu'elle l'avait vu dans le grand flamboyant ?

Mais en quoi cela pouvait-il l'embarrasser, cet homme cynique que des postures autrement déshonorantes n'avaient jamais fait ciller ?

— Masseck ! cria-t-il d'une voix enrouée.

Puis, à Norah :

— Qu'est-ce que tu bois ? Thé, café ?

Elle donna un léger coup de poing sur la table, tout en songeant, absente, préoccupée, qu'il était l'heure pour Lucie et Grete de se lever pour l'école et que Jakob, peut-être, oublierait de se réveiller, ce qui placerait la journée entière sous le signe de la négligence et de l'échec, mais n'était-elle pas elle-même excessivement vertueuse, ponctuelle, scrupuleuse, n'était-elle pas réellement la femme assommante dont elle reprochait à Jakob de vouloir lui faire endosser le rôle?

— Café? lui demandait Masseck en lui proposant une tasse pleine.

— Dis-moi enfin pourquoi je suis venue, déclara-t-elle tranquillement sans quitter son père des yeux.

Masseck repartit en toute hâte.

Son père se mit alors à respirer si violemment, si difficilement que Norah bondit de sa chaise et s'approcha de lui.

Elle se tint là, gauche, elle eût volontiers repris sa question si cela avait été possible.

— Il faut que tu voies Sony, murmura-t-il avec peine.

— Où est Sony?

— À Reubeuss.

— Qu'est-ce que c'est que ça, Reubeuss?

Il ne répondit pas.

Il respirait moins douloureusement, affalé sur sa chaise, le ventre en avant et tout enveloppé de l'odeur sirupeuse des fleurs en plénitude.

Elle vit alors, très affectée, des larmes rouler sur ses joues grises.

— C'est la prison, dit-il.

Elle fit un pas en arrière, presque un saut.

Elle s'écria :

46

— Qu'est-ce que tu as fait de Sony ? Tu devais prendre soin de lui !

— C'est lui qui a commis l'acte, pas moi, chuchota-t-il, presque inaudible.

— Quel acte ? Qu'est-ce qu'il a fait ? Oh, mon Dieu, tu devais t'occuper de lui, l'élever convenablement !

Elle revint vers sa chaise, s'y laissa tomber.

Elle avala d'un trait le café qui était âcre, tiède et sans goût.

Ses mains tremblaient tellement qu'elle échappa la tasse sur la table de verre.

— Voilà encore une tasse de cassée, dit son père. Je passe mon temps à racheter de la vaisselle dans cette maison.

— Qu'est-ce qu'il a fait ?

Il se leva, secouant la tête, sa vieille face flétrie ravagée par l'impossibilité de parler.

Il croassa :

— Masseck, il va te conduire à Reubeuss.

Il s'éloignait à reculons vers la porte du couloir, lentement, comme s'il essayait de fuir sans qu'elle s'en aperçût.

Les ongles de ses pieds étaient longs et jaunes.

— C'est pour ça, demanda-t-elle calmement, qu'il n'y a plus personne ici ? Que tout le monde a quitté ta maison ?

Le dos de son père heurta la porte, il l'ouvrit derrière lui, en tâtonnant, puis détala dans le couloir.

Elle avait vu autrefois dans un pré de Normandie un vieil âne délaissé dont la corne des sabots avait poussé démesurément, l'empêchant presque de marcher.

Son père, lui, pouvait encore trotter lorsqu'il le voulait !

Sa rancune immense éclairait, affûtait son esprit.

Rien ni personne ne pourrait jamais excuser leur père de n'avoir pas tenu Sony sur la voie de la bienséance et du sérieux.

Car lorsque, trente ans auparavant, désireux de quitter leur mère et la France où il piétinait dans un médiocre emploi de bureau, il était parti brusquement en emmenant Sony alors âgé de cinq ans, en enlevant Sony en vérité puisqu'il savait qu'il n'aurait jamais obtenu de leur mère son accord pour prendre le petit garçon, lorsqu'il avait ainsi plongé Norah, sa sœur et leur mère dans un désespoir dont celle-ci ne s'était jamais vraiment remise, il s'était engagé dans une lettre laissée sur la table de la cuisine à veiller sur l'enfant mieux encore que sur sa propre vie, que sur ses affaires et son ambition, et leur mère éperdue de chagrin s'était raccrochée à cette promesse, s'était persuadée que Sony aurait un brillant avenir, des chances qu'elle n'aurait peut-être pas réussi, elle, simple coiffeuse, à lui donner.

Norah ne pouvait toujours pas se souvenir sans suffoquer du jour où elle était rentrée de l'école et avait trouvé la lettre de son père.

Elle avait huit ans, sa sœur neuf, et dans la chambre que partageaient les trois enfants les affaires de Sony avaient disparu — ses vêtements dans le tiroir de la commode, son sac de Lego, son ours.

Sa première pensée avait été de dissimuler la lettre et, par quelque moyen miraculeux, la réalité du départ de Sony et de leur père, afin que sa mère ne s'aperçût de rien.

Puis, comprenant son impuissance, elle avait tourné dans le sombre petit appartement, éblouie de peine et d'appréhension, sidérée de constater que ce qui avait été accompli, que ce qui était souffert serait accompli et souffert pour toujours et que, cette heure terrible, plus rien ne pourrait faire qu'elle n'eût pas eu lieu.

Elle avait ensuite pris le métro pour se rendre jusqu'au salon de coiffure où travaillait sa mère.

Se rappeler exactement l'instant où elle lui disait ce qui avait été accompli, ce qui serait souffert encore, trente ans plus tard elle n'en avait toujours pas la force.

Tout au plus pouvait-elle s'approcher, avec précaution, du visage hagard de sa mère assise sur le lit de Sony, lissant frénétiquement du plat de la main le dessus-de-lit en chenille bleu pâle et répétant d'une voix grêle, d'une voix de clochette : Il est trop petit pour vivre sans moi, cinq ans, c'est beaucoup trop petit.

Leur père avait téléphoné dès le lendemain de son arrivée, triomphant, plein d'entrain, et leur mère s'était évertuée à répondre de façon conciliante et presque paisible, craignant par-dessus tout que cet homme qui détestait le conflit ouvert interrompît toute relation s'il la trouvait, elle, revendicative.

Il avait permis à Sony de parler au téléphone mais avait repris le combiné quand l'enfant, entendant la voix de sa mère, s'était mis à pleurer.

Le temps avait passé et la situation inacceptable, amère, déchirante s'était diluée dans la matière des jours, fondue dans la normalité de l'existence que troublait régulièrement une lettre malhabile et convenue de Sony à laquelle Norah et sa sœur devaient répondre de manière tout aussi formelle afin que, calculait leur mère, il apparût à leur père qu'il ne risquait rien à autoriser plus de contacts.

Combien accommodante et tristement rusée s'était montrée, dans sa détresse, cette femme douce, hébétée.

Elle avait continué d'acheter des vêtements pour Sony, qu'elle pliait soigneusement dans le tiroir de la commode qui avait été celui du garçon.

— Pour quand il reviendra, disait-elle.

Mais, que Sony ne reviendrait jamais, Norah et sa sœur l'avaient su dès le début, connaissant, elles, le cœur indifférent, le cœur inattentif de leur père et son penchant à soumettre son entourage à sa froide volonté.

S'il avait décidé que Sony lui revenait de droit, il oublierait tout ce qui pouvait freiner son désir d'avoir auprès de lui son unique fils.

La violence d'un tel exil pour Sony, il la tiendrait négligeable, la souffrance de sa mère, inévitable mais passagère.

Car leur père était ainsi, un homme implacable et terrible.

Norah et sa sœur savaient, à l'époque où leur mère attendait encore le retour de Sony, qu'elle n'avait pas pris la mesure de cette intransigeance.

Leur père refuserait toujours d'envoyer le garçon en France pour les vacances.

Car il était ainsi, un homme implacable, terrible.

Les années passaient et la douloureuse complaisance

de leur mère ne fut récompensée que d'une invitation à venir visiter leur frère pour Norah et sa sœur.

— Pourquoi ne veux-tu pas qu'il vienne nous voir, lui? cria leur mère au téléphone, le visage défiguré par les pleurs.

— Parce que je sais que tu ne le laisserais pas repartir, répondit probablement leur père, tranquille, sûr de lui, légèrement ennuyé peut-être car il n'aimait pas les larmes ni les cris.

— Mais si, je te le jure!

Mais il savait qu'elle mentait, elle le savait aussi et, suffocante, ne put rien ajouter.

Que leur père ne voudrait jamais s'embarrasser des deux filles, qu'il ne tenterait rien pour les retenir auprès de lui, c'était d'une telle évidence que la mère leur permit d'aller là-bas, envoyant Norah et sa sœur comme émissaires de son immense affliction, de son amour un peu désincarné pour un garçon dont le père lui envoyait de temps à autre une photo, mal prise, toujours floue, sur laquelle Sony ne manquait jamais de sourire et qui attestait également sa bonne santé, sa beauté étonnante, la magnificence de sa garde-robe.

Car le village de vacances que leur père avait racheté en cours de construction et entièrement, luxueusement aménagé était en train de le rendre très prospère.

À Paris, dans un mouvement symétrique et contraire et comme si elle devait expier son malheur par sa dégringolade, leur mère s'enfonçait dans les problèmes d'argent, les dettes, les interminables tractations avec les organismes de crédit.

Leur père envoyait un peu d'argent, irrégulièrement et des sommes différentes à chaque fois qui devaient laisser croire, sans doute, qu'il faisait ce qu'il pouvait.

Leur père était ainsi, implacable, terrible.

Il ignorait la compassion et le remords et, la faim l'ayant tourmenté chaque jour de son enfance, il était résolu maintenant à se gorger et à faire travailler sa vive intelligence au seul bénéfice de son confort et de sa puissance et il n'éprouvait pas le besoin de se dire : Je l'ai bien mérité, car nul doute ne l'effleurait jamais quant à la légitimité de ses privilèges, de sa richesse si vite acquise.

Leur mère, elle, scrupuleuse, hésitante, désespérée, s'enferrait dans les comptes qu'elle voulait exacts et positifs mais qui, vu la maigreur de ses revenus, ne pouvaient l'être.

Elle dut changer d'appartement, elles vécurent dans un deux-pièces sur cour rue des Pyrénées, le tiroir de Sony cessa peu à peu d'être alimenté en vêtements neufs.

Les deux filles de douze et treize ans qui débarquèrent pour la première fois dans l'énorme maison de leur père, accablées de chaleur, paralysées d'émotion, apportaient ainsi avec elles de cette tristesse austère, convenable, réprimée, dans laquelle elles vivaient et qui, transparaissant dans leur courte chevelure sans apprêt, leur robe en jean achetée trop grande afin de servir longtemps, leurs rudes sandales de missionnaires, provoqua chez leur père une irrémédiable répugnance, d'autant plus qu'elles n'étaient très jolies ni l'une ni l'autre, affligées toutes deux d'acné et de kilos inutiles qui disparaîtraient avec les années mais que leur père, d'une certaine façon, verrait toujours chez elles.

Car leur père était ainsi, un homme que la laideur choquait et dégoûtait profondément.

C'est pourquoi, songeait Norah, il avait aimé Sony autant qu'il en était capable.

Leur jeune frère parut sur le seuil de la maison, non pas tombé du flamboyant encore frêle et peu élevé mais descendu d'un poney sur le dos duquel il venait de faire à pas lents le tour du jardin.

Il se tenait là, un pied en avant, vêtu d'un costume d'équitation en lin crème, chaussé de vraies bottes de cheval, sa bombe sous le bras.

Nulle odeur de fleurs pourrissantes n'enveloppait sa mince silhouette flexible et gracieuse, nulle lumière insolite n'éclairait de l'intérieur sa poitrine étroite d'enfant de neuf ans.

Il était simplement là, bras tendus vers ses sœurs, souriant, heureux, splendide, aussi étincelant et léger qu'elles étaient ternes et graves.

Et tout au long de leur séjour, pendant lequel, effarées, réprobatrices, elles goûtèrent à un luxe qu'elles n'auraient jamais pu imaginer, Sony se montra d'une gentillesse et d'une simplicité extrêmes.

À toute remarque, à toute question, il opposait un sourire tendre et quelques mots peu engageants, puis il plaisantait de telle sorte qu'elles oubliaient que remarque ni question ne recevaient jamais de réponse précise.

Il restait muet lorsqu'elles évoquaient leur mère.

Son regard se perdait dans le vide, sa lèvre inférieure tremblait un peu.

Mais cela ne durait pas, il redevenait très vite le garçon joyeux, paisible, sans prétention, le garçon satiné, presque trop doux que leur père couvait d'un regard fier et comparait de toute évidence à ses deux lourdes filles aux yeux inquiets en se disant, supposait Norah, qu'il avait bien fait de ne pas laisser Sony derrière lui, de le soustraire à la morose influence de leur mère qui avait transformé deux aimables fillettes en petites nonnes boulottes, d'autant plus qu'il n'avait toujours pas d'enfant et n'en aurait jamais de la belle femme aux lèvres dédaigneuses, à l'œil un peu exorbité qu'il avait épousée deux ou trois ans auparavant et qui traînait dans la propriété les expressions lasses ou contrariées d'une mélancolie intimidante, sans paroles.

Quand Norah et sa sœur rentrèrent au bout de trois semaines, elles étaient soulagées d'échapper à un mode de vie que leur loyauté envers leur mère se devait de réprouver («Maman a des problèmes d'argent», avaient-elles trouvé le courage de glisser à leur père en apprenant que Sony était inscrit dans une prestigieuse école privée, à quoi il avait répondu, soupirant : «Qui n'a pas de problème d'argent, mes pauvres petites !») et très affectées d'abandonner Sony.

Planté sur le seuil de la maison, un pied en avant et vêtu, cette fois, d'une tenue de basketteur complète, son ballon sous le bras, il leur avait dit au revoir en souriant avec effort, immuablement gentil, soyeux, impénétrable et soumis bien qu'un frémissement agitât sa lèvre inférieure.

Leur père était là aussi, élégant et droit, ses hanches minces un peu déjetées, sous le couvert chiche du jeune flamboyant.

Il avait posé sa main sur l'épaule de Sony qui avait paru alors se recroqueviller, tenter de se blottir en lui-même, et Norah, très surprise, avait songé : Il a peur de notre père, avant de monter dans la voiture conduite par Mansour puis de rejeter cette pensée qui ne s'accordait pas avec ce qu'elle avait vu pendant leur séjour.

Car leur père, cet homme terrible, intraitable, s'était toujours montré avec Sony d'une grande prévenance.

Il avait eu, même, quelques gestes tendres.

Cependant Norah avait tenté de s'imaginer le désarroi de son frère de cinq ans lorsqu'il s'était retrouvé sur cette terre inconnue seul à l'hôtel avec leur père, ensuite dans cette demeure louée en toute hâte et rapidement investie par une nombreuse parentèle, et que la certitude avait dû lui venir peu à peu que là commençait sa nouvelle existence et qu'il n'était plus question pour lui de vivre avec sa mère et ses sœurs, dans ce petit appartement du douzième arrondissement qui avait constitué jusqu'alors tout son univers.

Elle plaignait Sony infiniment et ne l'enviait plus d'être aimé de leur père et d'avoir un poney dans son jardin.

Et leur vie à toutes trois, âpre et sombre, frugale et méritante, lui paraissait soudain libre et désirable à côté de la vie de Sony, petit captif choyé.

Leur mère, avide de nouvelles, accueillit le récit précautionneux que lui firent les deux sœurs de leurs observations dans un silence accablé.

Puis elle fondit en larmes, répétant : Alors il est

perdu pour moi, perdu ! comme si l'éducation et l'aisance dont profitait Sony allaient imposer entre elle et le garçon une distance infranchissable, quand bien même elle eût réussi à le revoir.

C'est à cette période que le comportement de leur mère se transforma.

Elle quitta le salon de coiffure où elle peinait depuis une vingtaine d'années et se mit à sortir le soir et bien qu'alors ni Norah ni sa sœur n'en eussent jamais le soupçon elles comprirent des années plus tard que leur mère avait dû travailler comme prostituée et que c'était là, malgré l'enjouement qu'elle affectait, la forme particulière que prenait sa désolation.

Norah et sa sœur retournèrent une fois ou deux en vacances chez leur père.

Jamais leur mère ne voulut plus rien savoir de ce qu'elles avaient vu là-bas.

Elle s'était composé un visage dur et résolu, lissé au fond de teint, une bouche au pli sarcastique, et s'était mise à dire à tout propos, en fouettant l'air de sa main : Oh, pour ce que ça m'intéresse !

Ce nouveau visage, cette amère détermination lui permirent de rencontrer exactement le type d'homme qu'elle recherchait et elle épousa ce directeur d'une succursale bancaire, lui aussi divorcé, qui était encore son mari aujourd'hui, un homme sympathique et sans complication aux revenus très corrects, qui montra une certaine bonté pour Norah et sa sœur et les accompagna même toutes les trois rendre visite, pour la première fois ensemble, à Sony, sur l'invitation de leur père.

Leur mère n'avait jamais revu le garçon depuis qu'il était parti.

Sony avait maintenant seize ans.

Apprenant le remariage de leur mère, leur père les avait aussitôt invités, elle et son nouveau mari, et leur avait réservé à ses frais plusieurs nuitées dans le meilleur hôtel de la ville et c'était comme si, avait songé Norah, il avait attendu que leur mère refasse sa vie pour cesser de craindre qu'elle veuille emmener Sony.

Et c'est ainsi qu'ils se retrouvèrent tous, pareils à une grande famille harmonieusement recomposée, Norah et sa sœur, leur mère et son mari, Sony et leur père, dans la salle à manger de l'hôtel, attablés devant des plats délicats, leur père et le mari discutant non sans gêne mais posément de la situation internationale tandis que le garçon et sa mère, assis l'un près de l'autre, se lançaient des regards furtifs, embarrassés.

Sony était, comme toujours, superbement vêtu d'un costume de lin sombre, sa peau était fine et douce, ses cheveux taillés en afro courte.

Leur mère avait sa nouvelle figure figée, sa bouche un peu tordue, son casque de cheveux laqués blond-blanc et Norah voyait qu'elle prenait garde, en interrogeant Sony sur son collège et ses matières de prédilection, de ne pas faire de fautes de syntaxe ou de grammaire, car elle pensait Sony bien plus instruit qu'elle, plus raffiné, et elle en était humiliée et malheureuse.

Leur père les regardait avec un air de contentement soulagé, comme s'il avait enfin convaincu de se réconcilier deux ennemis de longue date.

Est-ce vraiment, se demandait Norah ébahie, hargneuse, ce qu'il pense à présent ?

Est-il parvenu à se persuader que c'est Sony et notre mère qui ont refusé de se rencontrer pendant toutes ces années ?

Leur père, longtemps auparavant, avait répondu un jour au téléphone à leur mère qui, anéantie de chagrin, lui disait qu'elle allait emprunter l'argent du billet d'avion et aller voir son fils chez lui, puisqu'il refusait d'envoyer Sony en vacances chez elle : Si je te vois débarquer, je lui tranche la gorge et la mienne après sous tes yeux.

Mais était-il homme à se trancher la gorge ?

Il était là maintenant, présidant la tablée, charmant, superbe, d'une exquise politesse, et ses yeux sombres et froids luisaient d'affection et d'orgueil quand il les posait sur l'adorable visage de Sony.

Norah remarqua que son frère ne considérait jamais personne directement.

Son regard affable, impersonnel allait d'un visage à l'autre sans s'arrêter sur aucun et il fixait avec attention, lorsqu'on lui parlait, quelque point invisible de l'espace, sans pour autant cesser de sourire ni de donner à ses traits une expression d'intérêt formel pour tout ce qu'on pouvait lui dire.

Il évitait particulièrement de se laisser surprendre, attraper, songeait Norah, par le regard de leur père.

Même ainsi, même quand leur père le contemplait et que Sony regardait ailleurs, il semblait se retirer, se lover dans les profondeurs de son être où là seulement il était à l'abri de tout jugement ou sentiment le concernant.

Il échangea quelques mots avec le mari de sa mère, puis encore avec celle-ci, péniblement car elle était arrivée au bout de ce qu'elle osait lui demander.

Le déjeuner fini, ils se séparèrent et bien qu'il restât quelques jours avant le départ, Sony et leur mère ne se revirent plus et leur mère n'évoqua plus jamais Sony.

Leur père avait organisé un fastueux programme touristique, engagé pour leur mère et son mari un guide et un chauffeur et même offert quelques nuits de plus dans l'un des bungalows de son village de vacances, à Dara Salam.

Mais leur mère refusa tout cela, elle renvoya le guide et la voiture et fit avancer la date de leur retour.

Elle ne quitta plus l'hôtel, passant de sa chambre à la piscine en souriant à la manière de Sony, machinale et lointaine, très calme, et Norah et sa sœur se chargèrent de promener le mari à qui tout faisait plaisir et qui ne se plaignait de rien, et, le dernier soir, ne sachant plus où aller, elles l'emmenèrent avec elles dîner chez leur père où les deux hommes bavardèrent jusqu'à deux heures du matin, se quittèrent avec regret, promirent de se revoir.

Norah en avait éprouvé une grande irritation.

— Il s'est bien moqué de toi, dit-elle au mari sur le chemin de l'hôtel, avec un petit ricanement entendu.

— Pourquoi? Pas du tout, il est très sympa, ton père!

Et Norah s'était aussitôt reproché sa méchante réflexion, se disant qu'il était au vrai très possible que leur père eût sincèrement apprécié la compagnie du mari et qu'elle leur en voulait simplement à tous deux de paraître faire si peu de cas de l'immense affliction de sa mère, se disant qu'elle avait eu l'idée malséante d'amener le mari chez leur père dans l'obscur espoir sans doute d'un affrontement grandiose au terme duquel Sony et sa mère seraient vengés et leur père confondu, sa cruauté démasquée et par lui-même avouée, mais n'aurait-elle pas dû comprendre que ce mari idéal n'était pas l'homme d'une telle situation ?

Jusqu'à présent, leur mère n'avait plus jamais revu Sony, ne lui avait jamais écrit ni téléphoné, n'avait plus jamais prononcé son nom.

Elle s'était installée dans un pavillon de la grande banlieue avec son mari et il semblait à Norah, qui lui amenait de temps en temps Lucie, que leur mère n'avait pas cessé de sourire depuis ce voyage, de ce sourire lâche, comme éloigné de son visage, flottant légèrement devant elle, qu'elle avait ravi à Sony et qui protégeait sa peine.

Norah continuait de lui transmettre les quelques nouvelles qu'elle recevait de Sony ou de leur père — les études de Sony à Londres, son retour chez leur père quelques années plus tard —, mais elle avait souvent l'impression que sa mère, souriant toujours, hochant la tête, s'efforçait de ne pas l'entendre.

Norah lui parla alors de moins en moins de Sony, puis plus du tout lorsqu'il s'avéra que son frère, après des études brillantes, était allé s'échouer chez leur père où il menait une vie incompréhensible, oisive, passive, solitaire.

Oh, certes son cœur s'était serré bien des fois quand elle pensait à Sony.

N'aurait-elle pas dû aller le voir plus souvent ou l'obliger, lui, à venir?

N'était-il pas, malgré l'argent et les facilités, un pauvre garçon?

Norah, elle, s'était débrouillée seule pour devenir avocate, elle avait trimé dur et vécu difficilement.

Personne ne l'avait aidée et ni son père ni sa mère ne lui avaient signifié qu'ils étaient fiers d'elle.

Et cependant elle n'avait plus de ressentiment et se reprochait même de n'être pas allée, d'une manière ou d'une autre, au secours de Sony.

Et qu'aurait-elle pu faire?

Un démon s'était assis sur le ventre du garçon de cinq ans et ne l'avait plus quitté depuis.

Qu'aurait-elle pu faire?

Voilà qu'elle se le demandait de nouveau, assise à l'arrière de la Mercedes noire conduite par Masseck et voyant encore dans le rétroviseur intérieur, comme la voiture s'éloignait lentement dans la rue déserte, son père immobile près de la grille, qui attendait peut-être d'être seul pour rejoindre d'une pesante envolée l'ombre du flamboyant et la grosse branche tout écorcée et polie par ses tongs — voilà qu'elle se le demandait de nouveau, triturant les papiers que lui avait remis son père, des feuillets administratifs parsemés de coups de tampon : n'avait-elle pas manqué gravement à Sony, par négligence?

La Mercedes était sale, poussiéreuse et les sièges couverts de miettes.

Jamais son père n'aurait toléré autrefois autant de laisser-aller.

Norah se pencha vers Masseck et lui demanda pourquoi Sony était en prison.

Il eut un claquement de langue, puis un petit rire, et Norah comprit que sa question l'indisposait affreusement et qu'il ne répondrait pas.

Elle se força à rire elle aussi, très gênée.

Comment avait-elle pu ?

Évidemment que ce n'est pas à lui de m'en parler.

Elle se sentait l'esprit confus, dérouté.

Juste avant de monter en voiture, elle avait essayé de joindre Jakob, sans succès, et le téléphone de l'appartement sonnait dans le vide également.

Il lui semblait peu probable que les enfants soient déjà parties pour l'école, peu probable aussi qu'ils fussent tous les trois encore si profondément endormis que la sonnerie, insistante, ne les avait pas réveillés.

Que se passait-il alors ?

Sa jambe tressautait nerveusement.

Elle aurait apprécié, à cet instant, de pouvoir se réfugier dans le clair-obscur doré parfumé du grand arbre !

Elle lissa ses cheveux en arrière, refit le chignon maigrelet qu'elle portait sur la nuque et, comme elle tendait le cou pour saisir son reflet dans le rétroviseur, elle songea que Sony la reconnaîtrait peut-être difficilement car elle n'avait pas encore, lorsqu'ils s'étaient vus huit ou neuf ans auparavant, ces deux sillons de chaque côté de la bouche ni ce menton un peu épais, grassouillet contre lequel elle se souvenait d'avoir lutté farouchement étant plus jeune, dans la conscience vague et coupable que les bourrelets révoltaient son père, puis qu'elle avait laissé s'installer sans plus de remords et avec, même, une provocante satisfaction à l'idée précisément qu'un tel menton offenserait chez cet homme délié son goût pour la minceur, dès lors qu'elle avait décidé d'être libre, de s'affranchir de tout souci de complaire à son père qui ne l'aimait pas.

Et voilà, lui, comme il était devenu, englouti dans la graisse.

Elle secouait la tête, perdue, effrayée.

La voiture traversait le centre de la ville et Masseck roulait au ralenti devant les grands hôtels dont il lui citait le nom sur un ton d'importance.

Norah reconnut celui où leur mère et son mari avaient passé quelques jours, du temps où Sony, excellent lycéen, paraissait voué à de grandes choses.

Elle n'avait jamais cherché à approfondir les raisons pour lesquelles Sony était rentré vivre chez leur père après avoir suivi des études de sciences politiques à Londres, et pourquoi surtout il n'avait, semblait-il, plus rien fait de sa vie ni de ses talents.

C'est qu'elle l'estimait à l'époque bien plus chanceux qu'elle, qui devait travailler comme serveuse dans un fast-food en même temps qu'elle étudiait, et ne jugeait pas qu'il était de son devoir de se préoccuper, en plus, de l'équilibre psychologique de son frère, ce jeune homme trop gâté.

Un démon s'était assis sur son ventre et ne l'avait plus quitté.

Il avait dû, en réalité, souffrir d'une profonde dépression — pauvre, pauvre garçon, songeait-elle.

C'est alors qu'elle aperçut, assis à la terrasse de l'hôtel où ils avaient tous autrefois déjeuné, Jakob, Grete et Lucie.

Elle ferma les yeux, l'échine glacée.

Quand elle les rouvrit, Masseck s'était engagé dans une autre rue.

Ils longeaient la corniche, l'odeur de la mer s'insinuait jusqu'à l'intérieur de la voiture.

Masseck ne disait plus rien et son visage, que Norah voyait de profil, avait pris un air buté, renfrogné, presque blessé comme si, en l'obligeant à rouler vers Reubeuss, on lui faisait personnellement offense.

Il se gara en face des hauts murs gris de la prison.

Elle fit la queue en compagnie d'un grand nombre de femmes, dans la chaleur sèche, ventée, et constatant que toutes avaient posé sur le trottoir les paquets et cabas qu'elles transportaient, elle fit de même avec le sac en plastique que lui avait remis Masseck en lui disant avec réticence, plein d'un dédain outragé, qu'il contenait de la nourriture et du café pour Sony.

Puis, devant l'attendre et contraint de laisser sa portière ouverte pour ne pas étouffer, il s'était installé sur son siège de telle façon qu'on ne voie pas sa figure.

Il n'y a pas tant de honte à avoir, avait-elle failli lui dire.

Elle s'était retenue pourtant, se disant : Est-ce bien certain ?

La nausée lui tordait l'estomac.

Qui étaient en réalité ces trois personnes qu'elle avait vues à la terrasse du grand hôtel ?

Elle-même, Norah, et sa sœur étant petites, accompagnées d'un étranger quelconque ?

Oh non, elle était sûre qu'il s'agissait de sa fille et de Grete avec Jakob, les deux enfants portaient d'ailleurs une petite robe rayée et un bob assorti qu'elle avait reconnus pour les avoir achetés l'été précédent avec, elle s'en souvenait, un accès de repentir dès sa sortie du magasin, car il s'agissait de tenues peut-être excessivement élégantes pour des fillettes, telles que sa sœur et elle n'en avaient jamais portées.

Quel démon s'était assis sur le ventre de sa sœur ?

Après une longue attente à l'extérieur, elle déposa dans un bureau son passeport et les papiers que son père lui avait remis et qui attestaient son droit à visiter Sony.

Elle confia aussi le sac de nourriture.

— Vous êtes l'avocate ? lui demanda un gardien dont l'uniforme était en guenilles.

Il avait les yeux rouges, luisants, les paupières secouées de tics.

— Non, non, dit-elle, je suis sa sœur.

— Là-dessus, c'est marqué que vous êtes l'avocate.

Elle répondit avec circonspection :

— Je suis avocate mais, aujourd'hui, je viens seulement voir mon frère.

Il hésita, regarda attentivement les petites fleurs jaunes qui ornaient la robe verte de Norah.

Elle fut ensuite introduite dans une grande pièce aux murs bleuâtres, coupée en deux par un grillage, où se trouvaient déjà les femmes qui avaient attendu avec elle sur le trottoir.

Elle s'avança vers le grillage et vit alors entrer de l'autre côté de la pièce son frère Sony.

Les hommes qui entraient avec lui se précipitèrent vers le grillage et il y eut aussitôt un tel brouhaha de conversations qu'elle ne put entendre le bonjour de Sony.

— Sony, Sony ! cria-t-elle.

Elle eut un vertige, se raccrocha au grillage.

Elle s'approcha au plus près des mailles poussiéreuses, souillées, afin de voir distinctement cet homme de trente-cinq ans qui était son jeune frère et dont elle reconnaissait derrière la peau abîmée, marquée d'eczéma, le beau visage allongé et le regard doux, un peu vague, et lorsqu'il lui sourit c'était de cette façon éclatante et lointaine qu'elle lui avait toujours connue et qui, comme alors, lui serra la gorge, car elle avait pressenti et elle savait maintenant que ce sourire ne visait qu'à garder secrète et intouchée une misère qui ne se pouvait traduire.

Il avait les joues couvertes de barbe, les cheveux dressés sur la tête en mèches de diverses longueurs.

Ils étaient écrasés du côté où, probablement, Sony dormait.

Souriant, ne cessant de sourire, il lui parlait mais le bruit était tel qu'elle n'entendait rien.

— Sony ! Qu'est-ce que tu dis ? Parle plus fort ! criait-elle.

Il grattait sauvagement ses tempes, son front blanchis par l'eczéma.

— Tu as besoin d'une crème pour ça? C'est ça que tu me dis?

Il eut l'air indécis, puis il hocha la tête comme s'il lui importait peu qu'elle se fût méprise et que la crème valait aussi bien comme réponse.

Il cria quelque chose, un seul mot.

Norah entendit clairement cette fois le prénom de leur sœur.

Une panique fugace vida son esprit.

Car sur son ventre à elle aussi un démon s'était assis.

Il lui parut impossible de décrire maintenant à Sony, de lui hurler que leur sœur avait eu, ainsi qu'elle le disait elle-même, un problème avec l'alcool, un tel problème en vérité qu'elle n'avait trouvé d'autre issue que de se réfugier au sein d'une communauté mystique d'où elle envoyait parfois à Norah des lettres d'illuminée, exaltées et insipides, et parfois des photos qui la montraient, maigre à faire peur, les cheveux longs et gris et la lèvre inférieure rentrée dans la bouche, occupée à méditer sur un carré de mousse crasseux.

Pouvait-elle gueuler vers Sony : Tout ça, c'est parce que notre père t'a enlevé à nous quand tu avais cinq ans !

Non, elle ne le pouvait pas, elle ne pouvait rien dire à ce visage hagard, à ces yeux creux et morts au-dessus des lèvres sèches comme détachées de leur propre sourire.

La visite était terminée.

Les gardiens remmenaient les prisonniers.

Norah regarda sa montre, il ne s'était écoulé qu'une poignée de minutes depuis son entrée au parloir.

Elle agita la main vers Sony, lui cria : « Je vais revenir ! » tandis qu'il s'éloignait en traînant les pieds, long, famélique, vêtu d'un vieux pantalon coupé aux genoux et d'un tee-shirt sale.

Il tourna la tête et fit mine de porter une cuiller à sa bouche.

— Oui, oui, cria-t-elle encore, il y a à manger pour toi et aussi du café !

La chaleur était intolérable.

Norah se cramponnait au grillage, craignant de perdre conscience si elle le lâchait.

Elle sentit alors avec consternation qu'elle était en train d'uriner sans s'en rendre compte, c'est-à-dire que la sensation lui parvenait d'un liquide tiède le long de ses cuisses, de ses mollets, jusque dans ses sandales, mais il lui était impossible de le contrôler et la perception de la miction même lui échappait.

Horrifiée, elle s'écarta de la flaque.

Personne, dans la confusion du mouvement de reflux vers la sortie, ne semblait l'avoir remarquée.

Une onde de rage contre son père la traversa si violemment qu'elle en claqua des dents.

Qu'avait-il fait de Sony ?

Qu'avait-il fait d'eux tous ?

Il était chez lui partout, installé en chacun d'eux en toute impunité et, même mort, continuerait de leur nuire et de les tourmenter.

Elle demanda à Masseck de la laisser devant le grand hôtel.

— Tu pourras rentrer à la maison, dit-elle, je me débrouillerai, je prendrai un taxi.

À son grand embarras, la puanteur de l'urine emplit très vite l'intérieur de la Mercedes.

Masseck, sans rien dire, baissa les vitres à l'avant.

Elle constata, soulagée, que la terrasse de l'hôtel était vide.

Pourtant un reflet des fillettes et de Jakob persistait, une discrète mais sensible émanation de leur présence comploteuse et enjouée, au point qu'un souffle l'ayant frôlée elle leva les yeux mais ne vit au-dessus d'elle que la silhouette à contre-jour d'un gros oiseau au plumage clair, au vol lourd et malaisé, qui abattit soudain sur la terrasse le froid d'une ombre excessive, anormale.

Une pointe de colère la saisit derechef puis s'évanouit en même temps que passait l'oiseau.

Elle entra dans le hall de l'hôtel, chercha des yeux le bar.

— J'ai rendez-vous avec M. Jakob Ganzer, dit-elle à l'employé de la réception.

Il hocha la tête et Norah se dirigea vers le bar, foulant de ses sandales mouillées la moquette verte à ramages dorés qui était du même modèle que vingt ans auparavant.

Elle commanda un thé puis alla aux toilettes nettoyer ses jambes et ses pieds.

Elle ôta sa culotte, la rinça dans le lavabo, l'essora et la tint un long moment sous le séchoir électrique.

Elle redoutait ce qui l'attendait dans le bar, où elle

avait remarqué qu'on pouvait utiliser un ordinateur relié à l'Internet.

Buvant son thé avec lenteur pour retarder l'instant de se mettre aux recherches nécessaires et regardant machinalement depuis sa table le barman qui suivait un match de foot sur le grand écran suspendu au-dessus du comptoir, elle songeait qu'il n'y avait pas eu de pire sort pour les enfants de son père, de cet homme dangereux, que d'être aimé de lui.

Car Sony était bien celui qui avait payé le plus chèrement d'être né d'un tel homme.

Quant à elle, oh, certes rien n'était achevé encore, il était possible qu'elle n'eût pas encore compris ce qui lui était réservé, à elle ou à Lucie, possible aussi que, le démon sur son propre ventre, elle n'eût pas encore réalisé qu'il était là, assis, guettant son heure.

Elle acheta trente minutes de connexion et trouva bientôt, dans les archives du journal *Le Soleil*, un long article qui concernait Sony.

Elle le lut et le relut et son sentiment d'horreur croissait à mesure qu'elle repassait par les mêmes mots.

Elle balbutiait, tenant sa tête entre ses mains : Mon Dieu, Sony, mon Dieu, Sony, d'abord incapable de reconnaître son frère dans une telle abomination puis s'accrochant presque malgré elle à des précisions, date de naissance, description physique, qui interdisaient d'espérer qu'il pût s'agir d'un homonyme.

Et quel autre aurait eu le père dont il était question dans l'article ?

Quel autre aurait eu, au cœur de pareille épouvante,

cette infinie gentillesse que l'article mentionnait telle une singularité particulièrement abjecte ?

Il lui monta aux lèvres cette plainte : Mon pauvre, pauvre Sony, qu'elle ravala cependant comme un épais crachat car une femme était morte et Norah avait l'habitude de défendre les cas de femmes mortes de cette façon et non pas de prendre en pitié leurs bourreaux, fussent-ils souriants et doux, fussent-ils de malheureux garçons sur le ventre desquels un démon s'était assis quand ils avaient cinq ans.

Elle ferma soigneusement le site du journal et s'éloigna de l'ordinateur, désireuse maintenant de retrouver au plus vite la maison de son père afin d'interroger ce dernier, redoutant presque, si elle tardait, qu'il se fût envolé à jamais.

Elle traversait la terrasse quand elle les vit attablés au même endroit que tout à l'heure — Jakob, Grete et Lucie qui se faisaient servir des jus de bissap.

Ils ne l'avaient pas aperçue encore.

Les deux petites filles, vêtues de ces robes à rayures rouges et blanches, courtes manches ballons et smocks sur la poitrine qu'elle avait, après coup, regretté d'avoir achetées (n'avait-elle pas songé que son père aurait approuvé ce choix, ce vague désir de transformer les fillettes en poupées coûteuses ?) et coiffées d'un bob assorti, bavardaient gaiement, lançant parfois à Jakob une remarque à laquelle il répondait sur le même ton calme et allègre.

Et ce fut ce que Norah observa tout d'abord et qui l'enveloppa d'un étrange vague à l'âme : la tranquille animation de leur badinage.

Se pouvait-il que l'excitation malsaine qu'elle

soupçonnait Jakob de provoquer et d'entretenir fût déclenchée par sa seule présence à elle, Norah, et que finalement tout se passât mieux quand elle n'était pas là ?

Il lui semblait n'avoir jamais su entourer les enfants de la sérénité qu'elle voyait, là, baignant le petit groupe.

L'ombre rose du parasol donnait à leur peau une même carnation fraîche, innocente.

Oh, se dit-elle, cette mauvaise fébrilité, ne l'avait-elle pas inventée peut-être ?

Elle s'approcha de la table, tira une chaise, s'assit entre Grete et Lucie.

— Tiens, bonjour, maman, dit Lucie en se haussant pour l'embrasser sur la joue.

Tandis que Grete disait :

— Bonjour, Norah.

Elles reprirent leur conversation, qui concernait un personnage du dessin animé qu'elles avaient vu le matin dans leur chambre.

— Goûte un peu ça, c'est délicieux, dit Jakob en poussant vers elle son jus de bissap.

Elle le trouva déjà bronzé et c'était comme si, même, le soleil avait encore éclairci sa chevelure pâle, qu'il portait longue dans le cou et sur le front.

— Montez préparer vos affaires, dit-il aux fillettes.

Elles quittèrent la table et rentrèrent dans l'hôtel en se tenant par l'épaule, l'une blonde, l'autre brune, dans une complicité que Norah n'avait jamais crue entièrement possible car, tout en s'entendant très bien, elles rivalisaient sourdement pour la première place dans l'affection de Norah et de Jakob.

— Tu sais, mon frère, Sony, s'empressa de dire Norah.

— Oui ?

Elle inspira brusquement mais ne put s'empêcher de fondre en larmes, de gros bouillons de pleurs que ses mains étaient impuissantes à essuyer.

Jakob lui sécha les joues avec une serviette en papier. Il la pressa contre lui, tapota son dos.

Elle se demanda soudain pourquoi elle avait toujours eu l'impression indéfinissable, quand ils faisaient l'amour, qu'il se forçait un peu, qu'il payait son dû, leur couvert et leur logis, à lui et sa fille.

Car, en cet instant, elle sentait en lui une grande tendresse.

Elle le serra avec force.

— Sony est en prison, dit-elle d'une voix rapide, hachée.

S'assurant d'un coup d'œil que les enfants n'étaient pas encore de retour, elle lui raconta que Sony, quatre mois auparavant, avait étranglé sa belle-mère, cette femme que leur père avait épousée il y avait quelques années de cela et que Norah n'avait jamais rencontrée.

Elle se rappelait que Sony l'avait informée, à l'époque, de ce remariage, puis de la naissance des jumelles, car leur père n'avait pas jugé bon de la mettre au courant.

Mais Sony ne lui avait pas dit qu'il avait entamé une liaison avec sa belle-mère ni qu'ils avaient tous deux projeté, selon l'article du *Soleil*, de partir ensemble, jamais il ne lui avait dit qu'il était tombé follement amoureux de cette femme qui avait son âge à peu près ni qu'elle s'était désavouée, qu'elle avait rompu et souhaité le voir partir de la maison.

Il l'avait attendue dans sa chambre, où elle dormait seule.

— Je sais pourquoi mon père n'y était pas, dit Norah, je sais où il va la nuit.

Il l'avait attendue dans la pénombre, debout près de la porte, pendant qu'elle couchait ses enfants dans une autre pièce.

Elle était entrée et il s'était jeté sur elle par-derrière, et il lui avait passé autour du cou un morceau de fil à linge plastifié qu'il avait serré jusqu'à l'asphyxie.

Il avait ensuite couché sur le drap, avec précaution, le corps de la femme, puis il avait regagné sa propre chambre où il avait dormi jusqu'au matin.

Tout cela, il l'avait décrit lui-même, de bonne grâce, avec cette éclatante affabilité sur laquelle l'article insistait de manière réprobatrice.

Jakob écoutait attentivement en secouant doucement les glaçons restés au fond de son verre.

Il portait un jean et une chemisette bleu pâle d'où s'exhalait une saine odeur de lessive.

Norah se tut, prise de peur à l'idée qu'elle allait peut-être de nouveau uriner sans s'en rendre compte.

Le sentiment de scandale, d'incompréhension indignée qu'elle avait éprouvé à la lecture de l'article lui revenait, brûlant, suffocant, éludant obstinément pourtant la figure de Sony — leur père seul n'était-il pas coupable, qui avait eu l'habitude de

74

remplacer une femme par une autre, de faire vivre près de son corps vieillissant, de son âme altérée, une épouse trop jeune et, d'une manière ou d'une autre, achetée ?

De quel droit prenait-il aux hommes de trente ans l'amour qui leur revenait, de quel droit puisait-il dans cette réserve d'amour ardent, cet homme dont les tongs avaient lustré la plus grosse branche du flamboyant à force de s'y percher ?

Grete et Lucie ressortaient de l'hôtel chacune chargée d'un sac à dos.

Elles se plantèrent près de la table, attendant, prêtes à partir.

Norah contemplait le visage de Lucie intensément, douloureusement, et il lui apparaissait soudain que ce visage chéri ne lui disait plus rien.

C'était lui, ses traits délicats, sa peau mate, son nez petit, les boucles sur son front, mais son affection ne le remettait pas.

Elle se sentait à la fois vibrante et, en tant que mère, distraite, lointaine.

Elle avait pourtant aimé passionnément sa fille, alors quoi ?

Était-ce simplement qu'elle était humiliée de sentir que s'était nouée dans son dos, dans l'aubaine de son absence, une telle entente entre Jakob et les enfants ?

— Bien, dit Jakob, on peut y aller, j'ai déjà réglé la note.

— Aller où ? demanda Norah.

— On ne va pas rester à l'hôtel, c'est trop cher.

— Bien sûr.

— On peut aller chez ton père, n'est-ce pas ?

— Oui, dit Norah d'une voix désinvolte.

Il demanda aux fillettes si elles avaient bien réparti ses propres affaires dans leurs deux sacs, sans rien oublier, et force fut à Norah de constater qu'il savait maintenant leur parler avec cette douce fermeté qu'elle avait tant désiré lui voir acquérir.

— Et l'école ? lança-t-elle comme en passant.

— Les vacances de Pâques ont commencé, dit Jakob avec un peu d'étonnement.

— Je ne m'en souvenais pas.

Elle tremblotait, bouleversée.

Ces éléments avaient toujours été sous son contrôle.

Est-ce que Jakob lui mentait ?

— Mon père, dit-elle, n'a jamais beaucoup aimé les filles. En voilà deux autres d'un coup !

Elle eut un petit rire contraint, honteuse devant leur visage sérieux d'avoir un tel père et de trouver à plaisanter à son propos.

Car tout ce qui venait de cette maison n'était que ravage et déshonneur.

Elle eut quelque peine, dans le taxi, à indiquer précisément où se trouvait la propriété de son père.

Elle n'en connaissait que l'adresse approximative, le nom du quartier, Point E, et tant de résidences s'étaient bâties depuis vingt ans qu'elle ne s'y retrouvait plus, si bien qu'elle songea un instant, comme elle avait une nouvelle fois fourvoyé le chauffeur, que Jakob et les enfants allaient penser qu'elle avait inventé et l'existence de la maison et celle de son propriétaire.

Elle avait pris la main de Lucie dans la sienne, elle la pressait et la caressait tour à tour.

Elle sentait, bouleversée, que le véritable amour maternel se dérobait — elle n'en avait plus conscience, elle était froide, nerveuse, profondément désunie.

Quand ils s'arrêtèrent enfin devant la maison, elle se jeta hors du taxi et courut jusqu'au seuil où son père venait d'apparaître dans les mêmes vêtements fripés, les ongles longs et jaunes de ses pieds sortant des mêmes tongs marron.

Il scrutait, au-delà de Norah, d'un œil soupçonneux Jakob et les fillettes occupés à tirer leurs sacs du coffre.

Elle lui demanda, crispée, s'ils pouvaient séjourner dans la maison.

— La brunette, c'est ma fille, dit-elle.

— Ah bon, tu as une fille ?

— Oui, je te l'ai écrit quand elle est née.

— Et lui, c'est ton mari ?

— Oui.

— Vous êtes vraiment mariés ?

— Oui.

Elle mentait avec rage, sachant à quel point ces questions de convenance travaillaient son père.

Il sourit alors, rassuré, et tendit une main aimable à Jakob, puis à Grete et à Lucie qu'il complimenta pour la beauté de leur robe, sur ce ton mondain, enjôleur, traînant dont il usait quand il faisait faire aux touristes les plus importants le tour de son village de vacances.

Après le déjeuner, au cours duquel il se soumit de nouveau lui-même au supplice de la gloutonnerie, se renversant régulièrement sur sa chaise pour reprendre son souffle, bouche ouverte et les yeux clos, Norah l'entraîna dans la chambre de Sony.

Il répugnait visiblement à y pénétrer mais, gonflé de nourriture, ne put faire autrement que de s'abattre sur le lit.

Il respirait comme une bête à l'agonie.

Norah, debout, s'appuyait à la porte.

Il désigna un tiroir de la commode et Norah l'ouvrit et trouva sur les tee-shirts de Sony une photo encadrée montrant une très jeune femme aux joues rondes, au regard rieur, qui faisait tourner autour de ses belles jambes fines le tissu léger d'une robe blanche.

Elle s'écria, amère, étouffant de pitié pour cette femme :

— Pourquoi t'es-tu remarié ? Qu'est-ce qu'il te fallait encore ?

Il leva une main lasse et lente et murmura que les leçons de morale ne l'intéressaient pas.

Puis, peu à peu reprenant son souffle :

— Je t'ai demandé de venir parce qu'il faut que tu défendes Sony. Il n'a pas d'avocat. Je ne peux pas payer un avocat, moi.

— Il n'a pas encore d'avocat ?

— Non, je te dis. Je n'ai pas d'argent pour un bon avocat.

— Pas d'argent ! Et Dara Salam ?

Sa propre voix lui déplaisait, acariâtre, fielleuse, et cette impression qu'elle avait d'être en train de faire une scène à son père, cet homme funeste avec lequel elle s'était efforcée de n'avoir plus que des relations anodines.

— Je sais, dit-elle plus posément, où tu passes tes nuits.

Il la fixa, légèrement de côté, de son œil dur et rond, hostile, menaçant.

— Dara Salam a fait faillite, dit-il. Je n'ai plus rien là-bas. Il faut que tu t'occupes de Sony.

— Mais ça ne peut pas aller, je suis sa sœur. Comment veux-tu que je le défende ?

— Ce n'est pas interdit, n'est-ce pas ?

— Non, mais ça ne se fait pas.

— Et alors ? Sony a besoin d'un avocat, c'est tout ce qui compte.

— Tu aimes encore Sony ? s'écria-t-elle, ne pouvant comprendre.

Il roula sur lui-même, prit son visage entre ses mains.

— Ce garçon, chuchota-t-il, c'est toute ma vie.

Il était là, énorme et vieux, les genoux repliés vers son ventre, et Norah réalisa soudain qu'un jour il serait mort, lui dont elle avait souvent pensé avec dépit que rien d'humain ne pouvait l'atteindre.

Il s'assit au bord du lit, se leva malaisément.

Ses yeux allèrent du tas de ballons dans un coin de la chambre à la photo que Norah tenait encore.

— Cette femme, elle était mauvaise, c'est elle qui l'a appâté. Lui, il n'aurait pas osé poser les yeux sur la femme de son papa.

— En attendant, siffla Norah, c'est elle qui est morte.

— Sony, combien il va prendre ? Qu'est-ce que tu penses ? demanda-t-il sur le ton du plus complet désarroi. Il ne va quand même pas rester dix ans en prison. Si ?

— Elle est morte, il l'a étranglée, elle a dû beaucoup souffrir, murmura Norah. Les deux petites filles, les jumelles, qu'est-ce que tu leur as dit ?

— Je ne leur ai rien dit, je ne leur parle jamais. Elles ne sont plus là.

Il avait pris un air buté, mécontent.

— Comment ça, plus là ?

— Ce matin, je les ai envoyées dans le Nord, dans sa famille, dit-il en tendant le menton vers la photo de sa femme.

Norah, brusquement, ne supporta plus de le regarder.

Il lui semblait n'avoir aucune échappatoire, qu'il la tenait, qu'il les tenait tous en vérité depuis qu'il avait enlevé Sony, imprimant sur leur existence la marque de sa férocité.

Elle s'était élevée à la seule force de sa résolution et elle avait trouvé sa place dans un cabinet d'avocats, elle avait mis Lucie au monde et acheté un appartement, mais elle eût accepté de tout donner pour que cela ne fût pas arrivé, pour que Sony ne leur eût jamais été arraché lorsqu'il avait cinq ans.

— Tu as dit une fois, je m'en souviens, que tu ne laisserais jamais tomber Sony, déclara son père.

Quelques fleurs jaunes tachaient le drap, tombées de ses épaules et qu'il avait écrasées sous sa masse.

Combien pesant devait être aujourd'hui, songeait Norah, le démon assis sur le ventre de Sony.

Ce fut au cours du dîner, ce soir-là, alors que Jakob et son père discutaient en bonne intelligence, que Norah entendit, échappé des lèvres de ce dernier :

— Quand ma fille Norah habitait là…

— Qu'est-ce que tu racontes ? Je n'ai jamais habité cette maison ! s'exclama-t-elle.

Il détacha un gros morceau de la cuisse de poulet rôti qu'il tenait entre ses doigts, prit le temps de mâcher, d'avaler, puis d'une voix posée :

— Non, je sais bien. Je voulais dire, quand tu vivais dans cette ville, à Grand-Yoff.

Il lui sembla alors qu'une bourre de coton gênait sa gorge, ses oreilles qui se mirent à vrombir doucement.

Les voix de Jakob et de son père, des fillettes qui devisaient avec une pondération exagérée, lui parurent s'éloigner d'elle, devenant presque inaudibles, feutrées.

— Allons, gronda-t-elle, je n'ai jamais vécu à Grand-Yoff ni nulle part dans ce pays.

Mais elle n'était pas certaine d'avoir parlé ou si, ayant parlé, que quiconque l'eût entendue.

Elle se racla la gorge et répéta plus fort :

— Je n'ai jamais vécu à Grand-Yoff.

Son père haussa les sourcils avec un étonnement amusé.

Le regard de Jakob allait, indécis, de Norah à son père et les fillettes elles-mêmes s'étaient arrêtées de manger, si bien que Norah se sentit obligée de dire encore, atterrée d'avoir l'air de supplier qu'on la croie :

— Je n'ai jamais vécu ailleurs qu'en France, tu devrais le savoir.

— Masseck ! appela son père.

Il lui lança quelques phrases brèves et Masseck s'en alla chercher une boîte à chaussures qu'il posa sur la table et dans laquelle le père de Norah entreprit de fouiller impatiemment.

Il en sortit une petite photo carrée qu'il tourna vers Norah.

Comme toutes les photos que prenait son père, l'image, intentionnellement ou non, en était un peu brouillée.

Il s'arrange pour que tout soit flou et pouvoir ainsi affirmer n'importe quoi.

La jeune femme aux formes rondes se tenait bien droite devant une petite maison aux murs roses, au toit de tôle peint en bleu.

Elle portait une robe vert tilleul semée d'impressions jaunes.

— Ce n'est pas moi, dit Norah avec soulagement. C'est ma sœur. Tu nous as toujours confondues bien qu'elle soit plus âgée que moi pourtant.

Sans répondre, il montra la photo à Jakob, puis à Grete et Lucie. Gênées, les fillettes ne lui jetèrent qu'un vague coup d'œil.

— J'aurais cru que c'était toi, moi aussi, dit Jakob avec un petit rire confus. Vous vous ressemblez beaucoup.

— Oh, pas tant que ça, murmura Norah. Cette photo n'est pas bonne, voilà tout.

Son père secouait la photo devant le visage baissé, un peu rouge, de Lucie.

— Alors, petite ! C'est maman ou ce n'est pas maman là-dessus ?

Lucie hocha vigoureusement la tête de haut en bas.

— Tu vois, dit son père à Norah, ta fille te reconnaît.

Et il la lorgnait, un peu de profil, de son petit œil intraitable et furtif.

— Tu ne savais pas que ta sœur avait vécu à Grand-Yoff ? demanda Jakob dans l'intention manifeste de lui venir en aide — mais elle n'avait besoin, songea Norah, d'aucun secours à ce propos.

Comme c'était absurde !

Elle était lasse, à présent.

— Non, je ne savais pas. Ma sœur me parle rarement de ce qu'elle fait ou des endroits où elle va pour la propagande de son espèce de communauté. Qu'est-ce qu'elle est venue faire ici ? demanda Norah à son père sans le regarder en face.

— C'est toi qui étais là, pas ta sœur. Tu dois bien le savoir, ce que tu étais venue faire. Je sais quand même distinguer entre mes enfants.

Dans la nuit, laissant Jakob endormi, elle sortit de la maison oppressante, sachant cependant qu'elle ne trouverait pas la paix non plus dehors puisqu'il était là, guettant depuis les hauteurs du flamboyant.

Et elle l'entendait sans le voir dans la nuit profonde et les bruits que produisait sa gorge ou les menus déplacements de ses tongs sur la branche étaient infimes mais elle les entendait néanmoins et ils s'amplifiaient sous son crâne au point de l'assourdir.

83

Elle se tenait là, immobile sur le seuil, pieds nus sur le béton tiède et râpeux, consciente que ses bras, que ses jambes, que son visage moins sombres que la nuit devaient luire d'un éclat presque laiteux peut-être et que, sans doute, il la voyait comme elle le voyait, lui, à croupetons dans ses vêtements clairs, la figure effacée par sa propre obscurité.

En elle luttaient la satisfaction de l'avoir découvert et l'horreur de partager un secret avec cet homme.

Elle sentait maintenant qu'il lui en voudrait toujours d'avoir part à ce mystère, elle qu'il n'avait nullement choisie pour l'apprendre.

Était-ce la raison pour laquelle il avait cherché à l'embrouiller avec cette histoire de photo prise à Grand-Yoff?

Elle ne se rappelait même pas être jamais allée dans ce quartier.

Le seul détail perturbant, elle le reconnaissait volontiers, était que sa sœur eût porté une robe si semblable à la sienne car, cette robe vert tilleul aux petites fleurs jaunes, la mère de Norah la lui avait confectionnée avec un coupon de tissu que Norah avait trouvé chez Bouchara.

Il n'était pas possible que leur mère eût sorti deux robes de cette pièce de coton.

Norah rentra dans la maison, longea le couloir jusqu'à la chambre des jumelles où Masseck avait installé Grete et Lucie.

Elle poussa doucement la porte et l'odeur tiède des cheveux d'enfant fit remonter d'un coup l'amour qui l'avait désertée.

Puis cela reflua et s'en alla, elle se sentit de nouveau distraite, endurcie, inaccessible, comme occupée par quelque chose qui ne voulait laisser la place à rien d'autre, qui avait pris, tranquillement, sans justification, possession d'elle.

— Lucie, ma chérie, ma petite poule rousse, murmura-t-elle, et sa voix désincarnée lui fit penser au sourire de Sony ou de leur mère tant elle lui semblait non pas sortir de son corps mais flotter devant ses lèvres, pur produit de l'atmosphère, et plus rien de sensible n'habitait ces mots qu'elle avait dits si souvent.

Elle se trouvait de nouveau face à Sony, séparée de lui par le grillage auquel il leur fallait, chacun de son côté, coller la bouche pour espérer s'entendre.

Elle lui dit qu'elle lui avait apporté une pommade pour son eczéma, que le médicament lui serait remis à l'infirmerie après vérification et Sony pouffa, disant qu'il n'en verrait jamais la couleur, de cette voix affable qu'il avait quel que fût le propos.

Elle reconnaissait bien maintenant, malgré la maigreur, les croûtes de sang séché, la barbe folle, le visage de son frère, elle tâchait de lire sur ce visage qui était la bonté même, qui était un visage de saint, les signes du bouleversement, du remords, de la souffrance.

Il n'y avait rien de cela.

— Sony, je ne peux pas le croire, lui dit-elle.

Et elle songeait avec une pénible amertume qu'elle avait entendu bien souvent des parents de criminels s'exprimer ainsi, vainement, pitoyablement.

Mais Sony, lui, avait été véritablement une sorte de béat.

Il secouait la tête tout en se grattant.

— Je vais te défendre. Je vais être ton avocate. J'aurai le droit de venir te voir plus souvent.

Il secouait toujours la tête, doucement, quoique se grattant les joues et le front avec furie.

— Ce n'est pas moi, tu sais, dit-il tranquillement. Je ne pouvais pas lui faire de mal.

— Qu'est-ce que tu dis ?

— Ce n'est pas moi.

— Ce n'est pas toi qui l'as tuée ? Mon Dieu, Sony.

Ses dents heurtèrent le grillage, elle avait un goût de rouille sur les lèvres.

— Qui l'a tuée, Sony ?

Il haussa ses épaules squelettiques.

Il avait faim continuellement, lui avait-il dit, car certains détenus, sur la centaine qui vivait avec lui dans la même vaste cellule, lui volaient chaque jour une partie de sa ration.

Il ne faisait plus, lui avait-il dit en souriant, que des rêves de nourriture.

— C'est lui, dit-il.

— Notre père ?

Il acquiesça, passant et repassant la langue sur ses lèvres desséchées.

Puis, sachant que les minutes de parloir touchaient à leur fin, il se mit à parler très vite :

— Tu te rappelles, Norah, quand j'étais petit et qu'on habitait encore ensemble, il y a ce jeu qu'on avait tous les deux, tu me soulevais dans tes bras, tu me balançais en disant à la une, à la deux, et à la trois tu me précipitais sur le lit en disant que c'était l'océan, et je devais nager pour rejoindre la rive, tu te rappelles ?

Il gloussa de bonheur, la tête rejetée en arrière, et Norah reconnut immédiatement, violemment, le petit garçon à la bouche grande ouverte qu'elle lançait sur son lit couvert d'une chenille bleue.

— Comment vont les jumelles ? demanda-t-il encore.

— Il les a envoyées dans la famille de leur mère, je crois.

Elle parlait avec difficulté, mâchoire rigide, langue épaisse.

Il s'éloignait derrière les autres détenus quand, se détournant, l'air grave, il lui jeta :

— Les petites, les jumelles, ce sont mes filles, pas les siennes. Il le savait, tu comprends.

Elle arpenta un long moment, sous le dur soleil de midi, le trottoir de la prison, ne se sentant pas la force de retrouver Masseck qui l'attendait dans la voiture.

Tout était en ordre, finalement, songeait-elle froidement exaltée.

Il lui semblait regarder enfin dans les yeux le démon qui s'était assis sur le ventre de son frère, elle pensait : Je vais lui faire rendre gorge, mais de quoi s'agissait-il et qui pourrait jamais restituer ce qui avait été pris pendant des années ?

De quoi s'agissait-il ?

Masseck emprunta un chemin différent du trajet habituel, ce qu'elle remarqua sans y prêter plus d'attention, mais lorsqu'il arrêta la voiture devant une petite maison aux murs roses et au toit de tôle bleu, coupa le contact et posa les mains sur ses genoux, elle résolut de ne lui poser aucune question, décidant qu'elle ne ferait pas le moindre pas vers un piège possible.

Elle se devait maintenant, pour Sony comme pour elle, d'être forte et fine manœuvrière.

L'insoupçonné n'aura plus raison de moi.

— Il m'a dit de te montrer cette maison, déclara Masseck, parce que c'est là que tu habitais.

— Il se trompe, c'était ma sœur, dit Norah.

Pourquoi se refusait-elle à regarder attentivement la maison ?

Confuse vis-à-vis d'elle-même, elle jeta un coup d'œil aux murs d'un rose passé, à la galerie étroite qui courait devant, aux modestes maisons voisines devant lesquelles jouaient des enfants.

Puisqu'elle avait vu la photo, elle ne pouvait plus empêcher, songeait-elle, son esprit de reconnaître les lieux.

Mais le souvenir ne venait-il pas de plus loin ?

N'y avait-il pas, derrière ces murs roses, deux petites pièces carrelées de bleu foncé et, sur l'arrière, une minuscule cuisine imprégnée de l'odeur du curry ?

Elle constata, pendant le dîner, que son père et Jakob prenaient plaisir à discuter et que, si son père ne pouvait feindre de s'intéresser aux enfants, il s'efforçait cependant d'adresser parfois à Lucie et Grete une grimace censée les amuser, accompagnée de bruits de bouche drolatiques.

Il était décontracté, presque gai, comme si, pensait Norah, elle l'avait déchargé de ce terrible poids qu'était l'emprisonnement de Sony et qu'il ne restait plus qu'à attendre qu'elle eût réglé la situation, comme si, la charge morale, elle l'avait endossée et qu'il en était délivré à jamais.

Elle sentait, dans l'attitude de son père vis-à-vis des fillettes, une flatterie à son égard.

— Masseck t'a montré la maison ? lui demanda-t-il abruptement.

— Oui, dit-elle, il m'a montré l'endroit où ma sœur aurait vécu.

Il ricana, compréhensif, désinvolte.

— Je sais, reprit-il, ce que tu étais venue faire à Grand-Yoff, j'ai réfléchi et je m'en suis souvenu.

Elle eut un vertige, elle se vit repousser sa chaise, s'enfuir dans le jardin.

Puis elle se ressaisit et, pensant à Sony, refoula peur et doutes, malaise et désenchantement.

Qu'importait ce qu'il pouvait dire, puisqu'elle lui ferait rendre gorge.

— Tu étais venue pour te rapprocher de moi, oui. Tu devais avoir, je ne sais pas très bien, vingt-huit ou vingt-neuf ans.

Il s'exprimait sur le ton le plus neutre.

Il semblait vouloir abolir entre eux toute apparence de lutte.

Jakob et les enfants écoutaient avec application et Norah sentait que le comportement affable de son père, l'autorité de son âge et des vestiges de son aisance lui assuraient de la part des trois autres un crédit qu'elle n'avait plus.

Ils étaient maintenant enclins à le croire et à douter d'elle.

N'avaient-ils pas raison ?

Et n'était-ce pas tous ses principes d'éducation qui étaient contestés, dans leur rigueur, leur éclat, leur âpreté ?

Car s'ils devaient penser qu'elle avait menti ou dissimulé ou bizarrement oublié, elle apparaîtrait d'autant plus coupable d'avoir exigé et prôné, dans la vie qu'ils menaient ensemble, une telle rectitude.

Mais n'avaient-ils pas raison ?

Une chaleur humide glissait sur ses cuisses, s'insinuait entre ses fesses et la chaise.

Elle toucha vivement sa robe.

Désespérée, elle essuya ses doigts mouillés sur sa serviette.

— Tu avais envie de savoir ce que c'était que de vivre près de Sony et moi, continuait son père de sa voix bienveillante, alors tu as loué cette maison à Grand-Yoff, je suppose que tu voulais ton indépendance parce que, bien sûr, je n'aurais jamais refusé de t'accueillir. Tu n'es pas restée très longtemps, n'est-ce pas ? Tu avais imaginé peut-être, je ne sais pas, des relations comme on en a chez vous aujourd'hui, où on n'arrête pas de blablater et de se confier, de se repentir, de s'inventer toutes sortes de problèmes et de se dire à tout bout de champ qu'on s'aime, mais moi j'avais mon travail à Dara Salam et puis ce n'est pas mon genre, ces épanchements. Non, tu n'es pas restée longtemps, tu devais être déçue. Je ne sais pas trop. Et Sony n'était pas au mieux de sa forme à cette époque-là et peut-être qu'il t'a déçue lui aussi.

Elle ne bougeait pas, attentive à ne rien laisser deviner de sa misère.

Elle tenait ses pieds soulevés au-dessus de la petite mare sous sa chaise.

Son visage était enflammé, sa nuque brûlante.

Elle ne dit rien, garda les yeux baissés et resta assise jusqu'à ce que chacun eût quitté la table, après quoi elle alla chercher une serpillière dans la cuisine.

Ce soir-là, elle sortit sur le seuil de la maison avant que la nuit se fût installée, sachant qu'elle y trouverait son père, debout, figé dans l'attente patiente, immuable du moment de son élan.

Il rayonnait comme jamais dans sa chemise crasseuse.

Il avisa la robe beige qu'elle avait passée, fit la moue et dit, presque gentiment :

— Tu t'en es pissé dessus, tout à l'heure. Il n'y avait pas de quoi, tu sais.

— Sony m'a dit que tu as étranglé ta femme, dit Norah, indifférente à ce qu'il venait de proférer.

Il n'eut pas un tressaillement, pas un coup d'œil oblique, un peu absent déjà, absorbé sans doute par la conscience de la nuit qui venait et sa propre hâte de retrouver le sombre asile du flamboyant.

— Sony affirme que c'est lui, dit-il enfin, comme rappelé à un présent ennuyeux. Il n'a jamais dit et ne dira jamais autre chose. Je le connais. J'ai confiance en lui.

— Mais pourquoi tout ça ? s'écria-t-elle sourdement.

— Je suis vieux, ma fille. Tu me vois à Reubeuss ? Allons, allons. D'ailleurs, tu n'étais pas là, que je sache. Qu'est-ce que tu sais de qui a fait quoi ? Rien du tout. Sony s'est accusé, ils ont bouclé l'enquête, et voilà.

Sa voix se faisait de plus en plus faible, ténue, rêveuse.

— Mon pauvre cher garçon, chuchota-t-il.

Dans la chambre transformée en bureau provisoire, elle relisait pour la énième fois le dossier d'instruction de l'affaire de Sony.

Jakob et les fillettes étaient rentrés à Paris tandis qu'elle-même s'installait dans la petite maison aux murs roses et au toit de tôle bleu, après s'être entendue avec les collègues de son cabinet pour assurer la défense de Sony.

Et elle levait parfois les yeux du dossier et considérait avec plaisir la petite pièce blanche et nue et elle acceptait l'idée qu'elle avait peut-être, dix ans auparavant, dormi dans cette même chambre, car il était maintenant plus simple pour elle d'admettre, le cœur ouvert, une telle éventualité, que de la rejeter avec effroi et colère, de sorte qu'elle laissait sans crainte l'envahir une impression de déjà-vu qui pouvait aussi bien provenir de ce qu'elle avait traversé en rêve ce qu'elle vivait à présent.

Elle était là, seule dans l'intense clarté d'une maison étrangère, assise sur une chaise dure et fraîche de métal poli, et son corps tout entier était au repos et son esprit était au repos pareillement.

Elle comprenait ce qui s'était passé dans la maison de son père, elle comprenait les uns et les autres comme si elle s'était assise simultanément sur le ventre de chacun d'eux.

Car Sony avait dit au juge : « Je me suis caché dans la chambre de ma belle-mère, dans l'angle formé par l'armoire et le mur et je serrais dans ma poche un morceau de cordelette que j'avais pris dans le placard sous l'évier de la cuisine, un morceau qui restait du fil à linge tendu dans le jardin. Je savais que ma belle-mère entrerait seule dans la chambre après avoir couché les petites car c'est ainsi qu'elle faisait chaque soir, et je savais que mon père n'y entrerait pas car il avait cessé de coucher dans cette chambre, je ne peux pas dire où il couche, je le sais mais je ne peux pas le dire. Cela signifie que j'avais parfaitement prémédité mon geste, je savais que ma belle-mère avancerait vers l'armoire et qu'il me serait facile de lui passer la cordelette autour du cou. Elle était assez grande mais plutôt gracile et pas très forte, ses bras étaient minces et faibles, elle se débattrait peu, je le savais. Je l'avais assez souvent serrée contre moi dans cette même chambre pour savoir que ma force était énorme à côté de la sienne, je l'avais assez souvent entourée de mes deux bras. Elle était si fine que je pouvais presque attraper mes épaules quand je la serrais contre moi. Alors tout s'est passé comme je l'avais prévu. Elle est entrée, elle a refermé la porte derrière elle, elle a marché vers l'armoire et je me suis tendu vers elle et je l'ai fait. Sa gorge a gargouillé, elle a

93

tenté de saisir la cordelette autour de son cou mais elle était trop faible déjà. Elle s'est affaissée à moitié, je l'ai soulevée et déposée sur le lit. Je suis sorti, j'ai fermé la porte, je suis allé dans ma chambre. J'ai regonflé tous mes ballons de basket car je pensais que personne n'allait les gonfler avant longtemps et je me sens mieux quand ils sont gonflés correctement. Je me suis couché et j'ai bien dormi, jusqu'à six heures. Les petites criaient et je me suis réveillé. Elles étaient allées voir leur mère, ce sont leurs cris qui m'ont réveillé. Un peu plus tard, la police est arrivée et je leur ai raconté tout ça comme je vous le raconte aujourd'hui. Mes raisons : ma belle-mère et moi, nous avions une histoire d'amour ensemble depuis trois ans. Elle avait mon âge et c'était la première fois que j'étais amoureux de quelqu'un. Je l'aimais plus que tout, plus que personne d'autre au monde. Quand mon père s'est marié et l'a ramenée à la maison, je l'ai aimée aussitôt. C'était très dur, je me sentais coupable et sale. Mais elle était amoureuse de moi aussi et nous avons commencé à faire l'amour. Pour moi, c'était la première fois, j'avais attendu jusqu'à ce moment, je n'avais jamais osé avant. Je la trouvais belle et gaie, j'étais très heureux. Elle est tombée enceinte et j'étais sûr que c'était de moi, je me suis beaucoup attaché aux petites, j'étais heureux comme ça car mon père ne souffrait de rien, je n'avais plus peur de lui et lui ne s'occupait pas de mes affaires. Mais elle, elle commençait à se fatiguer de moi. Elle n'était pas capable de m'aimer pour le reste de sa vie comme moi je l'étais. Elle était mécontente, elle a commencé à me prendre en grippe. Elle me disait que je devais quitter la maison, que je devais aller faire ma vie ailleurs. Mais où aurais-je pu aller et pour faire quoi et avec qui à aimer? J'étais chez moi dans la maison de mon père et j'étais, d'une manière irrévocable, marié à la femme de mon père et les enfants de mon père étaient les miens. Du coup, les secrets de mon père étaient aussi mes secrets, c'est pourquoi je ne peux pas parler de lui bien que je n'ignore rien à son sujet.»

Et la jeune Khady Demba, dix-huit ans, avait dit : «J'étais dans la cuisine et j'ai entendu les deux petites crier fortement. J'ai quitté la cuisine et je suis allée jusqu'à la chambre où les petites criaient. Elles étaient près du lit, debout, et leur mère était allongée, j'ai vu ses yeux ouverts et la couleur de son visage qui n'était pas comme d'habitude.»

Et leur père avait dit : «Je suis un homme qui s'est fait seul et je crois que j'ai le droit d'en tirer une certaine fierté. Mes parents n'avaient rien, personne autour de moi n'avait rien, on survivait par la débrouille et l'ingéniosité mais le profit de chaque jour ne valait pas les efforts d'intelligence chaque jour déployés. J'ai étudié en France car j'étais un garçon brillant puis je suis rentré avec mon fils Sony, qui avait cinq ans, et je me suis lancé dans les affaires. J'ai racheté un village de vacances à moitié construit à Dara Salam et j'ai réussi à en faire un lieu fréquenté et rentable mais la chance a tourné et j'ai dû me séparer de Dara Salam et, tel que je suis aujourd'hui, je dois me contenter de très peu, cela m'indiffère et je n'ai plus beaucoup d'orgueil, plus beaucoup. Je suis entré dans ma maison et j'ai été accueilli par tous ces cris. Si mon fils Sony affirme être l'auteur de cet acte, je m'incline et je lui pardonne, car je l'aime depuis toujours en tant que fils et en tant que ce qu'il est, lui, bien qu'on me dise parfois : Ton fils n'a rien fait de son intelligence, mais il en fait ce qu'il a pu ou voulu et ce n'est pas mon problème. Je reconnais ce qu'il dit et je m'incline. Ma femme m'a trahi mais pas lui. C'est mon fils et j'admets et comprends ce qu'il a fait, car je me reconnais en lui. Mon fils Sony est meilleur que moi, il surpasse en grandeur d'âme tous les êtres que j'ai connus, cependant je me reconnais en lui et je lui pardonne. Je m'incline devant ce qu'il affirme, je ne dis rien d'autre, rien de différent, et si ses propos venaient à changer j'y acquiescerais de la même façon. C'est mon fils et je l'ai élevé, voilà tout. Ma femme, je ne l'avais pas élevée. Je ne la connais pas et je ne peux pas lui pardonner et ma haine ne se tarira jamais à l'encontre de cette femme car elle m'a bafoué dans ma propre maison et ne s'est pas souciée de moi.»

À la fin de l'après-midi, quand l'ombre eut adouci la rue, Norah s'en alla voir Sony.

Elle sortait chaque jour à la même heure, mesurait la vélocité de son pas pour éviter de transpirer abondamment.

Et elle préparait mentalement les questions qu'elle poserait à Sony, sachant déjà qu'il lui répondrait de son seul sourire et que, sur sa résolution de protéger leur père, il ne reviendrait pas, mais voulant lui montrer qu'elle était déterminée, elle, à le sauver et ainsi à l'affronter loyalement.

Elle marchait avec joie dans la rue familière et son esprit était en paix et son organisme ne la surprenait plus.

Elle saluait une voisine assise devant sa porte, elle songeait : Quels bons voisins j'ai là, et si l'un ou l'autre, si le boulanger libanais ou la vieille femme qui vendait des sodas dans la rue lui parlaient d'elle-même telle qu'ils prétendaient l'avoir connue dix ans auparavant, elle n'en était pas affectée.

Elle y consentait, humblement, déraisonnablement, comme à un mystère.

Pareillement elle avait cessé de se demander pourquoi elle ne doutait pas que renaîtrait en elle l'amour pour son enfant dès lors qu'elle serait allée au bout de ce qu'elle pouvait faire pour Sony, dès lors qu'elle les aurait délivrés, Sony et elle, des démons qui s'étaient assis sur leur ventre quand elle avait huit ans et Sony cinq.

Car c'était ainsi.

Et elle pouvait songer avec calme et gratitude à Jakob prenant soin des enfants à sa façon qui, peut-être, valait la sienne, elle pouvait penser sans inquiétude à Lucie.

Elle pouvait penser au visage radieux de son frère Sony quand, autrefois, elle jouait à le lancer sur le lit, elle pouvait penser à cela et n'en être pas ravagée.

Car c'était ainsi.

Elle veillerait sur Sony, elle le ramènerait à la maison.

C'était ainsi.

contrepoint

Il percevait près de lui un autre souffle que le sien, une autre présence dans les branches. Depuis quelques semaines il savait qu'il n'était plus seul dans son repaire et il attendait sans hâte ni courroux que l'étranger se révélât bien qu'il sût déjà de qui il s'agissait, parce que ce ne pouvait être nul autre. Il n'en éprouvait pas d'irritation car dans l'obscure quiétude du flamboyant son cœur battait alangui et son esprit était indolent. Mais il n'en éprouvait pas d'irritation : sa fille Norah était là, près de lui, perchée parmi les branches défleuries dans l'odeur sure des petites feuilles, elle était là sombre dans sa robe vert tilleul, à distance prudente de la phosphorescence de son père, et pourquoi serait-elle venue se nicher dans le flamboyant si ce n'était pour établir une concorde définitive ? Son cœur était alangui, son esprit indolent. Il entendait le souffle de sa fille et n'en éprouvait pas d'irritation.

II

Tout au long de la matinée, comme les vestiges d'un rêve pénible et vaguement avilissant, la pensée l'accompagna qu'il aurait mieux fait de ne pas lui parler ainsi, dans son propre intérêt, puis, à force de tours et de détours dans son esprit inquiet, cette idée se mua en certitude alors même qu'il en venait à ne plus très bien se rappeler le motif de la dispute — ce rêve pénible et avilissant dont ne lui restait qu'un arrière-goût plein d'amertume.

Il n'aurait jamais, jamais dû lui parler ainsi — voilà tout ce qu'il savait maintenant de cette querelle, voilà ce qui l'empêchait de se concentrer sans qu'il pût espérer en tirer avantage par ailleurs, plus tard, lorsqu'il rentrerait à la maison et la retrouverait, elle.

Car, songeait-il confusément, comment allait-il apaiser sa propre conscience si ses souvenirs tronqués de leurs conflits ne faisaient apparaître que sa culpabilité à lui, encore et toujours, comme dans ces rêves pénibles et avilissants où, quoi que l'on dise, quoi que l'on décide, on est en faute, irrévocablement ?

Et comment, songeait-il encore, allait-il se calmer et devenir un père de famille correct s'il ne parvenait à apaiser sa conscience, comment allait-il pouvoir se faire aimer de nouveau ?

Il ne devait pas, certes, lui parler ainsi, aucun homme n'en a le droit.

Mais ce qui l'avait poussé à laisser franchir ses lèvres certains mots que ne doit jamais prononcer un homme dont le plus violent désir est de se faire aimer comme avant, il le revoyait mal, comme si ces phrases terribles (qu'étaient-elles donc, d'ailleurs, exactement ?) avaient explosé dans sa tête, détruisant tout le reste.

Était-il juste alors qu'il se sentît tellement blâmable ?

S'il pouvait seulement, songeait-il, prouver devant son propre tribunal intérieur qu'il avait eu quelque raison valable de plonger dans une si grande colère, c'est avec plus de mesure qu'il regretterait son emportement et tout son caractère s'en trouverait adouci.

Tandis que sa honte présente, exaltée, tourbillonnante et chaotique, ne faisait que le mettre en rogne.

Oh, comme il aspirait à la quiétude, à la clarté !

Pourquoi, le temps passant, pourquoi, la belle jeunesse s'éloignant de lui, avait-il l'impression que seule la vie des autres, de presque tous les autres autour de lui, progressait naturellement sur un chemin de plus en plus dégagé que la lumière finale éclairait déjà de rayons chauds et tendres, ce qui leur permettait, à tous ces hommes de son entourage, de baisser leur garde et d'adopter vis-à-vis de l'existence une attitude décontractée, subtilement caustique mais imprégnée de la conscience discrète qu'un savoir essentiel leur était échu au prix de leur ventre souple et plat, de leur chevelure unie, de leur parfaite santé ? *Et je m'endeuille profondément, car je suis en grand effondrement.*

Lui, Rudy, percevait de quelle nature était ce savoir, bien qu'il lui parût avancer avec peine sur un sentier dont nulle lueur ultime ne pouvait percer l'amas de broussailles.

Il croyait comprendre, du fond de son désordre, de sa faiblesse, l'insignifiance fondamentale de ce dont il souffrait et, cependant, de cette intuition il était incapable de se servir avec profit, perdu comme il l'était dans les marges de la vraie vie, celle sur laquelle chacun a le pouvoir de peser.

De telle sorte, se disait-il, qu'il n'avait pas encore accédé, lui, Rudy Descas, malgré ses quarante-trois ans, à cette pondération désinvolte et chic, à cette ironie paisible qu'il voyait empreindre les actes les plus simples et les plus ordinaires propos des autres hommes, lui semblait-il, qui, tous, s'adressaient avec calme et spontanéité à leurs enfants, lisaient journaux et magazines avec un intérêt goguenard, pensaient avec plaisir au déjeuner entre amis du dimanche suivant, pour la réussite duquel ils se dépenseraient généreusement, gaiement, sans devoir jamais faire effort pour dissimuler qu'ils sortaient à peine d'une énième chamaillerie, d'un rêve pénible et avilissant. *Car je suis en grand effondrement.*

Rien de tout cela ne lui était accordé, jamais.

Et pourquoi donc, se demandait-il, pourquoi ?

Qu'il se fût mal comporté à tel moment et dans

telle situation où il importe d'être à la hauteur du drame ou de la joie, il voulait bien l'admettre, mais quel était ce drame, où était cette joie dans la vie réduite qu'il menait avec sa famille, et quelles circonstances particulières n'avait-il pas su affronter en homme accompli ?

Il lui semblait précisément que son immense fatigue (non moins considérable était sa fureur, dirait Fanta en ricanant, c'était bien de lui de se prétendre consumé quand la sourde rage permanente qu'il imposait à ses proches épuisait ces derniers avant tout, pas vrai, Rudy ?) venait de ce qu'il s'évertuait à guider dans la bonne direction leur pauvre tombereau, leur chargement de rêves pénibles, de rêves avilissants.

Avait-il jamais été récompensé pour son désir de faire au mieux ?

Non, pas même, non, pas même félicité ou honoré ou reconnu.

À la décharge de Fanta qui paraissait toujours lui imputer muettement les échecs, la malchance, il devait reconnaître qu'il était prompt à devancer tout jugement de ce genre en se sentant obscurément comptable de tout ce qui leur tombait dessus comme infortunes.

Quant aux rares coups de chance, il avait pris l'habitude de les accueillir avec un tel scepticisme, son visage défiant manifestait si éloquemment qu'il n'était pour rien dans le bref passage du bonheur dans leur maison qu'il ne serait venu à l'idée de personne de lui en savoir gré.

Oh, cela, Rudy ne l'ignorait pas.

Il sentait monter sur sa figure cet air de suspicion presque écœurée à l'instant où il proposait à Fanta, par exemple, ou à Djibril, une sortie au restaurant, une virée au club de canoë, et il voyait en retour l'inquiétude ou un léger désarroi (chez l'enfant qui détournait le regard, cherchait celui de sa mère, incapable, lui, de comprendre les intentions secrètes de son père) envahir les deux beaux visages, si semblables, de sa femme et de son fils, et il ne pouvait s'empêcher alors de leur en vouloir et il devenait furax et leur lançait : Quoi, vous n'êtes jamais contents ? cependant que les deux beaux visages des seuls êtres qu'il aimait dans ce monde se fermaient alors, n'exprimant plus rien qu'une morne indifférence à son endroit et à l'endroit de tout ce qu'il pourrait suggérer pour leur faire plaisir, l'écartant silencieusement de leur vie, de leurs pensées et de leurs sentiments, cet homme grognon et imprévisible qu'un mauvais sort les contraignait pour l'instant de souffrir auprès d'eux comme le débris d'un rêve pénible, d'un rêve avilissant. *Tout ce qui m'était à venir m'est advenu.*

Il arrêta brutalement sa voiture sur le bas-côté de la petite route qui l'amenait chaque jour tout droit chez Manille, une fois passé le grand rond-point au centre duquel s'élevait maintenant la curieuse statue en pierre blanche d'un homme nu dont le dos courbé, la tête basse, les bras lancés en avant semblaient attendre avec terreur et résignation les jets d'eau programmés pour l'arroser au début de l'été.

Rudy avait suivi chaque étape de la réalisation de cette fontaine, le matin, quand il tournait lentement sur le rond-point dans sa vieille Nevada avant d'obliquer vers les établissements Manille, et sa curiosité distraite s'était muée à son insu en embarras, puis en malaise lorsqu'il avait cru constater une intime ressemblance entre le visage de la statue et le sien (pareils le grand front plat et carré, le nez droit mais un peu court, la mâchoire saillante, large bouche, menton anguleux d'hommes fiers sachant exactement où les mène chacun de leurs pas résolus, n'était-ce pas, cela, plus comique qu'affligeant quand on se contentait d'aller trimer chez Manille, hein, Rudy Descas ?) et son trouble s'était accru à la vue du monstrueux appareil génital que l'artiste, un certain R. Gauquelan habitant le coin, avait sculpté dans l'entrejambe de son héros, forçant Rudy à se sentir l'objet d'une cruelle dérision tant était pitoyable l'opposition de l'attitude veule, désarmée, et des bourses énormes.

Il évitait à présent de jeter son habituel coup d'œil à la statue, quand il tournait sur le rond-point dans sa Nevada délabrée.

Mais un réflexe malveillant orientait parfois son regard vers la face minérale qui était la sienne, cette claire et vaste figure d'apparence si virile penchée avec crainte, puis vers les testicules disproportionnés, et il en était venu à éprouver de la rancune et presque de la haine envers Gauquelan qui avait réussi, en plus, Rudy l'avait lu dans le journal local, à vendre son œuvre à la ville pour quelque cent mille euros.

Cette nouvelle l'avait plongé dans une grande détresse.

C'était comme si, se disait-il, Gauquelan avait profité de son sommeil ou de son innocence pour le faire figurer sur une ridicule photo pornographique qui aurait rendu Gauquelan plus riche et Descas plus pauvre, grotesque — comme si Gauquelan ne l'avait tiré d'un rêve pénible que pour l'enfoncer dans un rêve avilissant.

— Cent mille euros, je ne peux pas le croire, avait-il dit à Fanta, ricanant pour masquer sa désolation. Non, vraiment, je ne peux pas le croire.

— Quelle importance, avait dû répondre Fanta, qu'est-ce que cela t'enlève, à toi, que d'autres s'en sortent bien, avec cette irritante habitude qu'elle avait depuis peu de paraître ne vouloir observer toute situation que d'un point de vue hautain, magnanime, détaché, abandonnant Rudy à ses pensées mesquines et envieuses car cela pas plus que le reste maintenant elle ne voulait le partager avec lui.

Elle ne pouvait cependant empêcher qu'il se souvienne, et le lui rappelle sur un ton suppliant, de ces bonnes années pas si lointaines où l'un de leurs plus chers plaisirs consistait, dans la pénombre de leur chambre, assis au lit coude à coude comme deux camarades et tirant l'un après l'autre sur la même cigarette, à décortiquer sans indulgence les comportements et caractères de leurs amis, de leurs voisins et à puiser dans leur sévérité commune mêlée d'une très consciente mauvaise foi des effets de drôlerie qu'ils n'auraient jamais pu ni osé tenter avec d'autres, qui étaient propres à cette paire de braves copains qu'ils formaient tous les deux en plus d'être mari et femme.

Il voulait maintenant l'obliger à s'en souvenir, elle qui feignait de croire qu'elle ne s'était jamais amusée avec lui — mais ce n'était pas, non, la meilleure idée qu'il ait eue, avec son ton malgré lui implorant, en être réduit à mendier pour qu'elle accepte de constater que, quoi qu'il en fût, ce qui avait été n'était plus et qu'était mort sans doute à jamais l'aimable compagnon qu'il avait pu être, par sa faute à lui.

Et il en revenait toujours à cet aspect intolérable, cette tacite accusation qui lui enserrait la gorge — sa faute éternelle — et plus il se démenait pour se libérer de ce qui l'étranglait, de ce qui le tuait, plus il secouait sa lourde tête et plus il s'énervait et augmentait ses crimes.

De fait, ils n'avaient plus d'amis depuis longtemps et leurs voisins lui battaient froid, à lui.

Rudy Descas s'en moquait bien, il estimait avoir assez de soucis pour ne pas devoir s'occuper de ce qui, dans son attitude, déplaisait, mais il ne pouvait plus rire de personne avec Fanta si même elle avait été encore capable de le souhaiter.

Ils étaient isolés, très isolés, voilà ce qu'il devait bien reconnaître.

Il semblait que les amis (qui étaient-ils exactement, comment se nommaient-ils, où avaient-ils tous disparu?) se soient éloignés à mesure que Fanta se détournait de lui, comme si l'amour qu'elle lui avait porté, tel un tiers flamboyant entre eux deux, avait été seul digne de leur intérêt et de leur affection et que, une fois volatilisé ce beau témoin, Fanta et lui, mais lui surtout, leur étaient finalement apparus, à tous ces amis, dans toute la rudesse de leur banalité, de leur pauvreté.

Mais Rudy s'en moquait bien.

Il n'avait besoin que de sa femme et de son fils — encore que, ainsi qu'il se l'était déjà avoué avec un peu de gêne, bien moins besoin de son fils que de sa femme, et moins de son fils lui-même qu'en tant que mystérieuse et séduisante extension de sa femme, fascinant, miraculeux développement de la personnalité et de la beauté de Fanta.

Ne lui manquaient, dans la présence de ces ombres informes qui avaient joué le rôle d'amis, que les regards bienveillants et cordiaux qui l'assuraient que Rudy Descas était un type sympathique, agréable à fréquenter, dont la femme venue de loin l'aimait sans arrière-pensée — il était alors bien lui, Rudy Descas tel qu'il se voyait, présent en ce monde, et non l'improbable et discordante figure issue de quelque rêve pénible, de quelque rêve avilissant, et que nul matin ne parvient à chasser. *Que sont mes amis devenus, que j'avais de si près tenus et tant aimés?*

Il regarda sa montre.

Il ne lui restait que cinq minutes avant l'heure d'embauche chez Manille.

Il s'était arrêté devant l'unique cabine téléphonique du secteur, au bord de la petite route qui ouvrait la voie gaiement et bravement entre les étendues de vignes.

Le soleil tapait dur déjà.

Pas un souffle, pas une ombre avant celle des hauts chênes verts qui encadraient au loin le château viticole, austère demeure aux volets clos.

Quelle fierté avait été la sienne quand il avait présenté à Fanta cette région où il était né, où ils allaient vivre et prospérer, et tout particulièrement cette

bâtisse dont maman connaissait un peu les propriétaires, producteurs d'un excellent graves que Rudy, à
présent, n'avait plus les moyens de boire.

Il savait que, obscurément, au-delà de tout espoir
raisonnable, le plaisir orgueilleux qu'il avait éprouvé
à montrer le sombre petit château à Fanta, s'avançant et la tirant presque dans l'allée jusqu'à la grille,
jusqu'aux chênes verts, arguant de cette vague relation entre maman et les maîtres des lieux (elle avait
dû, en tout et pour tout, remplacer quelques semaines
leur femme de ménage habituelle) pour s'en approcher exagérément, venait de ce qu'il s'était persuadé
qu'un jour cette propriété leur appartiendrait, à Fanta
et lui, qu'en quelque sorte elle leur reviendrait, il ne
savait encore comment.

Que trois énormes chiens jaillis de l'arrière de la
demeure se soient rués vers eux n'avait pas altéré
cette certitude, même si un sentiment de pure horreur
s'était alors emparé de lui.

Oh, Rudy Descas n'était pas un homme si coura-
geux que cela. *Ces amis m'ont bien failli.*

Les dobermans déchaînés n'avaient-ils pas voulu le
punir de ses désirs présomptueux et absurdes, de cette
grosse patte possessive qu'il avait abattue en pensée
sur la propriété ?

Un coup de sifflet lancé par leur maître invisible
avait arrêté les chiens tout net, cependant que Rudy
lentement reculait, son bras tendu devant Fanta
comme s'il avait voulu la dissuader de sauter à la
gorge des trois monstres.

Qu'il s'était senti inutile et vain par cette chaude
matinée de printemps, dans le silence paisible, lumi-

neux qui avait suivi la retraite des chiens et leur propre retour vers la voiture, qu'il s'était senti pâle et flageolant à côté de Fanta qui, elle, n'avait pas même frissonné.

Elle ne m'en veut pas de l'avoir mise en danger, non parce qu'elle est bonne, bien qu'elle le soit, mais parce que la conscience du danger ne l'a pas atteinte, songeait-il, est-ce cela, être brave, et je ne suis qu'un audacieux ? *Car jamais, tant que Dieu m'assaillit, je n'en vis un seul à mes côtés.*

Il jetait des regards en coin au visage impassible, aux grands yeux bruns de sa femme baissés vers les graviers de l'allée qu'elle agitait distraitement de l'extrémité d'une baguette, petite branche de noisetier ramassée à l'instant où les chiens avaient déboulé.

Quelque chose en elle résistait à la compréhension, songeait-il presque admiratif quoique mal à l'aise — dans le naturel de sa placidité chez une femme qui était avant tout une intellectuelle, dans la méconnaissance qu'elle semblait avoir, elle qui déchiffrait tout, de son propre flegme.

Il regardait le large, le haut méplat de sa joue lisse, les cils noirs épais, le nez à peine saillant, et l'amour qu'il lui portait, à cette femme secrète, l'effrayait.

Car elle était étrange, trop étrange pour lui peut-être, et il s'épuisait à démontrer qu'il n'était pas réduit à ce qu'il avait l'air d'être, qu'il n'était pas simplement un ex-professeur de lycée revenu s'installer dans sa province natale mais un homme que le sort avait élu pour s'acquitter d'un destin original.

Il lui aurait suffi, à lui, Rudy Descas, il s'en serait

contenté avec gratitude, de n'être chargé de nul autre devoir que de celui d'aimer Fanta.

Mais il avait l'impression que c'était trop peu pour elle, même si elle l'ignorait, et que, l'ayant enlevée à son univers familier, il lui devait bien davantage qu'une assez grossière petite maison dans la campagne, laborieusement payée à crédit, et toute la vie y afférente, toute cette modicité qui le mettait hors de lui.

Et il se tenait maintenant au bord de cette même joyeuse petite route, plusieurs années après que les chiens avaient failli les déchirer tous les deux (mais la tranquillité de Fanta n'aurait-elle pas suspendu leur bond, ne se seraient-ils pas écartés d'elle en geignant peut-être, apeurés de sentir qu'elle n'était pas un être humain semblable aux autres?), par une tiède et suave matinée de mai toute pareille à celle-ci, sinon que sa déconfiture avait alors à peine altéré sa confiance en l'avenir, en leur succès, en leur veine éblouissante, et qu'il savait à présent que rien ne réussirait.

Ils étaient repartis dans cette vieille Nevada de laquelle il s'extrayait maintenant car, oui, c'était déjà une vilaine voiture démodée, d'un bleu-gris caractéristique des goûts prudents de la mère de Rudy à laquelle celui-ci l'avait achetée quand elle l'avait abandonnée pour une Clio, et cependant, comme il ne doutait pas à l'époque de pouvoir très vite s'offrir quelque chose de bien mieux (une Audi ou une Toyota), il avait entraîné Fanta à considérer leur voiture comme une sale bête un peu fourbe, ridicule mais fatiguée et dont ils accompagnaient les derniers jours avec patience, ne la sortant que pour l'entretenir.

Il avait traité la pauvre Nevada avec une désinvolture méprisante, mais n'était-ce pas une sorte de haine qu'il éprouvait actuellement contre sa robustesse même, sa vaillance à toute épreuve de bonne vieille voiture pas compliquée, et presque son honnêteté, son abnégation?

Rien de plus misérable, se disait-il, que de haïr sa voiture, où en suis-je donc arrivé et tomberai-je beaucoup plus bas encore — oh, certes oui car c'était une broutille à côté de ce qu'il avait dit à Fanta ce matin-là, avant de partir travailler chez Manille et de prendre cette même route qui, autrefois, coupant allègrement entre les vignes…

Que lui avait-il dit exactement? *Et il ventait devant ma porte et il les emporta.*

Il laissa la portière ouverte, debout sur ses jambes tremblantes. L'ampleur de ce qu'il avait très probablement gâché l'étourdissait.

Tu peux retourner d'où tu viens.

Était-ce possible?

Il eut un faible sourire, crispé, jaune — non, Rudy Descas ne parlerait pas ainsi à la femme dont il voulait si ardemment être aimé de nouveau.

Il leva les yeux, mit sa main en visière, la sueur mouillait déjà son front, sa frange blonde.

Blond également était le monde autour de lui par ce matin doux et propre, blonds les murs du petit château là-bas que des étrangers quelconques (Américains ou Australiens, croyait savoir maman toujours à l'affût d'informations dont alimenter son penchant à la déploration voluptueuse) avaient récemment acquis et restauré, et les taches de lumière blondes

111

sous ses paupières dansaient au rythme de ses cligne-
ments d'yeux — puissent-elles couler enfin, ces larmes de colère qu'il sentait peser de l'intérieur contre
ses orbites.

Mais ses joues demeuraient sèches, sa mâchoire
contractée.

Il perçut le ronflement d'une voiture qui arrivait
derrière lui et il s'accroupit aussitôt derrière sa portière, peu désireux d'adresser un signe au conducteur
qu'il avait, ici, toute chance de connaître, mais secoué
aussitôt d'un lugubre fou rire en songeant qu'il était
le seul dans le coin à rouler dans une Nevada bleu-
gris et que sa voiture attestait de la présence de Rudy
Descas plus sûrement encore que la silhouette de
Rudy Descas lui-même qui pouvait toujours, à une
certaine distance, ressembler à quelqu'un d'autre.

Car il semblait que tout le monde eût assez d'argent pour acheter un véhicule vieux de dix ou douze
ans au maximum, sauf lui et sans qu'il comprît pour
quelle raison.

Quand il se releva, il songea qu'il ne pourrait
maintenant éviter d'arriver à ce point en retard chez
Manille qu'il lui faudrait passer par le bureau de ce
dernier avec une excuse relativement inédite.

Il en était comme satisfait, obscurément.

Il savait que Manille était fatigué de lui, de ses
retards fréquents, de sa mauvaise humeur ou de ce
qu'un homme naturellement affable et commerçant
comme Manille devait appeler ainsi lorsque Rudy
estimait que le quant-à-soi farouchement défendu
comptait parmi ses droits fondamentaux d'employé
mal payé, et bien qu'il appréciât Manille par ailleurs

il lui plaisait de ne pas être, lui, apprécié de Manille, de ce type d'hommes pragmatiques et finasseurs, bornés mais, dans les limites très serrées de ses facultés, étonnamment doué, presque talentueux.

Il savait que Manille l'aurait aimé et respecté et aurait même excusé son caractère difficile si Rudy s'était révélé habile vendeur de cuisines, il savait que Manille n'aurait pas tant prisé la capacité de faire gagner de l'argent à l'entreprise que la simple et belle compétence en un domaine précis et il savait tout aussi bien qu'il n'était aux yeux de Manille ni qualifié ni ingénieux ni volontaire, ni, pour couvrir une telle nullité, seulement gentil.

Manille ne le gardait que par une forme particulière d'indulgence, songeait Rudy, de pitié compliquée — car pourquoi Manille aurait-il eu vraiment pitié de lui?

Que savait-il de la situation précise de Rudy?

Oh, peu de chose, Rudy ne se confiant jamais à quiconque, mais il devait percevoir, cet homme rude, aimable, roublard, que Rudy était à sa façon un déclassé et que, jusqu'au moment où cela ne serait plus supportable, il incombait à des types comme lui, Manille, qui se sentaient parfaitement à leur place là où ils étaient, de le protéger.

Rudy comprenait le raisonnement non formulé de Manille.

Quoique reconnaissant, il en était humilié.

Allez vous faire foutre, je n'ai pas besoin de vous, petit entrepreneur à la noix, marchand de cuisines rustiques.

Mais que deviendras-tu, Rudy Descas, quand Manille

te mettra à la porte l'air sincèrement navré, ennuyé mais bien forcé de laisser entendre que tu as tout fait pour en venir là?

Il était sûr de devoir à maman son emploi chez Manille, quoiqu'elle n'eût jamais avoué être allée parler à ce dernier (et, nécessairement, le supplier, le coin de ses paupières, qu'elle avait tombantes, tout humide et rose, son long nez rougi par l'infamie d'une telle démarche) et que la raison qui avait obligé Rudy à chercher du travail fût trop douloureuse pour qu'il ait eu le courage de revenir avec elle sur cette question.

Je me fiche de Manille, ça oui.

Comment pouvait-il perdre du temps à rêvasser autour de Manille alors qu'il ne se rappelait pas les termes exacts de ce qu'il avait dit le matin même à Fanta et qu'il n'aurait jamais, en aucun cas, dû lui dire, car il lui semblait que cela se retournerait de la plus terrible manière contre lui si elle s'avisait ou trouvait l'occasion de le prendre au mot, qu'il parviendrait ainsi au résultat absolument inverse de celui auquel il s'efforçait de travailler depuis un bon moment déjà.

Tu peux retourner d'où tu viens.

Il allait lui téléphoner et lui demander de lui répéter les mots précis de leur violent échange et ce qui l'avait provoqué.

Il était impossible qu'il lui eût dit cela.

Il le croyait, songea-t-il, parce qu'il avait cette propension à se sentir toujours plus blâmable qu'il ne l'était, à s'accuser du pire vis-à-vis d'elle qui ne pouvait avoir ni mauvaises pensées ni visées ambi-

114

guës puisqu'elle était si démunie et, à juste titre, si déçue — si déçue !

La seule pensée qu'elle pût obéir à ces mots affreux lui causa un afflux de sueur à la face et dans le cou.

Puis, presque aussitôt, il fut parcouru de frissons.

Avec un désespoir d'enfant il souhaita alors s'arracher à ce rêve interminable, ce rêve monotone et froid dans lequel Fanta allait le quitter parce qu'il le lui aurait, sans pouvoir se le rappeler, en quelque sorte ordonné, et alors que rien de plus horrible ne pouvait lui tomber dessus — il le savait, n'est-ce pas, car elle l'avait déjà fait, elle avait déjà tenté de le faire, pas vrai, Rudy Descas ?

Il chassa hâtivement cette pensée, ce souvenir intolérable de l'escapade de Fanta (ainsi disait-il en lui-même pour réduire la portée de ce qui n'avait été ni plus ni moins qu'une trahison), préférant encore la froideur monotone de ce rêve interminable qu'était devenue sa vie, à son grand étonnement — sa vraie, sa pauvre vie.

Il ouvrit la porte de la cabine téléphonique, se glissa entre les parois couvertes de griffures et de graffitis.

De même qu'il était contraint de rouler dans une Nevada hors d'âge, il avait dû, tout récemment, résilier son abonnement de téléphone portable et cette décision qu'il aurait pu se contenter de qualifier de raisonnable, vu le budget serré dont il disposait chaque mois, lui apparaissait inexplicable, singulière et injuste comme une cruauté qu'il se serait infligée, car il ne connaissait ni n'avait entendu parler de personne qui ait dû renoncer à cet accessoire, à part lui.

Pas même les gitans qui vivaient dans un camp permanent installé en contrebas de la petite route, juste au-delà des vignes au flanc de la colline, et dont, se disait Rudy machinalement, les nouveaux habitants du petit château, ces Américains ou Australiens, devaient distinguer le toit des caravanes verdies par la mousse, pas même les gitans que Rudy voyait souvent plantés devant la vitrine de Manille, contemplant d'un œil aigu et dédaigneux les cuisines d'exposition, n'étaient privés de téléphone.

Alors quoi, se disait-il, comment faisaient tous ces gens pour réussir ainsi à vivre tellement mieux que lui?

Qu'est-ce qui l'empêchait d'être aussi malin que les autres, puisqu'il n'était pas plus sot?

Lui, Rudy Descas, qui avait longtemps estimé que sa sensibilité particulière, l'ampleur spirituelle, idéaliste, romantique, vague aussi, de son ambition, compensaient favorablement son manque d'astuce et de rouerie, commençait à se demander si une telle singularité avait quelque valeur ou si elle n'était pas risible et secrètement méprisable comme l'aveu, chez un homme puissant, d'un goût pour les fessées et les fanfreluches.

Il tremblait tant qu'il s'y reprit à trois fois pour composer son propre numéro de téléphone.

Il laissa sonner, longtemps.

Son regard errait, à travers la paroi vitrée, sur le calme petit château frais et blond, bien à l'abri de la chaleur sous le feuillage dense, discipliné de ses

116

chênes sombres, puis son regard régressa, se fixa sur le verre de la paroi dans lequel il aperçut, comme prisonnier de la matière, son propre visage transparent et suant aux yeux hagards, le bleu de leur iris assombri par l'angoisse — tandis qu'il se représentait si bien la pièce dans laquelle sonnait et sonnait vainement le téléphone, le salon inachevé de leur petite maison tout entière figée dans le non-fini sans espoir, feuilles de plâtre sans jointoiement, vilain carrelage marron, et là-dedans leurs pauvres meubles : un vieil ensemble fauteuils-canapé en tissu fleuri et bois verni récupéré chez une patronne de maman, la table de jardin recouverte d'une nappe plastifiée, un buffet en pin, la petite bibliothèque débordante de livres, toute une triste laideur que ne venaient nullement éclairer ou adoucir l'indifférence à son endroit ou la joyeuse vitalité des habitants de la maison, car Rudy exécrait cette mocheté qui n'aurait dû être, comme le reste, que provisoire, il en souffrait chaque jour comme à présent, dans la cabine téléphonique, rien qu'à se l'imaginer — il en souffrait et en était furieux, coincé dans le rêve interminable, le rêve monotone et froid de la gêne permanente.

Mais où pouvait-elle être, à cette heure ?

Elle avait sans doute, comme chaque matin, accompagné Djibril à l'arrêt du car scolaire mais elle aurait dû être rentrée à la maison depuis longtemps — alors, où était-elle, pourquoi ne répondait-elle pas au téléphone ?

Il raccrocha, s'appuya le dos à la paroi.

Sa chemisette bleu clair était trempée, il la sentait, humide et chaude, contre le verre.

Oh, comme tout cela était pénible et inquiétant et mortifiant, comme tout cela lui donnait envie de pleurer en cachette, une fois retombée la colère.

Se pouvait-il, se pouvait-il seulement qu'elle ait… prenant à la lettre ces mots qu'il n'était même pas sûr d'avoir prononcés, qu'il était en tout cas certain de n'avoir jamais pensés…

Il décrocha de nouveau le combiné, si brusquement que celui-ci lui échappa et alla frapper le verre, au bout de son fil.

Il sortit de la poche de son jean son vieux répertoire corné et chercha le numéro de Mme Pulmaire bien qu'il fût certain, ayant déjà appelé tant de fois la vieille garce, qu'il aurait pu le composer de mémoire.

Elle n'était pas si décrépite, du reste, à peine l'âge de maman, mais elle avait ces manières de vieille, cette façon de ravaler ostensiblement sa vertu pour descendre au niveau des requêtes compliquées et légèrement répugnantes qu'il avait coutume de lui adresser depuis qu'ils étaient voisins, elle ayant sans doute mis un point d'honneur à ne jamais rien leur demander.

Elle décrocha aussitôt, comme il s'y attendait.

— C'est Rudy Descas, madame Pulmaire.

— Oh.

— Je voulais juste savoir si… si vous auriez pu aller voir à la maison, vérifier que tout va bien.

Et il sentait cogner et cogner son cœur en même temps qu'il s'efforçait de donner à sa voix un détachement dont Pulmaire ne serait pas dupe une seconde et il était prêt à gémir et à supplier le dieu de maman, ce bon petit dieu qui finalement semblait l'avoir, maman, plus ou moins entendue et exaucée, au lieu de quoi il retenait son souffle, transi dans sa sueur malgré l'air suffocant de la cabine, isolé soudain en un temps immobile (et tout lui paraissait figé alentour et en suspens anxieux la frondaison des chênes verts et les feuilles des vignes et les nuages floconneux dans le bleu pétrifié du ciel) que seule pourrait remettre en mouvement l'annonce que Fanta était bien à la maison — et qu'elle était heureuse et qu'elle l'aimait et n'avait jamais cessé de l'aimer?

Non, ceci, Pulmaire ne le lui dirait pas, n'est-ce pas?

Elle lui disait dans un susurrement, une affectation de douceur:

— Qu'est-ce qu'il se passe, Rudy? Quelque chose ne va pas?

— Non, rien de spécial, je me disais juste… comme je n'arrive pas à joindre ma femme…

— Vous m'appelez d'où, Rudy?

Sachant qu'elle n'avait pas à le demander, sachant aussi qu'il n'oserait l'envoyer promener avant qu'elle eût daigné transporter sa lourde masse de chair auguste et inutile jusqu'au foyer Descas, jeter un œil par la fenêtre dépourvue de rideaux ou sonner à la porte afin que cette femme bizarre qu'il avait, cette Fanta qui avait bel et bien disparu une fois, puisse prouver qu'elle n'était ni en fuite ni écroulée quelque part dans un coin de cette triste petite maison à demi restaurée — ah, comme il était las de comprendre si bien la Pulmaire, comme il se sentait souillé par les relations de ce genre.

— Je vous appelle d'une cabine.

— Vous n'êtes pas au travail, Rudy ?

— Non ! cria-t-il. Et alors, madame Pulmaire ?

Un long silence, non pas choqué ni surpris, la vieille Pulmaire n'en étant plus à d'aussi puériles émotions, mais chargé d'une pesante dignité qui devait, si Rudy avait encore un peu de respect humain, l'amener à la contrition.

Il s'entendait haleter dans le combiné.

Et il sentait monter en lui de nouveau, comme ce matin-là quand Fanta l'avait bravé par ses paroles ou peut-être par son silence, il ne savait plus (mais lui dirait-on enfin combien de temps un homme qui lutte pour la survie de son honneur d'homme et de père et de mari et de fils, un homme qui tente chaque jour d'empêcher que s'effondre ce qu'il a bâti, combien de temps cet homme peut supporter d'être la cible de reproches inchangés, formulés ou lancés par le regard d'un œil scrutateur, amer et sans pitié, et s'il peut le supporter front blanc et sourire aux lèvres comme si la sainteté participait également de son devoir, le lui dirait-on enfin, et qui, lui que ses amis avaient abandonné ?), cette colère chaude, presque douce, presque cordiale, à laquelle il savait bien qu'il devait résister mais qu'il était si bon aussi de ne pas entraver, si bon et si réconfortant — au point qu'il se prenait parfois à songer : Cette colère familière, n'est-ce pas tout ce qu'il me reste, n'ai-je pas tout perdu en dehors d'elle ?

Il colla sa bouche au plastique moite.

— Maintenant, hurla-t-il, vous allez bouger votre gros cul et faire ce que je vous ai demandé !

La Pulmaire raccrocha aussitôt, sans un mot, sans un soupir.

Il appuya sur la fourche du téléphone, deux ou trois fois brutalement, puis composa de nouveau le numéro de chez lui.

Il avait appris à penser ainsi maintenant, même si cela le contrariait et le blessait toujours autant, mais il accordait son expression à l'évidente volonté de Fanta, manifestée par toute son attitude, de ne plus considérer comme chez eux mais uniquement comme chez lui leur pauvre maison branlante, et non pour cette raison, il le savait, non à cause de l'irrémédiable disgrâce de la maison dont Fanta, il le savait, au fond n'avait que faire, mais parce qu'il avait choisi cette maison et qu'il l'avait nommée et qu'il l'avait, en quelque sorte, inventée.

Cette bâtisse, avait-il décidé, abriterait leur bonheur.

À présent, emmenant l'enfant avec elle, le petit Djibril de sept ans avec qui jamais Rudy n'avait été très à l'aise (car il comprenait, sans pouvoir rien y changer, qu'il effrayait le petit garçon?), Fanta se retirait de la maison.

Elle y était, elle n'avait d'autre solution que d'y être — mais, se disait Rudy, elle battait froid à la maison, elle refusait de donner affection et soins à la maison de son mari, d'envelopper de son souci inquiet, maternel, la misérable maison de son mari.

Et, à son exemple, l'enfant habitait la maison en petit esprit indécis, effleurant le carrelage de ses pieds légers, semblant même parfois flotter au-dessus du sol comme s'il redoutait le contact avec la maison de

121

son père, pareillement, songeait Rudy, qu'il se tenait prudemment à l'écart de son père lui-même.

Oh, se dit-il dans un éblouissement de douleur et toute colère disparue tandis que la sonnerie vibrait dans son oreille et qu'au-delà de la paroi de verre les vignes et les chênes et les petits nuages enfantins reprenaient vie au vent infime, que leur était-il donc arrivé à tous les trois pour que sa femme et son fils, les seuls êtres qu'il aimât dans ce monde (car il n'avait pour maman qu'une tendresse vague, formelle, sans conséquence), le regardent comme leur ennemi ?

— Oui ? fit alors la voix de Fanta si peu timbrée, si *gloomy* maussade qu'il crut presque d'abord avoir par erreur rappelé la Pulmaire.

Il en fut saisi puis sa gorge se serra.

Voilà donc comme Fanta parlait quand elle était seule à la maison et qu'elle ne croyait pas s'adresser à lui, auquel cas sa voix s'emplissait de rancœur et d'une dureté qui la faisait frémir — voilà donc comme parlait Fanta quand elle était elle-même, sans lien avec lui — et avec quelle tristesse, quel morne désespoir, quelle mélancolique réapparition de son accent.

Car, d'aussi loin qu'il se souvienne, elle s'efforçait toujours, cet accent pour lui charmant, de le masquer, et bien qu'il n'approuvât pas tout à fait cette volonté de paraître ne venir de nulle part et qu'il la trouvât même un peu absurde (puisque son visage était si manifestement celui d'une étrangère), il l'avait toujours associée à l'énergie de Fanta, à sa vitalité supérieure à la sienne, elle qui avait lutté si bravement depuis l'enfance pour devenir un être instruit et cultivé, pour sortir de l'interminable réalité, si froide, si monotone, de l'indigence.

N'était-ce pas cruellement ironique que ce fût lui, Rudy, qui l'ait replongée dans ce qu'elle avait réussi, seule et brave, à quitter, alors qu'il aurait dû la sauver de tout cela mieux encore et l'aider à parachever sa victoire sur le malheur d'être née dans le quartier de Colobane, alors qu'il aurait dû, non pas l'enterrer vivante et belle et jeune encore, si seule et si brave, au fin fond de...

— C'est moi, Rudy.

— Attends une seconde, on a sonné — sa voix un peu moins morose à présent qu'elle savait à qui elle parlait, comme automatiquement retendue par un réflexe de vigilance, de suspicion visant à ne laisser échapper nul mot qu'il pourrait utiliser à charge contre elle lors de la dispute suivante, quoique, à vrai dire, songeait-il, Fanta ne se disputât jamais, se contentant d'opposer à ses attaques le rempart d'un mutisme opiniâtre, d'un visage lointain et légèrement boudeur, lèvres gonflées, menton alourdi, et lui, Rudy, il savait bien qu'elle surveillait trop soigneusement le peu qu'elle disait pour que ce fût cela, une phrase d'elle, qui provoquât sa colère — lui, Rudy, savait bien qu'il s'enflammait devant l'indifférence même, si voulue, si travaillée, de ce visage, et que plus il se fâchait, plus les traits de Fanta se muraient et plus il s'engluait, lui, dans la rage, jusqu'à jeter comme un crachat à cette face faussement impavide des mots qu'il regrettait avec désespoir, bien que doutant ensuite, comme ce matin-là, de les avoir réellement dits.

Comme c'était vain, pensait-il, car ne comprenait-elle pas qu'il eût suffi de quelques mots de sa part, de quelques mots innocents et communs mais énoncés avec la chaleur nécessaire, pour qu'il redevînt le bon, le calme, le sympathique Rudy Descas, certes manquant de sens pratique mais si énergique et curieux par ailleurs, qu'il était encore, lui semblait-il, deux ou trois ans auparavant, ne le comprenait-elle pas…

Je t'aime, Rudy, ou Je n'ai jamais cessé de t'aimer, ou peut-être, cela lui aurait également convenu, Je tiens à toi, Rudy.

Il se sentit rougir, confus de ses propres pensées.

Elle comprenait fort bien.

Nulle supplique, nul éclat de fureur (mais les deux ne se mêlaient-ils pas chez lui?) ne la forcerait jamais à dire de tels mots.

Il était convaincu que, rouée de coups, la figure écrasée sur le dur carrelage, elle eût encore gardé le silence, ne pouvant admettre de devoir le salut à un mensonge sentimental.

À travers le combiné il pouvait entendre les pas de Fanta, un peu traînants, glissés, qui se dirigeaient vers la porte, puis il perçut la voix haut perchée, anxieuse, de Pulmaire, suivie de celle murmurante de Fanta — pouvait-il, à cette distance, discerner l'infinie lassitude qui pesait sur la voix de sa femme ou bien n'était-ce qu'un effet de l'éloignement et de sa propre honte?

Il entendit claquer la porte, de nouveau la lente progression des pieds nus de Fanta, cette démarche fatiguée, recrue qu'elle avait maintenant dès son lever, comme si la perspective d'une nouvelle journée dans cette maison dont elle refusait obstinément de s'occuper (Pourquoi faut-il que je fasse tout, ici? s'écriait-il souvent avec exaspération) plombait ses fines chevilles à la peau sèche et lustrée, ces mêmes chevilles qui allaient, rapides, infatigables, tout juste lestées de ballerines ou de tennis poussiéreuses, dans les ruelles de Colobane, en route vers le lycée où Rudy l'avait vue pour la première fois.

Ces chevilles alors paraissaient ailées car comment auraient-elles pu, si étroites, si raides, deux vaillants petits bâtons bien droits recouverts d'écorce luisante, transporter aussi vite et légèrement le long corps délié, dense, musclé de la jeune Fanta, comment l'auraient-elles pu, s'était-il demandé avec ravissement, sans le renfort de deux petites ailes invisibles, certainement les mêmes que celles qui faisaient frémir doucement entre ses omoplates la peau de Fanta, dans l'échancrure de son débardeur bleu ciel, alors qu'il se tenait derrière elle à la cafétéria du lycée Mermoz, attendant son tour dans la file des professeurs, et qu'il se demandait, regardant sa nuque bien dégagée, ses épaules sombres, solides et la peau fine palpitante…

— C'était la voisine, dit-elle laconiquement.

— Ah.

Et comme elle n'ajoutait rien, comme elle ne précisait pas, sur le ton de triste sarcasme dont elle usait maintenant, pour quelle raison la Pulmaire était passée, il devina que la vieille garce l'avait, d'une certaine façon, protégé, en ne disant rien de son coup de fil, en inventant probablement quelque prétexte domestique, et il se sentit soulagé mais aussi confus et dépité de cette complicité, en quelque sorte dans le dos de Fanta, avec la Pulmaire.

Et il lui vint en réaction une profonde pitié pour Fanta — car n'était-ce pas, non précisément sa faute, mais de son fait à lui, si l'ambitieuse Fanta aux chevilles ailées ne volait plus au-dessus de la boue rougeâtre des rues de Colobane, certes impécunieuse encore et freinée dans ses aspirations par mille entraves familiales mais se dirigeant malgré tout vers le lycée où elle n'était rien moins que professeur de littérature — de son fait à lui, avec sa figure amoureuse et bronzée, ses cheveux blond pâle dont une mèche lui retombait toujours sur le front, et ses belles paroles au ton sérieux, ses promesses d'une vie confortable, cérébrale, en tout élevée et attrayante, si elle avait abandonné quartier, ville, pays (rouge, sèche, brûlant) pour se retrouver sans travail (et il aurait dû savoir qu'on ne lui permettrait pas ici d'enseigner la littérature, il aurait dû se renseigner et le savoir et en tirer pour elle les conséquences) au fin fond d'une tranquille province, traînant ses chevilles de plomb dans une maison un peu meilleure que celle qu'elle avait quittée mais qu'elle se refusait à gratifier d'une pensée, d'un regard, d'un geste attentionné (quand il l'avait vue balayer longuement et patiemment les deux pièces de l'appartement vétuste, aux murs vert d'eau, qu'elle partageait à Colobane avec un oncle, une tante et plusieurs cousins, si longuement, si patiemment!), n'était-ce pas de son fait à lui, Rudy Descas, sinon sa faute, si elle semblait perdue ou coincée dans les brumes d'un rêve éternel, d'un rêve monocorde et glacial?

Lui, avec son visage hâlé et la terrible force de persuasion de l'amour, et ses manières suaves et l'éclat inhabituel là-bas de sa blondeur, le scintillement particulier…

— Tu ne veux pas savoir pourquoi je t'appelle ? lui demanda-t-il enfin.

— Pas spécialement, dit-elle après un temps, sa voix non plus empreinte de ce relâchement total et désabusé qui avait ému Rudy mais, presque au contraire, raidie, sous contrôle, métalliquement parfaite dans sa maîtrise de l'accent français.

— J'aimerais que tu me dises pourquoi on s'est disputés ce matin, écoute, je ne sais plus d'où c'est parti, tout ça…

Le scintillement particulier, se rappelait-il dans le silence qui suivit, un silence faiblement haletant comme s'il appelait un très lointain pays aux communications sommaires et qu'il fallait à ses paroles toutes ces lentes secondes pour arriver mais ce n'était que le souffle inquiet de Fanta cependant qu'elle réfléchissait à la meilleure façon de lui répondre pour sauvegarder il ne savait, il n'osait imaginer quels intérêts futurs (alors une bulle de colère lui montait soudain à la tête, quel futur pouvait-elle concevoir sans lui), oui, se rappelait-il laissant voguer son regard sur les vignes vertes aux minuscules grains vert vif, sur les chênes verts au-delà que les acquéreurs de la propriété, ces Américains ou Australiens qui fascinaient et indisposaient maman car elle affirmait que le vignoble devait rester entre les mains de Français, avaient fait élaguer avec une telle sévérité que les arbres paraissaient humiliés, châtiés pour avoir eu le front de pousser leur feuillage verni, serré, inaltérable jusqu'à dissimuler en partie la pierre alors grisâtre, maintenant blonde et fraîche, de ce qui n'était somme toute qu'une grosse maison qu'on affublait ici du nom respectueux de château, oui, se rappelait-il, le scintillement particulier là-bas de sa propre blondeur, de sa propre fraîcheur…

— Je ne sais pas, fit la voix basse, froide de Fanta.

Mais il était convaincu qu'elle ne répondait que de la manière la moins compromettante, que ce qui risquait le moins de l'engager, elle, auprès de lui d'une quelconque façon, fût-ce un simple échange de propos, était devenu le critère unique de sa franchise.

Du reste, s'il voulait être honnête avec lui-même mais est-ce qu'il le voulait vraiment, songeait-il les yeux de nouveau levés vers la lointaine silhouette ensoleillée du château qu'il devinait plus qu'il ne le voyait, le connaissant si bien qu'il en rêvait souvent, de ces rêves monocordes, sans chaleur et gris qu'il faisait régulièrement, avec une précision de détails qu'il n'avait pu entendre, bien qu'il n'en eût pas le souvenir, que de la bouche de maman qui avait peut-être remplacé une journée ou deux la femme de ménage (la bonne, car elle faisait tout, repas, service, aspirateur, repassage) des anciens propriétaires, avec cette habitude pénible et dégradante qu'avait maman de feindre le mépris pour ce qu'elle décrivait (les innombrables pièces inutilisées et toutes meublées, la vaisselle fine, l'argenterie) alors que ses petits yeux aux coins tombants, ses petits yeux clairs rosâtres luisaient de passion frustrée — et ses propres yeux clairs limpides de nouveau levés vers les contours du château comme si de là-haut, de cette grosse maison monotone et sans chaleur et non plus grise mais…, devait lui être envoyée quelque réponse éclatante, définitive, mais qu'avait-il à apprendre sinon que cette propriété ne serait jamais la sienne, jamais celle de Fanta ni de Djibril, alors s'il voulait être honnête avec lui-même…

— À propos, dit-il, si j'allais chercher Djibril à l'école ce soir ?

— Si tu veux, dit-elle laissant percer dans sa voix neutre et froide une pointe d'inquiétude qui aussitôt l'agaça.

— Il y a un sacré bout de temps que je ne suis pas allé le chercher, non ? Il sera content d'éviter le car pour une fois.

— Oh, je ne sais pas (prudente sa voix, corsetée par l'appréhension et la stratégie mêlées). Mais si tu veux. Sois bien à l'heure sinon il sera déjà monté dans le car quand tu arriveras.

— Oui, oui…

Honnête avec lui-même, ou s'il avait du moins vraiment désiré l'être, il devait reconnaître qu'il n'aurait pas cru à la sincérité de Fanta bien qu'il eût soudain perçu dans le ton de celle-ci l'accent sincère et loyal d'autrefois, de la jeune femme au pas ailé mais aux aspirations ferventes, précises et dont l'intelligente volonté l'avait déjà menée du petit étal de cacahouètes en sachets qu'elle dressait chaque jour, fillette, dans une rue de Colobane, aux salles de classe du lycée Mermoz où elle enseignait la littérature et préparait au bac des enfants de diplomates et des enfants d'entrepreneurs fortunés, et cette femme longue et droite, aux cheveux coupés au ras de son crâne bombé, l'avait regardé avec une insistance pleine de liberté et de désinvolture quand il avait effleuré du bout d'un doigt la fine peau palpitante de son dos, cédant à une impulsion dont il n'était pas coutumier, qu'il n'avait même jamais…

— Fanta, souffla-t-il, ça va?

— Oui, dit-elle, circonspecte, mécanique.

Et c'était faux, il le savait, il le sentait.

Il ne pouvait plus rien croire de ce qu'elle disait.

Il s'entêtait pourtant à lui poser des questions qui exigeaient à ses yeux des réponses intègres, des questions d'ordre intime ou même sentimental, comme si la fréquence tenace de ces interrogations pouvait un jour lasser la vigilance de Fanta, le soin qu'elle portait maintenant à ne rien dévoiler.

— Je vais emmener Djibril dormir chez maman, dit-il brusquement.

— Oh non, laissa-t-elle échapper dans une plainte, presque un sanglot qui lui pinça douloureusement le cœur, lui, Rudy, responsable d'une telle affliction, mais que pouvait-il faire?

Devait-il priver maman de son unique petit-fils au motif que Fanta répugnait à se séparer de l'enfant?

Que pouvait-il faire?

— Il y a longtemps qu'elle ne l'a pas eu un peu avec elle, dit-il sur un ton réconfortant et complaisant dont l'écho lui parut si fourbe dans l'écouteur qu'il écarta, gêné, le combiné de son oreille, comme si un autre eût parlé à sa place et qu'il eût été honteux pour cet autre qui dissimulait si mal son hypocrisie.

— Elle n'aime pas Djibril, jeta alors Fanta.

— Pourquoi ? Tu n'y es pas du tout, elle l'adore.

Il parlait fort et gaiement à présent bien qu'il se sentît rien moins que fort et gai, rien moins que frais et dispos au sortir de ce rêve mélancolique et blessant et cafardeux (mais curieusement non dénué d'une infime espérance) à quoi ressemblait maintenant toute conversation avec Fanta.

Les ombres sonores, caquetantes de leurs discussions enjouées d'autrefois erraient autour d'eux.

Il pouvait entendre leurs obscurs piaillements et il en ressentait une nostalgie toute pareille, se disait-il le crâne brûlant, les cheveux collés à son front dans la touffeur de la cabine, à celle qu'il aurait éprouvée en entendant par hasard l'enregistrement des voix d'amis morts, de vieux, tendres et très chers amis.

Ô dieu de maman, bon petit père qui avez tant fait pour elle si on en croit maman, faites que Fanta…

Mais s'il n'avait jamais prêté qu'une attention très distraite aux enthousiasmes dévots de maman, saluant ses assertions, ses signes de croix prudents, ses marmottements de conjuration, d'un immuable demi-sourire ironique et agacé, il avait retenu presque malgré lui, à force de l'entendre, que la rectitude morale d'une prière est la condition essentielle, sinon suffisante, de son accomplissement.

Où était-elle, l'honnêteté, dans ce qu'il demandait ?

Bon petit dieu de maman, père compatissant, je vous en supplie…

Où était-elle, son honnêteté, dès lors qu'il savait (ou un second Rudy en lui savait, un Rudy plus jeune et plus sévère, plus scrupuleux, un Rudy non encore gâté par les déboires et l'incompréhension, par l'apitoiement et la nécessité de bricoler pour soi-même bonnes raisons et pauvres excuses) — où était-elle, la vérité de son âme, dès lors qu'il savait que ce n'était pas de maman qu'il se souciait en déclarant qu'il lui confierait Djibril pour la nuit, que ce n'était nullement du plaisir ou du bonheur de maman qu'il prenait soin mais uniquement de sa propre tranquillité d'esprit, en empêchant ainsi Fanta…

Car, n'est-ce pas, elle ne s'enfuirait jamais en laissant le garçon derrière elle — ou si ?

Il ne pouvait en juger que par ce qu'elle avait déjà fait mais si, la première fois, elle avait emmené Djibril, était-ce parce que Manille lui avait demandé de le faire ?

Mais pourquoi Manille aurait-il voulu s'encombrer de l'enfant s'il y avait eu une possibilité pour que Fanta l'abandonnât à son père ?

Non, non, elle ne partirait pas sans Djibril, d'ailleurs l'enfant avait peur de Rudy et Rudy aussi, en un sens, avait peur de l'enfant, car l'enfant, son propre fils, ne l'aimait pas, même si, en son jeune cœur, il l'ignorait, et il n'aimait pas sa maison, la maison de son père…

Une nouvelle vague de colère se formait en lui, prête à noyer sa raison, il aurait voulu crier dans le combiné : Je ne te pardonnerai jamais ce que tu m'as fait !

Il aurait pu crier aussi bien : Je t'aime tant, je n'aime que toi dans cette vie, tout doit redevenir comme avant !

— Bon, à ce soir, dit-il.

Il raccrocha, exténué, abattu, presque sonné comme si, émergeant d'un long rêve mélancolique, blessant, il lui fallait adapter sa conscience à la réalité environnante, elle-même n'étant parfois pour lui, pensait-il, qu'un interminable rêve immobile et froid, et il lui semblait passer d'un songe à l'autre sans trouver jamais l'issue de l'éveil qu'il se représentait modestement comme une mise en ordre, une claire organisation des éléments disloqués de son existence.

Il sortit de la cabine.

C'était, déjà, l'heure torride de la matinée.

Un coup d'œil machinal à sa montre lui confirma qu'il allait être en retard plus qu'il ne l'avait jamais été.

Quelle importance, se dit-il, contrarié de se sentir pourtant légèrement inquiet à l'idée de se retrouver face à Manille.

Si Manille avait pu n'éprouver pour lui, Rudy Descas, nulle ombre de compassion, uniquement de l'irritation et de l'impatience, tout aurait été plus simple.

Lui-même, Rudy, n'aurait-il pas dû haïr Manille ?

N'était-il pas regrettable et indigne que ce qu'il lisait dans les yeux de son patron de charitable et de miséricordieux ainsi que, malgré tout, mais si imperceptiblement, d'arrogant, l'empêchât de ressentir la haine qu'un homme normal aurait formée en son cœur, se disait-il, envers celui qui…

Il secouait doucement la tête, encore éberlué quoique toute l'histoire remontât à deux ans maintenant. Ou la vindicte qu'un homme normal aurait formée en son cœur — oh, mais il savait qu'il n'était pas là, chez Manille, à attendre son heure, qu'il ne guettait pas du tout l'instant d'abattre enfin sur Manille un bras vengeur, et Manille le savait parfaitement de son côté, de sorte qu'il ne craignait pas Rudy, qu'il ne l'avait jamais craint.

Était-ce bien, cela ? se demandait Rudy.

Était-ce admirable ou vil, comment le savoir ?

Il secouait doucement la tête, perplexe, dans la chaleur dense, l'air immobile, parfumé.

Il croyait sentir les chênes verts au loin.

Sans doute n'était-ce que le souvenir de l'odeur aigrelette des petites feuilles satinées, cependant il croyait pouvoir les sentir en inspirant avec délicatesse et il en était réconforté et presque heureux à s'imaginer là-bas, au château, ouvrant ses volets sur un matin limpide et humant l'odeur de ses chênes verts, l'odeur aigrelette des petites feuilles satinées dont chacune serait à lui, Rudy Descas — mais il n'aurait jamais, lui, ratiboisé ces pauvres vieux arbres comme avaient osé le faire ces Américains ou ces Australiens qui avaient l'outrecuidance, selon maman, de se sentir assez Français pour se croire capables de produire le même excellent vin que…

La pensée de maman, de sa figure amère et blanche, éteignit son plaisir.

Il fut tenté de rentrer dans la cabine, de rappeler Fanta, non pour vérifier qu'elle était bien à la maison (encore que, songea-t-il dans le même temps, soudain inquiet et mal à l'aise), mais pour lui promettre que tout allait s'arranger.

Là, dans la chaleur emplie de l'odeur des chênes verts, l'amour et la pitié l'exaltaient.

Tout s'arrangerait?

Sur la foi de cette vision de lui-même poussant les volets de leur chambre, au premier étage du château?

Qu'importait, il aurait voulu lui parler, lui insuffler cette confiance dont il se sentait gonflé à cet instant, comme si, pour une fois, la réalité de l'existence coïncidait exactement, ou était sur le point de le faire, avec ses rêveries.

Il esquissa un pas en arrière vers la cabine téléphonique.

La perspective de retrouver l'habitacle étouffant de la Nevada, avec sa vague puanteur de chien (il lui semblait parfois que le précédent propriétaire de la voiture avait utilisé celle-ci comme niche pour son animal dont une quantité de poils restaient pris dans la feutrine des sièges), le désolait.

Il renonça pourtant à rappeler Fanta.

Il n'en avait plus le temps, n'est-ce pas?

Et si, une fois encore, elle ne répondait pas, quelles conclusions devrait-il en tirer et où cela le mènerait-il?

Et puis, il n'avait vraiment plus le temps.

Mais elle ne fuirait pas la maison sans prendre Djibril avec elle et l'enfant, pas vrai, était hors de sa portée pour le moment?

Il se maudissait de combiner ainsi.

Il lui prenait presque l'envie alors de défendre Fanta contre lui-même et ses méchants calculs.

Oh, que pouvait-il faire puisqu'il l'aimait?

Que puis-je faire d'autre, mon Dieu, brave petit père, bon et brave petit dieu de maman?

135

Il était convaincu que la frêle, si frêle et insta-ble armature de son existence ne tenait à peu près debout que parce que Fanta, malgré tout, était là, et qu'elle fût là davantage comme une poulette aux ailes rognées pour que la moindre clôture lui soit infran-chissable, que comme l'être humain indépendant et crâne qu'il avait rencontré au lycée Mermoz, il en supportait l'idée, avec grande difficulté et grande honte, uniquement parce que cette triste situation était provisoire à ses yeux.

Il n'y avait pas que le manque d'argent — ou si ?

Dans quelle mesure ses mille euros de salaire le rendaient-ils moins séduisant qu'un Manille ?

Oui, oui (tout seul sous le soleil de dix heures, près du capot bouillant de sa voiture, il haussait les épau-les, impatienté), dans une large mesure certainement, mais il lui manquait surtout la foi en ses propres talents, en sa chance, en l'éternité de sa jeunesse, qui moirait autrefois son œil clair et bleu comme celui de maman, qui lui faisait remonter d'une main lente, à la fois caressante et indifférente, la mèche de cheveux pâles sur son front, qui…

Tout cela qu'il avait perdu bien qu'il ne fût pas vieux encore, qu'il fût même, selon les critères contemporains, presque encore jeune, tout cela qu'il n'avait plus depuis son retour en France et qui avait dû jouer le rôle essentiel dans l'amour que Fanta avait eu pour lui.

S'il pouvait seulement, se disait-il, émerger de ce rêve dur et chagrin, pénible et avilissant, pour retrouver, quitte à passer encore de songe en songe, celui où, tous deux baignés d'un éclat doré, Fanta et lui marchaient ensemble dans les rues de Colobane, leurs bras nus se frôlant à chaque pas, lui, Rudy, grand et hâlé, discourant de sa voix forte et gaie, tâchant déjà, bien qu'il ne le sût pas, de la prendre dans les rets de ses paroles tendres, flatteuses, ensorceleuses, cette jeune femme à la petite tête rase, au regard droit et discrètement ironique, qui s'était hissée jusqu'au lycée Mermoz où elle enseignait la littérature française à des enfants d'entrepreneurs prospères, à des enfants de diplomates ou de militaires gradés, et ces adolescents n'avaient aucune idée, pensait Rudy en pérorant de sa voix forte et gaie, de la terrible obstination qu'il avait fallu pour être là devant eux à cette femme aux chevilles ailées, à la fine peau palpitante sur sa tempe, aucune idée du temps et de l'attention que lui prenait l'entretien de ses deux uniques jupes de coton, l'une rose, l'autre blanche, toujours parfaitement repassées et qu'elle portait avec un débardeur entre les bretelles duquel la peau fine de son dos, palpitante comme si deux petites ailes…

Lui, Rudy Descas, il avait été réellement cet homme allègre et charmant et beau parleur que Fanta avait fini par amener chez elle, dans cet appartement aux murs verts où logeait tant de monde.

Il se rappelait comme sa gorge s'était nouée quand il était entré dans la pièce nimbée d'une lueur aquatique, vaguement funèbre.

Il avait d'abord gravi derrière elle un escalier de ciment, longé une galerie sur laquelle donnaient des portes à la peinture écaillée.

Fanta avait ouvert la dernière et le demi-jour olivâtre, accentué par des jalousies aux fenêtres, avait paru l'engloutir.

Il n'avait plus rien vu que la tache blanche de sa jupe lorsqu'elle avait pénétré dans la pièce avant de revenir sur ses pas pour le prier d'entrer, ayant vérifié, avait-il supposé, que l'appartement pouvait lui être montré.

Et il s'était avancé non sans timidité ni quelque gêne mais, surtout, la reconnaissance le rendait muet soudain.

Car dans la pénombre glauque le regard de Fanta lui disait, calmement : Voilà, c'est ici que j'habite, c'est chez moi.

Acceptant, ce regard, le jugement d'un étranger au front blanc (qu'importait son hâle en cet instant !), à la mèche blonde, aux mains blanches et lisses, sur son foyer bien tenu mais si humble — l'acceptant et en assumant par avance les possibles effets, les sentiments éventuels de malaise ou de condescendance.

À quel point cette femme était consciente de tout, lucide et fine et d'une perspicacité exacerbée mais aussi profondément indifférente, par orgueil, à l'opinion sur son logis ou sur elle-même d'un homme au front si blanc, aux mains si blanches et si lisses, Rudy pouvait le sentir, il pouvait presque l'entendre.

Elle devait le prendre pour un homme aisé, gâté, avec sa blondeur et ses belles paroles.

Mais elle l'avait fait venir là, chez elle, et voilà que d'un geste et de quelques mots brefs elle lui présentait l'oncle, la tante, une voisine, d'autres gens encore que la faible clarté lacustre découvrait peu à peu à Rudy dans le fond de la pièce, chacun assis sur une chaise ou dans un fauteuil de velours râpé, immobile, silencieux, accordant à Rudy un vague hochement de tête, et il se sentait déplacé et voyant avec ses grandes mains dont il ne savait que faire, dont la pâleur rayonnait comme devaient rayonner dans le clair-obscur son front blanc, sa longue mèche blonde et lisse.

Il aurait voulu tomber aux pieds de Fanta, lui jurer qu'il n'était pas celui qu'il avait l'air d'être — ce genre de types bronzés et sûrs d'eux qui s'en allaient, le week-end, dans leur villa de la Somone.

Il mourait d'envie de serrer entre ses bras les genoux fins de Fanta et de la remercier et de lui dire tout l'amour qu'il éprouvait pour ce qu'elle l'avait autorisé à voir — cette pièce austère, ces gens muets devant lui, qui ne lui souriaient ni ne feignaient d'être enchantés de le rencontrer, cette vie difficile et frugale qu'elle avait et dont, au lycée Mermoz, comme elle arrivait toujours de son pas aérien, dans sa jupe blanche ou sa jupe rose raide et propre, probablement on ne savait rien et moins que quiconque les enfants de diplomates ou les enfants d'entrepreneurs qui s'en allaient le week-end pratiquer le ski nautique à la Somone, toute espèce de gens, brûlait-il de lui dire, qu'il avait en horreur même s'il lui arrivait secrètement de les envier.

Oh, certainement ils ignoraient tout d'elle et de cette pièce vert-de-gris à l'éclat céleste.

La lumière de midi, forçant les jalousies, tombait maintenant sur le visage de la tante, sur les mains croisées de l'oncle qui semblaient attendre le départ de Rudy pour reprendre le cours de leurs activités.

Et lui, Rudy, voyait tout cela et ne savait comment le rendre à Fanta.

Il se contenta, bêtement à ses propres yeux, d'incliner le buste vers chacune des personnes présentes tout en étirant ses lèvres en un petit sourire tremblant et gauche.

Il pensait alors, dans une sorte de surprise émerveillée, je l'aime, je l'aime infiniment.

Il ouvrait maintenant la portière de sa voiture, se glissait à l'intérieur en bloquant sa respiration.

Il faisait encore plus chaud, plus étouffant là-dedans que dans la cabine téléphonique.

Avait-il eu raison de ne pas rappeler Fanta ?

Et si elle tentait, non de partir mais, au comble de la détresse parce qu'il avait décidé d'emmener Djibril passer la nuit chez maman, de se…

Non, il ne supportait même pas de formuler en pensée un tel mot.

Bon petit dieu de maman, brave petit père, aidez-moi à y voir clair.

Aidez-nous, bon Dieu.

Pouvait-il encore, rien qu'une minute, lui téléphoner, n'était-ce pas en vérité ce qu'elle attendait peut-être de lui en cet instant ?

Bien plutôt, lui susurrait une petite voix ricaneuse, elle souhaite ne plus entendre le son de ta voix jusqu'à ce soir, et elle comprend du reste que tu te sens coupable et cherches d'une façon ou d'une autre à t'amender alors que tu voulais précisément en finir avec cette manie de prendre sur ton pauvre dos l'entière responsabilité de toutes vos altercations, puisqu'elle ne t'en estime sans doute pas davantage pour cela et peut-être même te méprise un peu de flancher après avoir été redoutable, de chercher pardon et consolation auprès d'elle que tu as offensée en lui disant, est-ce imaginable, de repartir d'où elle venait, est-ce vraiment imaginable.

Tout en mettant le contact, il secouait la tête en signe de dénégation.

Une telle phrase, il ne pouvait, lui Rudy Descas, l'avoir prononcée.

Cela ne se pouvait.

Il ne put retenir un petit rire sec.

Aurait-il voulu dire, ah, ah, qu'elle pouvait revenir à Manille ?

Il suait à grosses gouttes.

La sueur tombait sur le volant, sur ses cuisses.

Il voulut passer la première, impossible, le levier bloquait.

Il cala.

Le silence, un instant brisé par le vain ronflement de la Nevada, l'enveloppa de nouveau et il se vit alors comme partie nécessaire, incontestable et parfaite de ce morceau de paysage.

Il ne dérangeait rien ni personne et nul n'avait d'emprise sur lui.

Il appuya sa tête au dossier.

Bien qu'il fût en nage encore, son cœur s'apaisa.

Mais il devait bien admettre que Manille était, dans son genre provincial plutôt discret, un entrepreneur florissant, et que, s'il n'avait jamais fait de ski nautique ni possédé d'autre maison que la grosse villa qu'il s'était fait construire derrière les bâtiments de l'entreprise, son assurance virile mais sobre, presque élégante, retenue, cette particulière douceur qu'il avait, comme de quelqu'un qui peut se le permettre car rien ne le menace ni ne l'effraye, pouvait encore, pouvait de nouveau attirer une femme désorientée, désœuvrée et blessée, une femme perdue telle que l'était maintenant Fanta.

Étrange, se dit-il, ou peut-être un effet de l'amour, que je ne puisse lui pardonner à elle, alors que lui, c'est comme si je le comprenais.

Mais plus étrange encore, c'est qu'elle aussi, à vrai dire, je la comprends, à tel point que je peux m'imaginer, si j'étais femme, céder joyeusement et simplement à la séduction peu compliquée d'un Manille — oh, comme je la comprends et comme je lui en veux.

Cependant une sorte d'abrutissement effaré, halluciné suspendait son souffle sans même qu'il s'en rendît compte lorsqu'il tentait de s'approcher en pensée de la chambre de Manille, qu'il se figurait à l'image de la villa, vaste et conventionnelle, ornée des objets attendus et onéreux de la décoration contemporaine, lorsqu'il poussait doucement la porte de cette chambre inconnue et découvrait sur le lit géant, dans une lumière éclatante, Fanta et Manille, ce dernier allongé sur Fanta, la femme de Rudy Descas, et gémissant à mi-voix tandis que ses hanches puissantes, son fessier de centaure remuaient à un rythme calme et sûr qui creusait dans sa chair velue des fossettes, et son visage reposait dans le cou de Fanta, la propre femme de Rudy Descas, l'unique amour véritable de toute la vie de Rudy Descas.

Ou bien, ce qu'il voyait sur ce lit, c'était un arrière-train d'homme non moins vigoureux et une tête de cheval qui haletait au-dessus de Fanta — devait-il abattre ce monstre, devait-il au moins le haïr ?

Et de quelle nature mystérieuse et nouvelle pouvait être ce qu'elle éprouvait, elle, et dont il n'aurait jamais connaissance, sous le poids bien plus considérable de Manille ?

Rudy était un homme fin et sec, presque étroit d'épaules mais robuste, se plaisait-il à penser, et Manille — mais — il secouait la tête — il ne voulait rien savoir à ce propos.

Et il secouait la tête de nouveau, seul au volant de sa voiture immobile, dans le silence tout vibrant de chaleur, et il se sentait happé, déchiré par le même effroi profondément déconcerté qui l'avait laissé transi et fasciné et seulement capable d'un affreux petit sourire incongru quand il ne savait quelle bouche (celle de la Pulmaire, celle de maman peut-être ?), dans il ne savait quel salon où il se trouvait en visite (n'était-ce pas alors chez une cliente ?), lui avait soufflé au visage cette révélation concernant Fanta et Manille, et ce souffle mauvais avait fait s'épanouir sur les lèvres de Rudy le demi-sourire niais que lui renvoyait il ne savait quel miroir du salon inconnu au milieu duquel il se tenait debout, jambes écartées, les yeux maintenant rivés sur ce miroir où il se voyait ridicule et bizarre mais tout était préférable à la vision de cette petite bouche mauvaise au souffle acide qui se piquait de sortir Rudy Descas de son innocence, de son amoureuse crédulité, préférable aux accents de colère fielleuse et impuissante (eh bien, ce devait être

143

maman car ni la Pulmaire ni une cliente quelconque n'aurait pu considérer l'affaire avec autant de dépit) qui le sommaient d'agir et de rejeter avec mépris une telle femme.

Que lui suggérait, dans son indignation (oh, c'était bien maman), cette bouche raisonnable, sinon qu'un homme un tout petit peu fier ne pouvait plus, ne devait plus s'introduire dans le corps même où reposait encore, liqueur sacrée, le sperme du centaure ?

Il aurait pu répondre, dans un ricanement : Pas de risque, il y a longtemps que je ne couche plus avec Fanta ou plutôt qu'elle ne couche plus avec moi.

Mais, dans un cri désespéré, il aurait pu répondre également : C'est toi, maman, qui m'as fait entrer chez Manille, c'est toi qui es allée le trouver pour le supplier de me prendre ! Sans cela, elle ne l'aurait jamais rencontré !

Mais il n'avait pas le souvenir d'avoir ouvert sa propre bouche souriante et molle, mollement grimaçante.

Il se revoyait fixant dans un miroir son visage inexpressif puis distinguant juste au-dessous l'arrière du crâne de cette petite femme qui parlait encore, qui tentait encore de l'immerger sous les vilenies et les perfides appels à son honneur de mâle, et n'avait-il pas songé alors qu'un simple coup de poing sur cette tête aux courts cheveux teints en blond le délivrerait de ce tourment, ne s'était-il pas froidement imaginé en train de frapper maman pour la contraindre au silence, lui criant peut-être, juste avant qu'elle ne perde connaissance : Que sais-tu de l'honneur, hein, et mon père, qu'en savait-il ?

Mais il ne voulait plus penser à tout cela.

C'était humiliant et vain et l'on se sentait poisseux comme au sortir d'un rêve répétitif, d'un interminable et stupide rêve dont on connaît chaque étape pénible mais dont on sait aussi, tout en le rêvant, qu'on n'échappera à aucune.

Il ne voulait plus penser à tout cela.

Il remit le contact, passa directement la seconde.

Le moteur protesta et hoqueta puis, lentement, la Nevada se mit à rouler, avec des soubresauts et des plaintes de toute sa vieille carcasse mais, se dit-il avec satisfaction, assez bravement tout de même.

Il ne penserait plus à tout cela.

Il baissa sa vitre et, conduisant d'une main, laissa pendre son bras gauche sur le flanc chaud de la voiture. Il entendait parfois les plaques de goudron fondu crépiter sous les pneus.

Comme il aimait ce bruit !

Il sentait le gagner maintenant une douce, une délicieuse euphorie.

Non, bon petit dieu de maman, brave petit père, il ne penserait plus au passé mortifiant mais seulement à se montrer digne de l'amour que Fanta éprouverait pour lui de nouveau s'il voulait s'en donner la peine, et comment qu'il le voulait, le ciel en était témoin, haut et clair et brûlant ce matin-là, et pourquoi, pour une fois, le meilleur ne serait-il pas acquis à Rudy Descas, le meilleur et le plus sûr des innombrables promesses que recelait, dans sa limpidité printanière, le ciel de ce matin ?

Il eut un brusque éclat de rire.

Le son de sa propre voix l'enchanta.

Après tout, songea-t-il presque surpris, il était vivant et jeune encore et en parfaite santé.

Gauquelan lui-même, cet escroc dont il contournait à cet instant l'œuvre détestable (et il trouvait la force aujourd'hui de ne pas jeter un regard à la statue), cet artiste honteusement enrichi pouvait-il en dire autant ?

Certainement pas.

Vivant, oui hélas, mais la photo que Rudy avait vue dans le journal montrait une figure plutôt empâtée et renfrognée, un front dégarni, une couronne de cheveux grisonnants et, curieusement, un trou dans sa dentition, juste devant, et Rudy avait alors pensé, il s'en souvenait maintenant avec un léger mépris pour lui-même, qu'un homme qui se faisait payer cent mille euros pour une sculpture grotesque aurait bien pu, avant de passer devant le photographe, s'offrir une prothèse.

La façon dont ce Gauquelan était vivant n'avait rien à voir avec sa belle vitalité à lui, Rudy, qu'il sentait vibrer dans chacun de ses muscles comme s'il était un cheval (ou un centaure), une grande bête jeune et superbe dont la fonction est toute contenue dans le fait même d'exister superbement, et pas plus que pour un cheval (ou un centaure) nulle sorte d'interminables rêves qui vous laissent bouche gluante et haleine lourde n'envahirait plus son esprit.

Maman était-elle vivante ?

Passé le rond-point, il accéléra brutalement, sans le vouloir.

Il n'avait que faire de songer à maman en cet instant ni à son père qui était, lui, bel et bien mort et qu'on n'aurait jamais eu l'idée de comparer de près ou de loin à un cheval (ou un centaure) aux muscles frémissants sous la peau humide — humides étaient les joues de Rudy, son cou, ses tempes dans la voiture non climatisée mais il reconnaissait à cette réaction de son organisme l'effet d'une évocation, aussi brève, aussi insignifiante fût-elle, de son père mort de longues années auparavant, il reconnaissait l'effroi et la stupeur que provoquait toujours en lui la pensée de ce squelette aux os blancs qui avait eu nom Abel Descas, au crâne proprement troué de part en part, aux os si blancs, imaginait Rudy, dans la terre sableuse et chaude du cimetière de Bel-Air.

Il gara la Nevada sur le parking des Établissements Manille.

Avant de descendre il épongea soigneusement son visage et son cou avec la serviette qu'il gardait pour cet usage sur la banquette arrière et qui avait fini par s'imprégner de l'odeur de la voiture.

Il se promettait chaque fois de la changer, puis il oubliait et son agacement était vif lorsqu'il tendait la main vers la serviette et découvrait de nouveau ce chiffon nauséabond car il lui semblait alors que ce menu témoignage de sa propre négligence, qui l'obligeait à frotter sa figure d'un linge douteux, représentait toute son existence actuelle, dans son désordre vaguement crasseux.

Mais, ce matin, de même qu'il parvint à réprimer ce réflexe d'irritation en s'essuyant le visage, il se força avec succès à laisser son regard évaluer de la façon la plus neutre les différentes voitures garées autour de lui et non pas, comme il le faisait habituellement, avec cette envie âcre et violente qu'il jugeait déshonorante.

Voilà donc dans quoi circulent mes collègues et les clients, se disait-il ordinairement, et presque rituellement, en détaillant Audi, Mercedes et autres BMW noires ou grises qui donnaient au parking de ce magasin de cuisines en périphérie d'une petite ville de province un air de grand hôtel.

Comment font-ils donc pour avoir autant d'argent ?

Que savent-ils, dont je n'ai pas la plus petite idée, pour extraire d'existences laborieuses les sommes nécessaires à l'achat de telles voitures ?

Quelles sont leurs combines, que je ne devinerai jamais, de quelle sorte est leur flair, leur astuce ?

Et d'autres vaines questions qui roulaient ainsi dans son esprit furieux tandis qu'il claquait la portière de la Nevada.

Mais il sut, ce matin, résister au déferlement monotone de la convoitise.

Il traversa le parking d'un pas léger et il lui revint alors le très pâle souvenir d'une sensation identique, d'une époque de sa vie où il allait toujours ainsi, le pas léger et l'âme en paix — oui, toujours ainsi, et tel était le visage qu'il offrait au monde : serein et bienveillant.

Cela lui parut si lointain qu'il douta presque qu'il s'agît bien de lui, Rudy Descas, et pas de son père ou de quelqu'un d'autre dont il aurait rêvé.

À quand remontait cette période ?

Il songea qu'elle devait se situer lors de son retour

à Dakar, seul, sans maman demeurée en France, et peu avant qu'il rencontrât Fanta.

Il songea également, avec un frisson de surprise car il avait complètement oublié ce détail, qu'il lui paraissait alors naturel de tendre à la bonté.

Il s'arrêta soudain sur le parking inondé de soleil.

Les effluves du goudron chaud saturaient son odorat.

Il eut un éblouissement alors qu'il ne fixait nullement le ciel mais le bitume sous ses pieds.

Avait-il été, véritablement, cet homme-là qui arpentait l'âme légère, l'âme en paix les rues calmes du Plateau où il avait loué un petit appartement, et certes peu différent dans son aspect, avec sa blondeur et l'aimable régularité de ses traits, des hommes au front blanc qu'il croisait dans ce quartier mais ne partageant cependant rien de leurs ambitions mercantiles, de leur affairement ?

Pouvait-il vraiment avoir été cet homme, Rudy Descas, qui aspirait, avec une tranquille clairvoyance, à se montrer juste et bon, et plus encore (oh, il s'en empourprait de confusion et d'étonnement) à toujours distinguer en lui le bien du mal, à ne jamais préférer ce dernier quand même il serait apparu sous le masque du bien ainsi qu'il était fréquent, ici, lorsqu'on était un homme au front blanc, aux poches raisonnablement garnies et qu'on pouvait pour pas grand-chose acheter le labeur de quelque sorte qu'il soit, et la patience et l'endurance infinies ?

Il se remit à marcher, lentement, vers la double porte vitrée du bâtiment surmonté des lettres gigantesques et lumineuses du nom de Manille.

149

Ses jambes s'étaient raidies, comme soudain privées du droit à la légèreté.

Car il se demandait pour la première fois si, en persuadant Fanta de le suivre en France, il n'avait pas sciemment détourné le regard pour laisser au crime toute latitude de prendre ses aises en lui et s'il n'avait pas savouré cette sensation, celle de mal agir sans en avoir aucunement l'air.

Jusqu'à présent il ne s'était posé la question qu'en termes pragmatiques : avait-ce été une bonne ou une mauvaise idée que d'amener ici Fanta.

Mais, oh, ce n'était pas cela, pas cela du tout.

La question ainsi posée était déjà une manigance du crime confortablement installé en lui.

Et, en cette période radieuse de sa vie où il quittait chaque matin, le cœur innocent, son petit appartement moderne du Plateau, il savait encore reconnaître les mauvais mouvements et les pensées fallacieuses qui le traversaient parfois et les chasser hors de lui par des réflexions opposées et s'en trouver heureux, soulagé, puisqu'il ne voulait profondément qu'une chose, être capable d'aimer tout ce qui l'entourait.

À présent, à présent — l'étendue de son acrimonie l'étourdit presque.

S'il avait été cet homme-là, que lui était-il arrivé, qu'avait-il fait de lui-même pour habiter maintenant la peau d'un personnage aussi envieux et brutal, dont les dispositions à l'amour universel s'étaient rétrécies autour de la seule figure de Fanta ?

Oui, vraiment, qu'avait-il fait de lui-même pour peser maintenant de tout cet amour inemployé, importun sur une femme qu'il avait peu à peu lassée

150

par son incompétence, à un âge, la quarantaine, où semblables défauts (une certaine inaptitude au travail prolongé, une tendance à la chimère et à croire réel ce qui n'était que projets fumeux) ne peuvent plus espérer susciter indulgence ou compréhension?

Non seulement, se dit-il à l'instant de pousser la porte vitrée à travers laquelle il apercevait avec un lâche soulagement la forte silhouette de Manille entourée de deux personnes, des clients probablement, auxquelles Manille présentait les éléments d'une cuisine d'exposition, il avait autorisé sans résistance aucune l'entrée puis l'établissement en son cœur du mensonge, de la corruption, non seulement il avait consenti à la liquidation de son courage moral mais il avait encore enfermé, au prétexte qu'il l'aimait, Fanta dans une prison d'amour lugubre et froide — car tel était son amour à présent, éternel, pénible comme un rêve contre lequel on lutte vainement pour s'éveiller, un rêve légèrement avilissant et inutile, n'était-ce pas ainsi que Fanta devait le subir et n'était-ce pas ce qu'il éprouverait lui-même, victime d'un pareil amour?

À l'intérieur, il marcha d'un pas sûr vers la pièce où se trouvaient les bureaux des employés, bien qu'il ne pût empêcher sa lèvre supérieure de tressauter.

Il savait que ce tic lui donnait un air désagréable, presque malsain et que, toujours, c'était la peur qui le faisait naître.

Sa lèvre se retroussait alors comme les babines d'un chien.

Pourtant, il n'avait que faire de Manille — vraiment?

Il surveillait du coin de l'œil la lente progression du petit groupe, ayant calculé qu'il aurait atteint les bureaux avant que Manille et ses clients ne parviennent à sa hauteur.

Ensuite, se disait-il, Manille aurait oublié qu'il l'avait vu arriver avec un tel retard.

Il suffisait qu'il échappe à son regard durant une heure ou deux, et tout irait bien.

Il avait eu le temps de remarquer que Manille, ce matin, avait belle allure dans son jean clair, de bonne coupe, maintenu par une ceinture de cuir discrètement cloutée, et son tee-shirt noir bien repassé.

Il avait les cheveux gris mais abondants, rejetés en arrière, et la peau mate, presque dorée.

Rudy pouvait entendre le murmure un peu rauque de sa voix tandis que Manille ouvrait et refermait la porte d'un placard et il était certain que les clients, un couple d'âge mûr aux vêtements ternes, aux jambes lourdes, goûtaient sans même s'en rendre compte le charme insistant de Manille qui, ses yeux sombres fixant les leurs, semblait toujours sur le point de délivrer quelque information personnelle et importante ou une opinion flatteuse sur ses interlocuteurs, qu'il retenait seulement pour ne pas risquer de les embarrasser.

Jamais il ne donnait l'impression, avait déjà constaté Rudy, qu'il était en train d'essayer de vendre quelque chose.

Il s'efforçait avec une apparente simplicité de créer l'illusion d'une relation amicale, intime, qui survivrait à l'éventuel achat d'une cuisine car celle-ci n'était que le prétexte fortuit à la naissance de cette amitié, et il arrivait que cette tactique s'avérât sincère et que Manille continuât de visiter des clients pour leur seul plaisir réciproque et jamais il n'abandonnait en conversant la sourde ardeur contenue, délicate avec laquelle il avait emporté le morceau préalablement, si bien, songeait Rudy, que le ton adopté pour vaincre les résistances du client avait fini par devenir la véritable voix de Manille, la seule qu'on lui entendît jamais — ce timbre suave, à peine enroué, et cet élan freiné, cette ferveur qui, devait-on penser, s'il ne l'avait dominée l'aurait poussé aux confidences, aux éloges, voire à l'étreinte.

Rudy ne pouvait s'empêcher d'admirer un peu Manille, même s'il méprisait sa profession.

Comment il se faisait que, également vêtu d'un jean et d'un tee-shirt ou d'une chemisette, pareillement chaussé de toile souple, et bien qu'étant plus long, plus svelte, plus juvénile que Manille, il eût toujours un peu l'air, lui Rudy, d'un vieil adolescent fauché, il ne pouvait le comprendre.

L'élégance décontractée de Manille, il ne la posséderait jamais, il ne fallait pas y compter — voilà ce qu'il se dit en apercevant son reflet dans la seconde porte vitrée, celle qui séparait le hall d'exposition des bureaux.

Il se trouva une allure chiche, froissée, presque nécessiteuse.

À qui pouvait maintenant plaire un tel homme, aussi bon qu'il soit ?

Où se verrait, en lui, s'il le recouvrait, son amour des autres et de la vie ?

Où le verrait-on ?

Il devait bien reconnaître que, chez un Manille, tout endurci qu'il fût par la vie du commerce, les calculs incessants, les stratégies pragmatiques, et malgré le chic sportswear et les montres Chaumet et la villa à l'arrière du magasin, malgré, en somme, tout ce qui pouvait faire de Manille, fils de travailleurs agricoles, un banal parvenu de province, l'aménité et l'obligeance et la faculté de compassion discrètement répandue se découvraient aussitôt dans son regard doux, modeste.

Et Rudy Descas se demanda alors pour la première fois si ce n'était pas cela précisément qui avait attiré Fanta, ce que lui-même avait perdu depuis longtemps, le…

Il entra dans le bureau, referma la porte sans bruit.

Il se sentait rougir.

C'était pourtant bien cela et si les mots étaient pompeux, il n'y en avait pas d'autres — le talent de miséricorde.

Il n'avait jamais pensé, même au plus fort de son chagrin et de sa colère, après que maman (oui?) lui avait appris la liaison de Fanta et de Manille, il n'avait jamais pensé, non, que la richesse de Manille et la puissance et le respect que cela lui valait avaient pu séduire Fanta.

Il ne l'avait jamais pensé.

À présent, oh oui, il comprenait ce dont il s'agissait, et il le comprenait à la lumière de ce qu'il n'avait plus, car il comprenait enfin qu'il ne l'avait plus, alors qu'il en avait souffert sans le savoir.

Le talent de miséricorde, *mercy*

Il avança vers sa table, se laissa tomber sur son siège à roulettes.

Autour de lui, dans la grande pièce vitrée, toutes les tables étaient occupées.

— Tiens, te voilà.

— Salut, Rudy !

Il répondit par un sourire, un petit geste de la main.

Sur sa table encombrée, juste à côté du clavier de l'ordinateur, il vit un paquet de prospectus.

— C'est ta mère qui a apporté ça tout à l'heure.

La voix de Cathie lui parvenait cordiale et un brin soucieuse depuis la table voisine et il savait que, s'il tournait la tête, son regard rencontrerait le sien, interrogatif, légèrement perplexe.

Elle lui demanderait à mi-voix pourquoi il arrivait avec trois quarts d'heure de retard et peut-être aussi pourquoi il n'interdisait pas à maman, purement et simplement, de mettre les pieds chez Manille.

Aussi fit-il en sorte de lui répondre d'un grommellement qui ne l'obligeait pas à lever les yeux vers elle.

Dans l'étincelante clarté de la pièce, l'éclat du chemisier rose vif de Cathie rayonnait largement autour d'elle.

Rudy en percevait le reflet sur la surface blanche de sa propre table.

Il savait aussi que, s'il se tournait vers Cathie, il verrait distinctement au-delà de la pâle petite figure de sa collègue, de l'autre côté de la baie vitrée, la villa de Manille, grande construction crépie de rose clair, au toit de tuiles à la provençale, aux volets

155

bleus, qu'une simple pelouse éloignait de l'entreprise, et qu'il ne pourrait s'empêcher de se demander pour la énième fois inutilement et douloureusement si Cathie et les autres, Dominique, Fabrice, Nathalie, avaient observé à l'époque les allées et venues de Fanta dans cette maison de rêve, et combien de fois elle y était entrée, et pourquoi lui, Rudy, ne l'avait jamais aperçue bien qu'il n'eût cessé en cette période affreuse où il savait sans savoir réellement (car devait-il croire tout ce que disait maman?) de lever les yeux vers la baie vitrée, regardant par-dessus la tête navrée, compatissante de Cathie (tout le monde était-il donc au courant de sa disgrâce?) l'entrée chichiteuse de la villa, double porte à imposte de fer forgé.

Comme il avait souffert alors!

Comme il avait eu honte, comme il s'était senti violent!

C'était passé et loin maintenant mais il ne pouvait encore s'adresser à Cathie sans jeter un coup d'œil à la maison de Manille et sentir furtivement la rage bouillonner en lui.

Il eut soudain envie de lui lancer, d'une voix sèche qui la mettrait mal à l'aise : maman n'a plus guère que cette consolation dans la vie, aller déposer à droite et à gauche ses paquets de prospectus débiles, cette propagande pour pauvres crétins aussi solitaires et désœuvrés qu'elle, comment veux-tu que je lui interdise de venir ici et, vraiment, qui cela gêne-t-il, hein?

Il ne lui dit rien cependant.

Il percevait l'aura fuchsia qui émanait d'elle et il en était agacé, car il ne pouvait oublier sa présence.

156

D'un revers du bras il écarta le paquet de prospectus attaché avec un élastique.

Ils sont parmi nous.

Le dessin maladroit, presque risible, d'un ange adulte assis à table parmi les membres d'une famille extatique, le sourire pervers, malin de l'ange.

Ils sont parmi nous.

Voilà le genre de niaiseries qui évitaient à maman de se noyer dans la mélancolie et les antidépresseurs, qui véritablement la sauvaient.

Qu'une insignifiante petite bonne femme comme Cathie osât suggérer, avec l'air de vouloir l'aider lui, qu'il devrait priver maman du plaisir de porter ses brochures chez Manille, il en était ulcéré.

Que savait-elle de la malheureuse vie de maman ?

— Hé, dis donc, est-ce que Manille voudrait que ma mère ne vienne plus ici ? lui demanda-t-il brusquement.

Il la regardait, ébloui par l'absurde intensité de son chemisier rose, et il faisait un tel effort pour garder les yeux fixés sur son visage, pour entraver leur penchant à vouloir toujours s'aventurer par-delà le crâne de Cathie, qu'il en éprouva un violent mal de tête.

Cependant mille piqûres d'épingle lui vrillaient l'anus.

— Pas du tout, dit Cathie, je ne sais même pas s'il a remarqué que ta mère était passée.

Elle lui souriait, étonnée qu'il pût avoir un tel soupçon.

Oh non, songeait-il effondré, voilà que ça recommence.

Il décolla faiblement ses fesses de la chaise, s'assit

tout au bord en équilibre de façon que seul le haut de ses cuisses restât en contact avec le siège.

Mais le très léger soulagement espéré ne se fit pas sentir.

Il entendit encore, à travers la brume de douleur qui l'enveloppait soudain, la voix assourdie de Cathie.

— Ce n'est pas le genre de Manille, non ?

Il ne se rappelait plus ce qu'il lui avait dit ou demandé — ah, maman, pas le genre de Manille de manifester la moindre dureté, d'essayer de chasser cette femme ridicule qui croyait vraiment, avec ses tracts rédigés et imprimés dans son salon au prix d'une part non négligeable de sa petite retraite, convaincre des vendeurs de cuisines de la présence des anges autour d'eux.

Tout au plus devait-il…

Cette démangeaison familière, qui l'avait attaqué par surprise, il commençait à la dompter en esprit.

Il rassemblait les vieux mécanismes de défense, peu utilisés depuis longtemps car ce problème l'avait laissé en paix pendant plusieurs mois, dont le plus immédiat consistait à diriger ses pensées vers des sujets sans rapport aucun avec son propre corps, pas plus qu'avec le moindre corps réel, de sorte que, tout naturellement, il se prit à songer avec intensité aux anges de maman et que ses doigts ramenèrent vers lui le paquet de brochures.

Que répondrait maman à la question de savoir si les anges souffraient parfois d'hémorroïdes ?

Ne serait-elle pas heureuse et flattée de le voir considérer avec une apparence de sérieux, de l'entendre seulement aborder…

Arrête, arrête, se dit-il saisi de panique. Ce n'était pas là du tout ce sur quoi il devait se concentrer.

La douleur revenait, plus pressante, exaspérante.

Il avait une envie atroce de se gratter, non, de racler et d'arracher cette chair aiguillonnée, brûlante.

Il se frotta sur le rebord de la chaise.

D'un doigt tremblant, il mit en route son ordinateur.

Puis il regarda de nouveau le dessin de l'ange, cette maladroite figure, ce décor si naïf tracés par maman, et soudain il discerna sans erreur possible ce que ses yeux s'étaient contentés d'effleurer tout à l'heure sans l'interpréter.

Déjà, comme il l'avait vaguement ressenti, les trois membres de la petite famille attablée ressemblaient à Djibril, Fanta et Rudy, et seule la médiocrité du trait de crayon les protégeait un peu du risque d'être reconnus, mais en outre quelqu'un avait ensuite affublé l'ange d'un sexe vigoureux, clairement visible sous la table, et qui paraissait sortir d'une poche ménagée tout exprès dans la longue robe blanche.

Rudy feuilleta le paquet de brochures.

L'ange n'avait été ridiculisé que sur le premier prospectus.

Il retourna le paquet, le repoussa vers un coin de son bureau.

À présent, déboussolé, il ne contrôlait plus rien.

L'obsédante souffrance des démangeaisons irradiait tout son être depuis ce point central comme si, pensait-il, son cerveau même était là, envoyant ses ordres, communiquant sa volonté qui était que Rudy dût souffrir.

Il jeta un coup d'œil vers Cathie.

Au même instant elle leva les yeux et fronça les sourcils avec inquiétude.

— Rudy, ça ne va pas ?

Il grimaça un sourire.

Oh, comme il avait mal et comme il se sentait furieux d'avoir mal.

— Qui a posé les brochures sur ma table ? demanda-t-il.

— Je te l'ai dit, ta mère est venue ce matin.

— C'est elle qui les a posées là, en personne ?

Elle haussa les épaules sans comprendre, un peu agacée.

— Je ne vois pas qui d'autre aurait pu le faire.

— Mais tu ne l'as pas vue ?

Cathie maintenant souriait froidement, avec une impatience ostensiblement contenue.

— Écoute, Rudy, je sais que ta mère est venue avec ses… espèces de tracts, je l'ai aperçue dans le hall, mais il se trouve que je n'étais pas devant ma table quand elle est venue les déposer.

Il bondit de sa chaise, soudain enivré de rage et de douleur.

Comment vouloir être bon quand on souffre comme un chien ? lui soufflait néanmoins une petite voix désolée, celle du paisible, joyeux, séduisant Rudy Descas qu'il aspirait tant à être de nouveau, avec sa morale impitoyable pour lui-même et douce aux autres.

Et c'est avec horreur, avec effroi qu'il remarqua le mouvement de peur qui tassa très légèrement Cathie sur sa chaise lorsqu'il s'approcha d'elle.

Il sentit que les autres, autour, le regardaient, silencieux.

Était-il donc devenu de ces hommes que craignent les femmes et que ne respectent nullement les autres hommes, que méprisent même profondément les êtres sachant, comme Manille, soumettre leur force?

Il se sentit soudain terriblement malheureux, lâche, inutile.

Il attrapa le paquet de brochures et le jeta sur le bureau de Cathie.

Il sautillait d'un pied sur l'autre, trompant la douleur par le frottement de son slip sur ses chairs enflammées.

— Et cette bonne petite blague, elle est de qui, alors? s'écria-t-il en posant le doigt sur le sexe de l'ange.

Cathie jeta un coup d'œil prudent à l'image.

— Aucune idée, marmonna-t-elle.

Il reprit le paquet, revint à son bureau.

L'un de ses collègues, au fond de la salle, fit entendre un petit sifflement réprobateur.

— Quoi, qu'est-ce qu'il y a? Je vous emmerde! cria Rudy.

— Là, mon grand, tu vas trop loin, dit Cathie sèchement.

— Je veux juste qu'on fiche la paix à ma mère.

Car il ne démordait pas de l'idée qu'on avait voulu humilier maman en griffonnant de façon obscène sur son dessin et, quoiqu'il détestât depuis toujours cette sainte propagande et refusât systématiquement d'en discuter, la passion appliquée avec laquelle elle rédigeait et illustrait ses messages, se donnant beaucoup de mal pour livrer le meilleur de son pauvre talent, le contraignait, lui semblait-il, à la défendre.

Personne d'autre que lui ne pouvait le faire, ainsi de ces rêves comminatoires, implacables, sans issue où vous incombe une lourde, une insurmontable et aberrante responsabilité, personne d'autre que lui ne pouvait défendre cette femme déraisonnable.

Et il se rappelait confusément quand et comment lui était apparu le sentiment de cette obligation et ce souvenir était si gênant qu'un afflux de sang lui monta aux joues, tandis qu'une crise plus forte encore lui taraudait l'anus.

Ils sont parmi nous, purs esprits, et s'adressent à nous par la pensée, même à table, même pour demander le sel ou le pain.

Qui est ton ange gardien, Rudy, quel est son nom et quel est son rang dans la hiérarchie angélique ?

Le père de Rudy avait négligé son ange, traitant son chien avec plus d'égards, c'est pourquoi, avait laissé entendre maman, il avait eu à subir une si triste fin, puisque son ange l'avait perdu de vue ou s'était épuisé à le chercher dans les ténèbres de l'indifférence et du pragmatisme.

Le père de Rudy, lorsque tout allait encore bien pour lui, s'était ingénié, par malice, par vanité, à semer son ange, oh, les hommes sont tellement présomptueux.

Où se trouvait alors, s'était demandé Rudy, où pouvait bien se trouver alors l'ange gardien de l'associé de son père au moment où ce dernier lui avait roulé sur le corps après l'avoir assommé ?

Avait-il été également, cet associé, un homme

impudent, trop sûr de lui, qui s'était amusé à égarer son ange, ou bien les Africains avaient-ils en général la malchance d'être mal gardés, leurs anges souffraient-ils d'incompétence et d'inertie ?

Le sale boulot de défendre maman, personne d'autre que lui ne pouvait le faire, personne d'autre ne…

— Tu dois te calmer, Rudy. On n'a pas attaqué ta mère, disait la voix de Cathie, pleine de reproches et de déception.

— Oui, oui.

Il marmottait, incapable de se détacher de sa douleur physique, absorbé en elle au point qu'il en avait le souffle court.

Il lui semblait que la douleur s'était incarnée en lumière, celle du chemisier rose de Cathie, et qu'il baignerait le reste de sa vie dans cette atroce incandescence.

— Tu dois te calmer, Rudy, disait-elle encore, obstinée et monocorde.

Et il répéta, à peine audible :

— Oui, oui.

— Si tu ne te calmes pas, Rudy, tu vas avoir de sérieux ennuis. M. Manille commence à en avoir marre, tu sais, et nous aussi. Tu dois te calmer et travailler.

— Mais qui a griffonné sur le dessin de ma mère ? souffla-t-il. C'est tellement… méchant !

Il entendit s'ouvrir la porte vitrée et, quelques secondes plus tard, Manille était là, devant lui, les poings appuyés sur le bureau de Rudy comme s'il se retenait de lui bondir au visage, et cependant l'expression toute professionnelle de son regard était aimable et presque caressante encore que vaguement lasse.

Et Rudy sentit se glisser entre eux, aussi palpable qu'un fin rideau de pluie, leur gêne commune, mélange de honte et de rancœur également partagées, lui semblait-il, entre Manille et lui qui avait l'avantage d'avoir encore Fanta à ses côtés alors que Manille l'avait perdue.

Mais il percevait également, depuis peu, quelque chose qui l'embarrassait à peine moins, de plus doux cependant, une singulière et indicible communion née de la conscience d'avoir aimé dans le même temps la même femme.

Il vit les yeux de Manille se poser sur le dessin de maman.

— Tu as vu ça? dit Rudy sur un ton fébrile, aigu, dont l'écho à ses propres oreilles lui fit horreur.

Entendant cette acrimonieuse voix de tête, Manille ne se demandait-il pas avec incrédulité comment il se pouvait que Fanta lui eût finalement préféré cet homme étroit et dégingandé, aigre et souffrant, comment il se pouvait qu'elle lui fût revenue, à ce Rudy Descas qui avait depuis longtemps perdu tout honneur?

Certes, songeait Rudy, voilà exactement ce qu'il penserait, lui, s'il était dans la peau de Manille.

Pourquoi Fanta lui était-elle revenue, morne, désespérée, comme si, captive d'un rêve implacable et sans issue, elle s'était vu imposer l'aberrante responsabilité de laisser filer sa vie dans une maison qu'elle n'aimait pas, auprès d'un homme qu'elle fuyait et qui, depuis le début, la trompait sur ce qu'il était réellement en se faisant passer pour un homme intègre et clément alors qu'il avait permis au mensonge de loger en son cœur ?

Pourquoi, vraiment, n'était-elle pas restée auprès de Manille ?

Celui-ci eut un geste dédaigneux vers le paquet de brochures, voulant signifier que ce qu'il voyait n'avait aucune importance.

— J'aimerais bien savoir qui a joué ce sale tour à ma mère, dit Rudy un peu haletant.

— Ce n'est pas bien grave, dit Manille.

Son haleine sentait le café.

Rudy songea alors que rien ne lui ferait plus plaisir, à cet instant, qu'un petit café serré et sucré.

Il se tortillait sur sa chaise, trouvant peu à peu un rythme qui, sans effacer la douleur, la compensait par le soulagement simultané d'un grattement bien cadencé.

— Ce ne serait pas toi, par hasard ? lança-t-il au moment où Manille s'apprêtait à reprendre la parole.

— S'il y a quelqu'un dont je ne me moquerai jamais, c'est bien ta mère, murmura Manille.

Un sourire étira ses lèvres.

Il ôta ses poings du bureau, crocha ses deux pouces à sa ceinture, fine lanière de cuir noir semée de clous d'argent qui semblait à Rudy la quintessence de la classe à la fois mâle et bridée de Manille.

— Tu ne t'en souviens sans doute pas, dit Manille d'une voix assez basse pour n'être perçue que de Rudy, tu étais trop petit à l'époque mais, moi, je te revois très bien. Tes parents et les miens étaient voi-

165

sins, on habitait à la campagne, loin de tout, et le mercredi mes parents me laissaient seul pour aller travailler et ils demandaient à ta mère de passer de temps en temps pour vérifier que tout allait bien pour moi, alors ta mère venait comme convenu et elle me voyait tout triste et solitaire, alors elle me ramenait chez vous et elle me donnait un gros goûter et je passais un sacré bon après-midi. Malheureusement ça s'est terminé avec votre départ pour l'Afrique. Il n'empêche que je me souviens toujours de ces bons moments quand je rencontre ta mère, alors, même dans son dos, je ne ferai jamais rien qui risque de la blesser, jamais.

— Je vois, dit Rudy.

Et il affectait un ton ricaneur mais il se sentait brusquement presque aussi jaloux, perdu et malheureux qu'il l'avait été lorsque, tout juste âgé de trois ou quatre ans, il avait vu chaque mercredi revenir maman avec ce garçon plus vieux, dont il ne savait rien, dont il avait ignoré jusqu'à présent qu'il s'était agi de Manille, et qu'il avait dû supporter l'ombre gigantesque du garçon au-dessus de lui, avec ses jambes dorées sortant d'un short comme deux piliers qui lui barraient le chemin vers maman — ainsi c'était lui, c'était Manille !

Il ne revoyait pas les traits du garçon, seulement ces deux fortes jambes à hauteur de sa figure à lui, Rudy, et entre lesquelles le visage de maman ne lui apparaissait qu'à peine.

Pourquoi, alors, lui avait-il toujours semblé que l'atmosphère de la maison se modifiait avec l'entrée du garçon, qu'elle devenait à la fois chargée et pétillante et qu'une secrète excitation accélérait les gestes et le débit de maman quand elle proposait, comme sous le coup d'une inspiration, de préparer des crêpes pour le goûter, pourquoi lui avait-il toujours semblé que ce garçon aux jambes solides, à la voix basse, tirait maman d'un ennui que la simple présence de Rudy ne parvenait pas à rompre, accentuait et grandissait peut-être même?

À Rudy on ne pouvait se soustraire et Rudy était parfois un véritable crampon, tandis que le petit voisin de neuf ou dix ans, qui ne demandait rien, maman le sauvait, sans remarquer que Rudy avait constamment devant les yeux les jambes fermes du garçon et que ces jambes faisaient en sorte de se déplacer toujours en même temps que Rudy pour l'empêcher d'atteindre maman.

Oh, c'était lui, c'était Manille!

Rudy, affreusement déconcerté, s'agitait de plus en plus sur sa chaise.

Le soleil le frappait en pleine figure à travers la vitre, toujours teinté de ce chatoiement rose que propageait le chemisier de Cathie.

Il avait chaud, terriblement chaud.

Il lui sembla que Manille le regardait avec inquiétude.

N'était-ce pas extraordinaire que maman ne lui eût jamais rappelé cette époque où un grand garçon implacable et discret emplissait la cuisine de sa présence fatidique le mercredi après-midi et qu'elle ne lui eût pas dit que ce garçon, c'était Manille?

Tous les deux, maman et Manille, avaient partagé

ce souvenir secret, dans le dos de Rudy — et dans quel but, bon Dieu ?

Manille était en train de lui parler.

Qu'il représentât exactement le genre de fils que maman aurait aimé avoir, Rudy n'en doutait pas, cependant était-ce une raison pour…

Bon, quelle importance, après tout.

Il s'efforça de comprendre ce que lui disait Manille de sa voix sourde et veloutée mais un violent sentiment d'injustice lui étreignait le cœur à la pensée qu'il avait toujours protégé maman et que celle-ci, de son côté…

Comme il avait chaud !

Manille s'était placé de telle sorte qu'il se trouvait, lui, dans l'ombre et que le soleil éblouissait Rudy.

Il prit alors conscience qu'il se frottait désespérément sur son siège et que celui-ci maintenant grinçait, ce qui faisait se retourner vers lui ses collègues du fond de la salle.

Que lui disait donc Manille à propos de cette cliente, Mme Menotti ?

Sans qu'il comprît exactement pourquoi, le nom de cette femme provoquait en lui un malaise rehaussé d'effroi, comme s'il savait lui avoir manqué tout en étant incapable de deviner de quelle façon.

Il avait cru en avoir fini avec Menotti et sa cuisine prétentieuse, dont il avait suivi la réalisation depuis le début, ayant lui-même ébauché les croquis, l'ayant aidée à choisir la couleur du bois, ayant longuement réfléchi avec elle à la forme de la hotte, et lorsqu'il lui était arrivé de se demander pour quelle raison Manille avait confié à ses mains si peu douées le chantier

complet de Menotti, il n'avait guère tardé à le comprendre, cette fois où, en pleine nuit, Menotti lui avait
téléphoné chez lui, réveillée, se plaignait-elle, par une
terrible angoisse, non, pire encore, par une crise de
suffocation telle qu'elle n'en avait encore jamais eu
à l'idée que le plan de travail central n'était peut-être
pas du tout ce qui lui convenait, et pourquoi ne pas
revenir simplement au projet de départ et aligner le
long des murs les éléments principaux, pourquoi ne
pas revoir la conception entière de cette cuisine dont
elle n'était même plus certaine, avoua-t-elle dans un
hoquet de détresse, d'avoir envie, là, assise en chemise de nuit dans sa vieille cuisine si sympathique,
pourquoi ne pas tirer un trait sur toute cette histoire,
elle se sentait si mal, si mal.

Et Rudy avait employé une bonne heure à lui rappeler qu'elle avait poussé la porte de chez Manille
précisément parce qu'elle ne supportait plus le mobi-
lier démodé et disparate de sa cuisine actuelle, puis,
presque grisé de fatigue et d'ennui, il lui avait assuré
que son espérance tacite de voir sa vie égayée, transformée grâce à l'installation de placards astucieux
et d'une hotte télescopique, que cette espérance
n'était pas absurde — Menotti voulait-elle lui faire
confiance ?

Il avait raccroché épuisé mais trop nerveux pour
tenter de se rendormir.

Une bouffée de haine l'avait envahi à l'encontre
de Menotti, non parce qu'elle l'avait réveillé mais
parce qu'elle avait pu seulement envisager d'annuler
les semaines d'un travail fastidieux, rebutant, qu'il
avait consacrées à essayer d'adapter les désirs com-

pliqués et téméraires de cette femme au mince budget dont elle disposait.

Oh, le temps qu'il avait perdu devant l'ordinateur à chercher le moyen d'intégrer un comptoir américain ou une poubelle à ouverture automatique dans les plans qu'elle avait approuvés avant de se raviser, l'écœurement qui l'avait pris souvent de constater qu'il devait engager pour d'aussi vulgaires questions pas moins que son intelligence entière, et toutes ses facultés de concentration et toute son ingéniosité !

C'était là peut-être, pour la première fois aussi douloureusement, alors qu'il venait de rassurer Menotti au cœur de la nuit, qu'il avait mesuré l'ampleur de sa dégringolade.

Il avait passé avec sa cliente une revue générale de cette cuisine qu'il trouvait grotesque, inutile (équipée comme pour recevoir chaque jour des hôtes nombreux et délicats alors que Menotti vivait seule et, de son propre aveu, n'aimait guère préparer à manger) puisque tel était maintenant son rôle, telle était sa vie, et Menotti ne pouvait imaginer qu'il avait prétendu à un poste de professeur d'université ni qu'il s'était considéré à un moment comme un expert de la littérature du Moyen Âge car rien ne se laissait plus deviner en lui maintenant de cette belle érudition qu'il avait eue, qui doucement s'estompait, doucement ensevelie sous la cendre des tracas n'en finissant pas de se consumer. *Ceux qui sont en mariage ressemblent au poisson étant en grande eau en franchise…*

Comment s'extraire, s'était-il demandé avec une lucidité froidement désespérée, de ce rêve infini, impitoyable, qui n'était autre que la vie même ? …

170

qui va et vient où il lui plaît et tant va et vient qu'il
trouve une nasse...

— Elle t'attend, vas-y tout de suite, disait
Manille.

Se pouvait-il qu'il fût en train de lui parler de
Fanta ?

Rudy était sûr d'une chose, c'est que, si Fanta avait
cessé de l'attendre, lui, son mari, elle n'attendait pas
davantage ce Manille qui, pour certaines raisons que
Rudy ignorait, l'avait déçue.

Manille tourna les talons.

— Je dois passer chez Mme Menotti, c'est ça ? cria
Rudy.

Manille hocha la tête sans le regarder, puis il rejoignit le hall d'exposition où, le temps de parler à Rudy,
il avait laissé ses deux clients juchés sur des tabourets
de bar, leurs grosses jambes pendant gauchement au
ras du sol.

L'homme, de loin, souriait vaguement à Rudy.

Il tenait son béret posé sur ses genoux et Rudy
pouvait voir, même à cette distance, la luisance pâle
de son crâne nu au-dessus de son front coloré.

Ils sont parmi nous !

Comment savoir, se demanda-t-il, si ce couple inté-
ressé par une cuisine complète de bois foncé, à l'ancienne, avec poignées de placard en fer forgé et faux
petits trous de vers xylophages, ne faisait pas partie
des anges dont maman était certaine qu'ils nous visi-
taient régulièrement et que, si notre âme était avertie
(grâce aux brochures de maman), nous pouvions les
reconnaître ?

Comme Rudy lui souriait en retour, l'homme aus-

sitôt porta son regard ailleurs, visage fermé… *où
il y a plusieurs poissons qui se sont pris à l'appât
qui était dedans, qu'ils ont senti bon et flairant, et
quand celui poisson le voit il travaille moult pour y
entrer…*

Rudy se leva, alla jusqu'au bureau de Cathie, affectant un air dégagé.

Son anus le brûlait toujours terriblement.

Il décrocha le téléphone de Cathie qui pinça les
lèvres mais ne dit rien.

En tant que vendeur subalterne, il n'avait pas droit
à une ligne directe.

Il composa son propre numéro, laissa sonner une
dizaine de fois.

Une brusque poussée de transpiration mouilla ses
mains, ses tempes.

Fanta n'entendait pas ou elle avait choisi de ne pas
répondre, ou bien encore, songea-t-il, elle était dans
l'incapacité de répondre car absente ou…

Quand il eut reposé le combiné, il croisa le regard
embarrassé, troublé de Cathie.

— Il paraît que Menotti veut me voir, lança-t-il
d'un ton enjoué.

Mais il avait si mal qu'il sentait le rictus coutumier retrousser le coin de sa lèvre supérieure. N'y
pouvant plus tenir, il se gratta d'une main, brième-
ment, avec frénésie.

— Rudy, je crois que Mme Menotti est vraiment
furax, dit Cathie d'une voix basse, comme à regret.

— Tiens, pourquoi ?

La vieille et confuse impression qu'il avait failli à
son devoir envers Menotti, non pas volontairement

172

mais par une éclipse coupable de sa vigilance, assécha légèrement sa bouche.

Qu'avait-il donc fait ou omis de faire ?

Menotti, petite employée de banque, n'avait pas beaucoup d'argent.

Elle avait pris un crédit de quelque vingt mille euros pour financer cette cuisine et Rudy avait dû jongler avec diverses pièces d'équipement tirées de plusieurs modèles de cuisine dont certains étaient en solde pour contenter les exigences de Menotti, qui étaient grandes, cette femme pragmatique, rompue aux calculs, feignant soudain de ne pas comprendre que la liste chiffrée de ses volontés excédait largement la somme qu'elle avait empruntée.

On pouvait dire qu'il s'était embêté avec cette cuisine !

Il s'était montré, en un sens, dévoué, disponible, dégourdi.

Et cependant, une fois le tout commandé, lui étaient restés comme un arrière-goût déplaisant, le pressentiment d'une menace… *et va tant à l'environ qu'il trouve l'entrée et il entre dedans, cuidant être en délices et plaisances, comme il cuide que les autres soient, et quand il y est il ne s'en peut retourner…*

Ô mon Dieu, qu'avait-il encore fait ?

Il n'avait pas le souvenir, depuis quatre ans qu'il travaillait chez Manille (quatre ans de sa vie !), d'avoir jamais rien accompli rigoureusement comme il se devait.

Il avait accumulé, par ennui et ressentiment, les petites erreurs, des peccadilles dont certains clients toutefois se souvenaient suffisamment pour déclarer à Manille qu'ils ne voulaient pas de Rudy Descas, quand ils revenaient pour un achat quelconque.

Mais dans le cas de Menotti il s'était pourtant donné du mal.

— Comment va ta femme ? lui demandait Cathie.

Il sursauta, battit des paupières tout en se trémoussant involontairement.

— Bien, bien.

— Et le petit ?

— Djibril ? Bien, oui, je crois.

Il lui sembla qu'elle le fixait alors avec le même sourire malicieux, un peu lointain, prudent, que l'homme au béret tout à l'heure.

La panique le submergea.

De quoi souriait-elle donc au cœur de son halo rougeâtre ? *Et quand il y est il ne s'en peut retourner.*

— Tu ne sais vraiment pas ce que me veut cette Menotti ? demanda-t-il encore avec son air désinvolte, comprenant bien l'inutilité de son insistance mais ne pouvant se résoudre à s'en aller avant qu'un quelconque éclaircissement lui fût donné, et non seulement des ennuis de Menotti mais des incompréhensibles épreuves de sa vie à lui, de sa vie entière. *Il ne s'en peut retourner.*

Cathie fixa son écran, l'ignorant ostensiblement.

Alors l'impression le frappa que, une fois quittée cette pièce, il n'y reviendrait plus, qu'on ne le lui permettrait pas et que, pour une raison qu'il ne pouvait encore entrevoir, on préférait ne pas l'en avertir déjà — parce qu'on le craignait ?

— J'ai fait tout ce que j'ai pu pour Menotti, tu le sais ? Je n'ai jamais donné autant de moi-même, depuis que je travaille ici, que pour cette foutue cuisine. Les heures supplémentaires, je les ai faites sans les compter.

Il était calme et il pouvait sentir sur son visage la chaleur de son calme, de son sourire léger.

Les tiraillements de son anus s'apaisaient.

Comme Cathie s'entêtait à feindre de ne pas se rendre compte de sa présence, et parce qu'il songeait soudain que, s'il ne revenait pas au bureau, il ne la reverrait peut-être jamais, il se pencha doucement vers le lobe minuscule et rosé de son oreille presque translucide.

Il chuchota, calme et doux — aussi doux, aussi calme, pensa-t-il, que le jeune homme qu'il avait été :

— Je devrais le buter, non ? Manille ?

Elle pencha vivement la tête de côté pour s'éloigner de lui.

— Rudy, fiche le camp, maintenant.

Il leva les yeux et regarda encore une fois, à travers la baie vitrée, la villa ensoleillée de Manille avec son entrée importante, disproportionnée, très semblable, cette grosse maison basse, à celles que se faisaient construire dans le quartier des Almadies les riches entrepreneurs et de fait très comparable, se dit-il dans une violente secousse de toute son âme, et de fait, oui, très similaire à la villa qu'avait bâtie à Dara Salam son père Abel Descas qui avait alors préféré pour les volets non pas ce bleu provençal aujourd'hui partout répandu mais un rouge sombre lui rappelant le Pays basque dont il était issu, ne soupçonnant pas, comment l'eût-il pu *mais il ne s'en peut retourner*, que le rouge à peine moins sombre du sang de son ami, de son associé et ami, teindrait à jamais cette pierre très blanche et poreuse qu'il avait choisie pour la vaste terrasse.

Oui, songea Rudy, les hommes ambitieux aux jambes fortes plantées bien droit sur le sol, sans le moindre fléchissement gracieux du genou, comme Manille ou Abel Descas, édifiaient des maisons semblables car ils étaient de la même sorte d'hommes bien que le père de Rudy eût trouvé offensant ou comique d'être comparé à un marchand de cuisines, lui qui avait su, très tôt, s'arracher de sa province, franchir l'Espagne et un petit bout de Méditerranée, puis le Maroc et la Mauritanie avant d'arrêter sa vieille, valeureuse Ford au bord du fleuve Sénégal, là où, s'était-il dit immédiatement, s'appliquant déjà à forger sa petite légende familiale, il fonderait un village de vacances comme il n'en avait encore jamais existé.

Oh oui, songea Rudy, cette espèce bien particulière d'hommes aux désirs pragmatiques mais non moins ardents que s'ils étaient spirituels n'éprouvaient jamais le sentiment qu'il leur fallait lutter jour après jour contre les figures glaciales de quelque rêve infini, monocorde et subtilement dégradant.

Avant de s'éloigner du bureau de Cathie, comme il la sentait raide et apeurée et que ses petits yeux immobiles s'acharnaient désespérément à éviter de croiser les siens, il ne put s'empêcher de lui dire encore, d'une voix qui tremblait un peu :

— Si tu savais toute la douceur que j'ai au fond de moi !

Elle eut un gloussement rauque, involontaire.

Mais son père ou Manille, eux, quoique redoutables dans leur genre, n'étaient pas de ces hommes dont les femmes ont peur, alors que lui, mon Dieu, comment en était-il arrivé là…

Il ramassa sur sa propre table les brochures de maman et en fit un rouleau qu'il enfourna dans une poche de son pantalon.

Il traversa la grande pièce baignée de lumière, ne doutant pas que ses collègues le suivaient du regard avec soulagement ou dédain ou autre chose encore dont il ne pouvait avoir idée.

Et pourtant, là, comme il allait atteindre la porte vitrée de son pas toujours entravé par les élancements de son rectum, les cuisses éloignées l'une de l'autre alors que nulle musculature excessive ne les y contraignait (car il avait les jambes fines, sinon maigres, et voilà qu'il marchait un peu comme son père ou Manille, ces hommes dont les cuisses massives les forçaient à garder les genoux très écartés), il s'amusa de la pensée que ses collègues avaient trouvé peut-être en lui leur ange.

Il avançait, nimbé de blondeur scintillante, tel qu'autrefois lorsqu'il quittait son petit appartement du Plateau et descendait l'avenue vibrante de chaleur en étant parfaitement et tranquillement conscient de l'entière honnêteté de son cœur, de la plénitude de son honneur.

Il aurait voulu lancer à ses collègues, joyeux, aimable, séduisant, si naturellement gentil : Je suis le Ministre dont ma mère vous a parlé !

N'y avait-il pas eu une époque, il s'en souvint avec malaise, où maman décolorait à l'eau oxygénée les cheveux couleur lin clair de son petit Rudy afin qu'il parût plus blond encore, presque blanc ?

Il se rappelait la déplaisante odeur de l'alcool qui finissait par le plonger dans une somnolence hébétée, tassé sur un tabouret dans la cuisine de cette maison où Manille lui avait appris tout à l'heure qu'il avait passé tant de mercredis, aussi devait-il être bien jeune quand maman s'était mise en tête de lui attribuer ainsi l'élément le plus conventionnel de la figure angélique car ces séances s'étaient interrompues quand ils étaient partis rejoindre en Afrique le père de Rudy.

Peut-être, se dit-il, maman avait-elle jugé que, là-bas, la blondeur naturelle des cheveux de Rudy suffirait largement à l'asseoir comme séraphin ou bien n'avait-elle pas osé continuer cette pratique en présence du père de Rudy qui, incrédule, railleur, brutal, avait planté là son propre gardien et, pour le semer, s'était sauvé en galopant toujours plus loin dans les ombres de ses calculs cyniques, de ses tactiques et plans plus ou moins secrets, plus ou moins licites.

Je suis votre messager des Trônes ! voulut-il crier, et cependant il s'en dispensa, ne tenant pas à tourner la tête vers ses collègues.

Il lui plaisait soudain de se dire que ces derniers accueillaient peut-être en cet instant précis une révélation de ce genre en le voyant passer, là, devant eux, les jambes un peu bizarrement disjointes, la démarche un peu roide, mais auréolé malgré cela d'une formidable, lumineuse majesté, d'un resplendissement solaire.

Il n'avait pas su défendre Fanta.

Il s'était prétendu le veilleur, *watcher* en France, de sa fragilité sociale, et il l'avait laissée tomber.

Il poussa la porte, pénétra dans le hall d'exposition.

Les deux clients de Manille en étaient maintenant à choisir les tabourets du bar américain sur lequel, Rudy était prêt à le parier, ils ne prendraient jamais le moindre repas, auquel ils ne s'accouderaient même jamais pour boire un café, préférant la petite table malcommode qui leur avait toujours servi jusqu'alors et qu'ils trouveraient le moyen de réintroduire en douce dans la cuisine toute neuve que Manille leur aurait installée, et quand, à l'occasion d'une visite de leurs enfants, ceux-ci s'étonneraient et les gronderaient presque d'avoir relogé leur vieille table graisseuse, aux rainures emplies de miettes, au coin du comptoir, gênant ainsi l'accès au réfrigérateur, ils se justifieraient, pensa Rudy, en arguant que c'était provisoire et qu'ils élimineraient leur chère table dès qu'ils auraient trouvé tel petit meuble qui leur manquait encore pour déposer, lorsqu'ils rentraient des courses, les sacs et les cartons.

Manille leur faisait caresser la moleskine brune d'une paire de tabourets en bois foncé.

Il attendait près d'eux, infiniment patient, jamais pressant, jamais désireux d'en finir.

L'homme, de loin, entendant le pas de Rudy, leva les yeux.

Il l'observa plus longuement, songea Rudy avec émotion, qu'on ne le fait généralement, d'un regard amène, accueillant.

Rudy eut l'impression que l'autre esquissait le geste de soulever son béret pour le saluer.

179

Et alors qu'un tel mouvement accompagné du regard insistant, la veille encore, l'eût inquiété et gêné et qu'il se fût immédiatement demandé quelle sorte de désagrément allait s'ensuivre, il se dit avec gaieté que ce type l'avait sans doute simplement reconnu.

Je suis l'esprit des Dominations !

Oui, le gars avait peut-être eu entre les mains un des tracts de maman et, voyant passer Rudy ainsi constellé, un sentiment d'évidence et de béatitude le touchait en plein cœur.

Es-tu celui qui doit prendre soin de moi ? semblait demander son regard.

Que répondre ?

Rudy sourit de toutes ses dents, ce qu'il évitait généralement de faire car il n'ignorait pas que, tout comme la peur, le ravissement distordait ses lèvres et lui donnait un air désagréable.

Regardant le type droit dans les yeux, il forma muettement, de sa bouche mobile : Je suis le petit Maître des Vertus !

Il hâta le pas et sortit du magasin.

La chaleur du parking le terrassa, le dégrisa.

Non pas, marmonna-t-il, qu'on eût pu lui reprocher d'avoir sciemment abandonné Fanta à sa solitude d'exilée, et quant au fait qu'elle n'eût pas exactement les qualifications exigées pour enseigner en France, il n'en était pas responsable.

Et cependant ne le quittait jamais cette certitude qu'il l'avait trompée en l'attirant ici, puis qu'il avait détourné son visage du sien, qu'il avait rejeté la mission, implicitement acceptée lorsqu'ils se trouvaient là-bas, de veiller sur elle.

C'est qu'il sortait alors d'une telle mortification !

Quelle raclée on lui avait mise, quelle raclée ! *beating ?*

Il lui semblait parfois s'en ressentir encore quand il levait haut les bras mais c'était surtout lorsque l'asphalte brûlant du parking de Manille exhalait son odeur de pétrole qu'il se revoyait avec une pénible netteté étendu à plat ventre sur une surface du même genre, du bitume ramolli par la chaleur, et les épaules et les reins écrasés par des genoux pointus, son visage tuméfié luttant pour se dresser, éviter le contact avec le goudron poussiéreux et collant.

Des années plus tard, une telle vision le faisait encore rougir de honte et de stupéfaction.

Il sentit pourtant, là, pour la première fois, tout ce qu'il entrait de machinal dans cette réaction.

Il inspira bien fort, s'imprégnant du relent âpre.

Il s'aperçut alors que l'opprobre l'avait quitté.

Oui, c'était bien lui, Rudy Descas, que des adolescents du lycée Mermoz avaient roué de coups de pied avant de le projeter à terre et de lui broyer les côtes contre le goudron, finissant par lui aplatir la figure, qu'il avait tenté de garder levée, sur le sol de la cour, c'était sur sa joue à lui que se trouvaient imprimées à jamais maintenant de fines cicatrices, et ces épaules très légèrement souffrantes encore étaient les siennes — et cependant l'abjection ne lui appartenait plus, non qu'il pût ni souhaitât la renvoyer sur un autre que lui, mais parce qu'il sentait au contraire qu'il l'acceptait et que cela lui donnait dans le même temps la possibilité de s'en délivrer, comme d'un rêve sempiternel, glacial, d'un interminable rêve terrorisant auquel, tout

181

en l'endurant, on se soumet, sentant que dès lors on y échappera.

Lui, Rudy Descas, ancien professeur de lettres au lycée Mermoz et spécialiste du Moyen Âge, ne faisait plus corps avec l'infamie.

Il avait perdu réputation et dignité et il était rentré en France, entraînant Fanta, en sachant que la flétrissure le poursuivrait car elle était en lui et il s'était persuadé qu'il n'était plus que cela tout en la haïssant et la combattant.

Et voilà qu'il y consentait et s'en trouvait allégé.

Voilà qu'il pouvait, calmement, doucement, repasser dans sa mémoire les images de cette violente humiliation — et l'humiliation ne se rapportait plus à lui tel qu'il était, en ce moment, debout dans l'air chaud et sec, et la masse qui avait lesté son cœur et empli sa poitrine d'une matière dense, oppressante, il la voyait se dissoudre et le déserter alors qu'il se rappelait précisément les visages des trois jeunes gens qui l'avaient assailli, qu'il pouvait même encore sentir dans sa nuque le souffle un peu aigre (la peur, l'excitation?) de celui qui l'avait maintenu plaqué au sol — ces trois visages, oh, sombres et beaux dans leur jeunesse irréprochable, qui la veille seulement s'étaient tendus vers lui parmi les autres dans la classe pour l'écouter, concentrés, innocents, leur parler de Rutebeuf.

Il revoyait ces visages et n'en était pas affligé.

Il se demanda : Tiens, que peuvent-ils faire aujourd'hui, ces trois-là?

Il se mit à marcher vers sa voiture, posant chaque pied fermement pour le plaisir de le sentir poisser au

182

goudron et de l'entendre s'en détacher avec un petit bruit de baiser.

Il revoyait tout cela et n'en était pas affligé.

Comme il faisait chaud !

Les fourmillements de son anus se réveillaient.

Oh, il revoyait tout cela et…

Quel bonheur, se dit-il.

Il se gratta, non sans plaisir, conscient que son prurit ne le précipiterait plus dans les mêmes gouffres de colère et de découragement, qu'il n'avait plus de raison de considérer ces maux ordinaires comme un châtiment ou une illustration de son infériorité.

Il était capable maintenant de…

Il posa la main sur la poignée de la portière chauffée à blanc.

Il n'ôta pas ses doigts tout de suite.

Cela le brûlait et c'était désagréable mais il lui sembla percevoir mieux encore, par contraste, la légèreté nouvelle de son esprit et la vacuité de sa poitrine, l'élargissement de son cœur — libre enfin ! cria-t-il en lui-même.

Et comment cela ?

Comment cela se faisait-il ?

Il regarda longuement, tout autour de lui, les grosses voitures grises et noires de ses collègues et la route devant le parking avec ses alignements d'entrepôts et de pavillons et il leva son front pour l'offrir délicieusement au soleil infernal — enfin libre !

Et de quoi était-il maintenant capable ?

Très bien, il pouvait aller jusqu'au bout malgré la légère rougeur d'embarras dont il sentait s'empreindre ce front qu'il haussait vers le ciel, il pouvait parfaitement aller jusqu'au bout et mettre à l'épreuve sa liberté toute neuve en reconnaissant, pour la première fois, que les trois adolescents ne l'avaient pas agressé.

Ce qu'il restait en lui de l'ancien Rudy Descas protesta.

Mais il tenait bon, même si un début de panique, de désarroi le faisait maintenant frissonner.

Il tira la portière, se laissa tomber sur le siège.

L'intérieur de la voiture était suffocant.

Il tâcha pourtant d'inspirer à grandes goulées cet air confit pour s'apaiser et repousser la peur, l'effroyable peur qui s'avançait vers lui à l'idée que, s'il admettait que ces garçons ne l'avaient pas attaqué, il devrait concéder également que c'était lui, Rudy Descas, alors professeur de lettres au lycée Mermoz de Dakar, qui s'était jeté sur l'un d'eux, entraînant les deux autres à venir secourir leur camarade.

Vraiment ?

Oui, c'est bien ainsi que les choses avaient dû se passer, pas vrai, Rudy ?

Un flot de larmes acides lui monta aux yeux.

Il avait si bien travaillé à se persuader du contraire qu'il n'était pas encore sûr de la réalité de la vérité.

Il n'en était pas encore sûr.

Il tendit le bras vers la banquette arrière, attrapa sa vieille serviette, tamponna ses paupières.

Mais, cette vérité-là, pouvait-il l'entrevoir et ne pas s'en trouver affligé ?

La cour du lycée étalait au soleil de midi sa vaste étendue de goudron grésillant.

Rudy Descas sortait de l'établissement de son pas

agile, heureux, de jeune professeur aimé et brillant, aimé de ses élèves comme de ses collègues et de sa femme Fanta qui comptait parmi ces derniers, et nul besoin pour lui alors, se dit Rudy sans amertume, nul besoin de se croire ministre des volontés divines pour sentir autour de sa personne un halo de bienveillance, de triomphe subtil, d'ambitions raffinées.

Le goudron adhérait légèrement à la semelle de ses mocassins.

Ce contact l'avait mis en joie et il souriait encore pour lui-même quand il avait passé la grille du lycée et ce sourire s'était répandu comme un geste bénisseur involontaire vers les trois adolescents qui étaient là, attendant à l'ombre chétive d'un manguier, leurs visages luisant au soleil de midi.

Tous trois faisaient partie de ses élèves.

Rudy Descas les connaissait bien.

Il avait pour eux une affection particulière car ils étaient noirs et venaient de milieux modestes et l'un d'eux, croyait-il savoir, avait un père pêcheur à Dara Salam, le village où Rudy et ses parents avaient vécu autrefois.

Assis dans sa voiture, sur le parking de Manille, Rudy se rappela ce qu'il éprouvait toujours alors quand son regard se posait sur le fils du pêcheur : une amitié excessive, délibérée, anxieuse, sans rapport avec les qualités propres de ce garçon et qui aurait pu soudainement virer à la haine sans que Rudy s'en fût vraiment rendu compte, sans qu'il eût même pu comprendre que c'était de la haine et non plus de l'amitié qu'il avait pour son élève.

185

Car la figure du garçon l'obligeait à penser à Dara Salam.

Il luttait avec horreur contre toute vision de Dara Salam.

Et cette lutte se transformait en affection dispro-portionnée pour l'adolescent, cette affection qui était peut-être de la haine.

Mais, en plein midi de cette journée figée, brûlante, de saison sèche, alors qu'il sortait du lycée l'esprit pai-sible et heureux, son sourire avait enveloppé les trois garçons pareillement, avait coulé vers eux, impersonnel, satisfait, avec l'exquisité d'une onction.

Le fils du pêcheur avait-il pu deviner brusquement que l'extrême gentillesse de Rudy Descas à son égard n'était qu'un moyen désespéré de contenir l'hostilité que lui aurait inspirée sinon son visage de Dara Salam?

Était-ce cela, de la haine enfin dévoilée, que charriait visiblement le sourire du professeur, dans la clarté blanchâtre de midi?

L'air chaud tremblotait.

Pas un souffle n'agitait les feuilles grises du manguier.

Rudy Descas se sentait si chanceux à cette époque, si prospère.

Le petit Djibril était né deux ans auparavant et c'était un enfant souriant et volubile dont nulle peur de son père, nulle gêne face à celui-ci ne venait encore creuser le front d'un pli perplexe, comme c'était le cas aujourd'hui.

Rudy avait demandé un poste dans une université étrangère et son ultime entretien avec le directeur du département des littératures médiévales s'était déroulé au mieux et il ne doutait pas que la réponse serait positive, à tel point qu'il l'avait déjà, au téléphone, annoncé à maman, par pure vanité.

Ton fils, gardien de ton âge mûr, professeur d'université, agrégé de lettres classiques.

Oh, comme la vie était bonne.

Même si ce n'était guère dans le tempérament de sa femme de l'exprimer, il sentait que Fanta l'aimait, et qu'elle aimait à travers lui l'existence qu'ils s'étaient faite tous les deux dans leur bel appartement du Plateau récemment loué.

Il lui arrivait parfois de penser que Fanta aimait l'enfant encore plus qu'elle ne l'aimait, lui — qu'elle aimait l'enfant d'un amour semblable, mais plus fort, alors qu'il avait cru que cet amour serait de nature différente et que lui ne perdrait rien.

Il pensait avoir perdu, qu'elle s'était un peu éloignée de lui.

Mais cela n'avait guère d'importance.

Il était alors si soucieux du contentement de Fanta qu'il acceptait et presque se réjouissait qu'elle fût heureuse légèrement à ses dépens.

Alors, oui, dans cette vie parfaite, seules les réminiscences de Dara Salam qu'il devait combattre chaque fois qu'il voyait ce garçon jetaient l'ombre d'une déroute possible.

Le jeune homme était sorti du couvert du manguier, lentement, avec effort, comme s'il devait, lui, faire front au sourire terrible de Rudy.

D'une voix calme, distincte, définitive, il avait lancé :

187

— Fils d'assassin.

Et, s'était dit Rudy par la suite, se disait-il encore à présent sur le parking de Manille, davantage que le sens de ces paroles l'avait littéralement poignardé le tranquille aplomb de cette voix qui ne prenait seulement pas la peine, n'avait seulement pas le tact de l'insulter.

Par les lèvres du fils du pêcheur la simple vérité s'énonçait, sans intention, parce qu'il devait en être ainsi, et c'était peut-être le sourire même du professeur qui avait permis à la vérité de s'exposer, ce sourire faux, suave, rempli de haine et de peur.

Rudy avait lâché son cartable.

Sans savoir ni comprendre ce qu'il faisait, ce qu'il allait faire, il avait sauté à la gorge du garçon.

Quelle impression bouleversante que de sentir sous ses pouces le tube annelé, tiède, moite, de la trachée — Rudy s'en souvenait mieux que de tout le reste, et il se souvenait de n'avoir pensé, en appuyant sur le cou du garçon, qu'à la chair tendre du petit Djibril, son fils qu'il baignait chaque soir.

Machinalement il retourna ses mains, les regarda.

Il lui semblait retrouver au bout de ses doigts, dans le gras des premières phalanges, cette sensation de douceur résistante qui l'avait grisé, et la bosse mobile et ferme de la jeune pomme d'Adam qu'il avait pressée en proie à une colère exultante, enivrée d'elle-même.

C'était la première fois de sa vie qu'une telle fureur le saisissait, la première fois qu'il se jetait sur quelqu'un, et c'était comme s'il découvrait enfin sa véritable individualité, ce pour quoi il était fait et ce qui lui procurait du plaisir.

Il s'était entendu geindre, souffler sous l'effort — à moins que ce n'eût été les grognements du garçon, qu'il prenait pour les siens.

Il avait poussé l'adolescent dans la cour du lycée, toujours accroché à son cou qu'il serrait de toutes ses forces.

Le jeune homme s'était mis à transpirer abondamment.

Fini, fini d'être gentil, répétait une petite voix hargneusement triomphante dans la tête de Rudy.

Qu'avait-il dit, le salopard?

— Qu'est-ce que tu as dit, hein? Fils d'assassin, très bien, alors soyons loyal à notre sang, pas vrai?

Étaient-ils de même nature, le sang de l'associé de son père qui avait teint irrémédiablement le beau carrelage poreux de la terrasse, et le propre sang d'Abel Descas éclaboussant le mur de sa cellule à la prison de Reubeuss, et le sang de ce garçon, le fils du pêcheur de Dara Salam, qui ne manquerait pas de jaillir de son crâne si Rudy réussissait à le renverser puis à lui frapper la tête contre le sol de la cour?

— Salopard, avait-il grondé mécaniquement, sans plus savoir très bien, dans son allégresse forcenée, pour quelle raison il injuriait celui qui lui causait une telle jouissance.

Une violente douleur avait traversé son dos, ses épaules.

Il avait senti glisser entre ses mains le cou trempé de sueur.

Ses genoux, puis sa poitrine, avaient heurté durement le sol, il avait eu le souffle coupé.

Il avait tenté de garder la tête aussi haut levée que possible avant qu'un bras la lui plaque contre terre, blessant sa joue, écorchant sa tempe aux minuscules cailloux pris dans le goudron.

Il avait entendu les garçons ahaner et l'invectiver.

Leurs voix étaient fiévreuses, déconcertées, sans colère, comme si les mots qu'ils lui lançaient faisaient partie du traitement qu'ils devaient bien lui administrer, par sa faute.

Ils se demandaient à présent que faire de lui, leur professeur de lettres dans les reins duquel ils enfonçaient leurs genoux osseux, ne mesurant pas, comprenait Rudy, à quel point ils lui faisaient mal.

Craignaient-ils, s'ils le relâchaient, qu'il les attaque de nouveau?

Il avait essayé de bredouiller que c'était fini, qu'ils n'avaient pas à avoir peur de lui.

Il n'avait réussi qu'à baver sur le goudron.

En voulant remuer, ses lèvres écrasées contre le sol s'étaient éraflées.

Rudy mit le contact, passa la marche arrière et la vieille Nevada ronflante, fumante, se dégagea de sa place.

Et alors que, depuis quatre ans, il entretenait soigneusement pour lui-même la théorie de la cruauté profonde de ces trois garçons qui l'auraient agressé puis brutalisé à plaisir, il savait maintenant qu'elle était mensongère — oh, il l'avait su mais en refusant de le savoir, et voilà qu'il ne le refusait plus et qu'il se rappelait la gentillesse, l'embarras, l'étonnement qu'il avait perçus chez eux alors qu'ils le tenaient immobilisé et lui causaient sans s'en rendre compte une douleur dont il ne se remettrait jamais complètement, car ils cherchaient le moyen de sortir de cette situation en protégeant leur dignité et leur sécurité comme celles du professeur, et chez eux nul désir de vengeance, nulle volonté de le malmener malgré l'effroi et la souffrance qu'il venait d'occasionner au garçon de Dara Salam.

Il avait compris, en les entendant parler au-dessus de lui, en écoutant leurs voix nerveuses, stupéfaites, dénuées de rancœur, qu'ils admettaient parfaitement, avec leur bon sens adolescent, que le professeur eût pété les plombs, même si cela les surprenait venant de ce professeur-là.

Alors que Rudy, lui, haïssait le garçon de Dara Salam.

Alors qu'il avait haï, jusqu'à maintenant sur le parking de Manille, ses trois élèves qu'il avait rendus responsables en son cœur de son retour forcé en Gironde, de ses ennuis, de son malheur.

Nul doute, se dit-il en quittant le parking pour s'engager sur la route, que le ressentiment général, la colère et la mystification avaient pris leurs quartiers en lui à ce moment-là — lorsqu'il avait choisi de se croire la victime des garçons plutôt que de regarder en face cette haine enrobée de sourires et d'amitié, tout droit issue de Dara Salam où Abel Descas avait assassiné son associé.

Oh oui, nul doute, se dit-il, que sa disgrâce actuelle

cowardice

était partie de là, de sa lâcheté, de sa complaisance envers lui-même.

Il refit en sens inverse le trajet effectué une heure auparavant mais, au rond-point, il tourna un peu plus longuement autour de la statue pour obliquer vers une route large, bordée de hauts talus, au bout de laquelle se trouvait la maison de Menotti.

À l'instant où il se demandait s'il pourrait s'autoriser à prier Menotti de le laisser utiliser son téléphone pour tenter de joindre Fanta (que fait-elle, mon Dieu, et dans quelle disposition d'esprit?), il remarqua le ventre clair, les vastes ailes brunes d'une buse *buzzard* volant bas, face à lui.

Il leva le pied de l'accélérateur.

La buse fonçait sur le pare-brise.

Elle crocha ses griffes aux essuie-glaces, plaqua son abdomen à la vitre.

Rudy eut une exclamation de surprise et freina brutalement.

La buse ne bougea pas.

Ses ailes déployées sur toute la largeur du pare-brise, tête tournée vers le côté, elle fixait sur lui son œil horriblement sévère et jaune.

Rudy klaxonna.

La buse eut un frémissement de tout son poitrail, cependant elle sembla affermir encore la position de ses serres et, sans quitter de son regard froidement accusateur le visage de Rudy, elle poussa un cri qui parut à celui-ci d'un chat furieux.

Lentement, il sortit de la voiture.

Il laissa la portière ouverte, n'osant s'approcher de l'oiseau qui, pour continuer de le scruter, avait légèrement déplacé sa tête et l'observait maintenant, tenace, glacial, de son autre œil.

Et Rudy songea, liquéfié de tendresse et d'anxiété : Brave petit dieu de maman, bon petit père, faites qu'il ne soit rien arrivé à Fanta.

Il tendit vers la buse un bras qui tremblait un peu.

Elle se détacha du pare-brise, poussa de nouveau son cri rageur, chargé d'une irrévocable condamnation, et prit pesamment son envol.

Comme elle s'élevait au-dessus de Rudy, l'une de ses griffes lui écorcha le front au passage.

Il sentit sur ses cheveux le battement d'une aile lourde.

Il se rejeta dans la voiture, claqua la portière.

Il soufflait si fort qu'il eut un instant l'impression que ce bruit venait d'un autre — mais non, c'était bien de sa bouche que sortait cette expiration paniquée, étonnée, sifflante.

Il attrapa la serviette sur le siège arrière, l'appliqua sur son front.

Puis il contempla longuement, hébété, la serviette tachée de sang.

Comment pouvait-il assurer Fanta de sa toute nouvelle intelligence de leur situation ?

Comment pouvait-il lui faire comprendre que, quoi qu'il lui eût dit ce matin-là, et si vraiment les mots grotesques dont il n'était pas sûr de se souvenir avaient franchi ses lèvres, il était un homme différent et que, dans le cœur de cet homme-là, ni le courroux ni le mensonge ne trouveraient plus à se nourrir ?

Il songeait, effrayé, évaluant prudemment d'un doigt la blessure de son front : Il n'était plus besoin,

Fanta, de m'envoyer cet oiseau punisseur — vraiment, il n'en était plus besoin…

Il se remit en route, conduisant d'une main, l'autre ne pouvant s'empêcher de monter à son front et de tâter, stupéfaite, la griffure en forme de virgule.

C'est injuste, se répétait-il machinalement, c'est vraiment injuste.

Un peu plus loin, il s'arrêta devant la maison de Menotti.

La route était bordée tout du long par des fermes modestes qu'avaient rachetées et entrepris de restaurer des couples aisés qui n'avaient de cesse, à grand renfort de minutieux et somptueux aménagements intérieurs, de faire oublier les humbles origines de la maison (toit court, plafonds bas, fenêtres petites) ou tout au moins de leur donner l'air qu'elles procédaient elles aussi d'un choix, au même titre que le carrelage marocain, les tuyauteries de cuivre ou la vaste baignoire encastrée dans le sol.

Rudy avait compris que les revenus de Menotti ne lui permettaient guère d'aligner ses dépenses sur celles, luxueuses, maniaques, de ses voisins, et que sa cuisine resterait chez elle l'unique aperçu d'une soudaine folie de confort et de faste.

Il avait également remarqué, avec une inquiétude pleine d'irritation, qu'il était un domaine dans lequel Menotti compensait largement son infériorité économique.

Il appelait cela, en lui-même, le grand ravage conquérant.

Il descendit de voiture.

Il vit immédiatement que la volonté destructrice,

194

sauvage, brouillonne de Menotti avait porté le coup de grâce au vieux pied de glycine, gros comme un tronc, qui avait pris racine quelque cinquante ans auparavant peut-être près de la porte d'entrée.

Quand Rudy était venu la première fois, d'abondantes grappes de fleurs mauves parfumées pendaient au-dessus de la porte, sous les fenêtres et les gouttières, suivant un fil métallique que les anciens habitants de la maison avaient fait courir sur la façade.

Il s'était haussé pour humer les fleurs, ému, enchanté par tant de beauté et de senteur données pour rien, et il avait ensuite félicité Menotti pour la luxuriance de sa glycine qui lui rappelait, oh oui, avait-il laissé échapper lui qui ne parlait jamais de sa vie passée, les fleurs du frangipanier de Dara Salam.

Il avait vu Menotti pincer les lèvres dans un mélange de scepticisme et de vague contrariété, comme, s'était-il dit, une mère aux tendresses inégalement réparties à laquelle on fait compliment de celui de ses enfants qu'elle n'aime pas.

D'un ton sec, condescendant, elle s'était plainte de la corvée des feuilles à l'automne — tant de feuilles à ramasser, et de pétales desséchés.

Elle avait montré à Rudy comment, sur le côté de la maison, elle avait déjà réglé son compte à un énorme bignonia qui avait eu l'audace de faire grimper le fol entremêlement de ses fleurs orangées sur le crépi gris.

Les branches fines, les feuilles lustrées, les puissantes racines, les corolles mortes, tout cela gisait, prêt à être brûlé, et Menotti l'avait désigné avec un fier mépris, héroïne d'un combat qu'elle avait remporté haut la main.

Accablé, Rudy avait poursuivi derrière elle le tour du jardin.

Ce n'étaient que lamentables vestiges d'une lutte absurde et féroce autant que désordonnée.

Les transports dévastateurs de Menotti, qui voulait nettoyer, faire propre, avoir du gazon, s'en étaient pris à la haie de charmes, ratiboisée, au vieux noyer, coupé au pied, aux nombreux rosiers, déterrés puis, Menotti s'étant ravisée, replantés ailleurs, et qui agonisaient.

Et Menotti allait, satisfaite d'asseoir par la destruction ses droits de propriétaire, comme si, avait songé Rudy en la voyant rouler ses larges hanches entre deux tas de buis centenaires arrachés, rien ne démontrait mieux la légitimité de sa toute-puissance que l'anéantissement du travail patient, des témoignages du goût simple, délicat, de tous ceux, fantômes innombrables, qui l'avaient précédée dans cette maison et qui avaient planté, semé, ordonné la végétation.

Et voilà qu'il découvrait que Menotti avait coupé la glycine.

Il n'en était pas surpris, il en était bouleversé.

La petite maison se dressait, dépouillée, austère, tristement réduite à la médiocrité, que les feuilles avaient cachée, de ses matériaux.

De la plante somptueuse ne demeuraient que quelques centimètres de pied à ras de terre.

Rudy, à pas lents, s'approcha du portillon.

Il regardait la façade nue, il éclata en sanglots.

Menotti, qui avait ouvert sa porte au bruit de la voiture, le trouva ainsi, immobile devant le portillon, les joues trempées de larmes.

Elle portait une tenue de sport violette.

Elle avait les cheveux courts, gris, et des lunettes à grosse monture de plastique noir qui lui donnaient un air perpétuellement courroucé et sans lesquelles, ainsi que Rudy l'avait déjà observé, son visage était celui d'une femme perdue, désarmée.

— Vous n'aviez pas le droit de faire ça ! cria-t-il.

— De faire quoi ?

Menotti semblait exaspérée.

Alors il retrouva dans sa bouche ce goût de fer, ce vague goût de sang qui lui remontait de la gorge quand il pensait à Menotti et à ce qu'il aurait dû encore faire, malgré tout ce qu'il avait déjà fait, et qu'il avait obscurément négligé par lassitude, puis oublié.

Il ne se ressouvenait maintenant que du manquement, non de l'objet de ce manquement.

— La glycine ! Elle n'était pas à vous !

— Elle n'était pas à moi ? hurla Menotti.

— Elle appartenait... à elle-même, à tout le monde...

Sa voix s'altéra, mourut dans l'embarras et la conscience de l'inutile.

Il était trop tard, trop tard de toute façon.

N'aurait-il pas dû, cette glycine admirable, tenter de la sauver ?

Comment avait-il pu imaginer que Menotti l'épargnerait ?

Comment avait-il pu, ayant constaté la brutalité de

Menotti envers une nature qui n'était qu'ennemie et menace d'invasion, tranquillement tourner le dos à la glycine dont l'arrêt de mort était tombé de la bouche de Menotti, sèchement, lorsque celle-ci avait évoqué la corvée de feuilles ?

Il poussa le portillon, monta les quelques marches du perron.

La maison se tenait à présent solitaire au milieu du terrain herbeux et le soleil frappait sévèrement Menotti.

La glycine avait ombragé doucement cette même terrasse, ce même seuil de ciment, se rappelait Rudy effondré, et n'y avait-il pas eu aussi, au coin, un gros laurier qui exhalait paisiblement dans l'air chaud ses senteurs d'aromate ?

Disparu, le laurier, comme le reste.

Il percevait, flottant autour de Menotti, une odeur de fosse septique.

— Monsieur Descas, vous êtes un incapable, vous êtes un monstre.

Les yeux humides encore, mais indifférent à ce qu'elle pouvait penser (c'était comme si, quoique cherchant encore à l'atteindre, la honte ne pouvait plus le trouver), il affronta le regard scandalisé de Menotti.

Il comprit qu'elle avait largement passé le cap de l'indignation, qu'elle errait maintenant dans une zone trouble, proche du désespoir et d'une certaine griserie, où le moindre empêchement devait lui apparaître comme une agression déterminée.

Il comprit aussi qu'elle était, à sa manière, d'une absolue sincérité.

Alors une vague pitié le disputa en lui à la rancune.

Il se sentit soudain très fatigué, abattu.

Un nouvel accès de picotements attaqua son anus et il ne fit aucun effort, songeant à la glycine assassinée, pour préserver l'éventuelle pudeur de Menotti, pas plus que la sienne, incertaine et lasse.

À travers l'épaisseur du jean, il se gratta avec vigueur, avec hargne.

Menotti ne parut pas le remarquer.

Elle semblait hésiter maintenant entre la nécessité de le faire entrer (et il commençait à entrevoir la nature du problème, ce qu'elle lui reprochait) et une volonté presque aussi forte de n'avoir plus jamais affaire avec lui.

Enfin elle se détourna, fouetta l'air d'un geste sec pour lui intimer de la suivre.

Il vit que ses épaules tremblaient, tant elle était émue.

C'était la première fois qu'il revenait dans cette maison depuis qu'il avait pris les mesures de la cuisine plusieurs mois auparavant.

Et alors que s'amorçait en lui, comme il traversait l'entrée puis la salle à manger derrière Menotti, un pénible processus de discernement, tandis qu'une sensation de froid gagnait ses entrailles tandis que se précisaient dans son esprit les contours de sa faute, cette dernière lui sauta à la figure dans toute la brutalité de son évidence.

Il s'arrêta au seuil de la cuisine.

Frappé d'horreur, il eut peine à contenir un éclat de rire hystérique.

Il se gratta frénétiquement, sans y songer, tandis que Menotti se laissait tomber sur une chaise encore emballée de plastique.

Elle remontait sans cesse, inutilement, ses lunettes sur son nez, d'un doigt féroce.

Une trépidation convulsive agitait son genou.

— Mon Dieu, mon Dieu, laissa échapper Rudy.

Et il sentait maintenant l'humiliation rougir et chauffer sa nuque, ses joues.

Comment avait-il pu, lui qui avait tant travaillé, commettre une telle erreur de calcul ?

Il se savait peu capable en ce domaine mais il avait secrètement tiré orgueil de son manque de talent pour concevoir ces cuisines qu'il méprisait, à tel point que, bridé par son arrogance, il avait empêché toute amélioration notable de ses capacités.

Il ne voulait pas devenir bon dans le métier.

Il lui avait semblé que cette résistance préservait de la désagrégation complète l'érudition qu'il avait acquise dans son ancienne vie, ces connaissances subtiles et rares que, depuis longtemps, il n'avait plus la force, le courage, le désir de cultiver, d'entretenir, et qui perdaient de leur sûreté et de leur précision.

Mais une erreur pareille n'était que ridicule, pitoyable et n'avantageait en rien l'homme raffiné qu'il pensait avoir été, oh non, en rien, songeait-il, atterré.

Il avança d'un pas prudent.

Son regard et celui de Menotti se croisèrent et il repensa à la glycine et, plein de rancune encore, détourna les yeux, quoique ceux de Menotti lui eussent paru vidés à présent de la haine scandalisée qu'il y avait vue auparavant.

Même face au désastre, je refuse de communier avec elle, si c'est bien à cela qu'elle m'invite.

Car il avait eu l'impression chez elle maintenant d'une consternation impersonnelle qui cherchait de l'aide, un appui, comme s'ils regardaient tous les deux les conséquences d'une aberration commise par un tiers.

Il osa alors s'aventurer vers le centre de la pièce, jusqu'au comptoir, carré, équipé d'une vaste plaque de cuisson et d'une hotte en forme de cloche, comptoir plaqué de marbre et d'ardoise qui devait constituer le clou de ce spectacle pétrifié, intimidant pour les visiteurs, qu'était devenue pour Menotti l'idée de cuisine.

Le comptoir était en place, le tuyau de la hotte inséré dans le plafond.

Cependant la plaque de cuisson se retrouvait non pas sous la hotte mais largement à côté et Rudy comprit immédiatement que, si l'on tentait de déplacer le comptoir pour positionner la plaque au bon endroit, il deviendrait impossible de circuler autour avec aisance.

Rudy Descas, dans ces calculs qui avaient réclamé l'investissement de toute son intelligence, de toute son énergie mentale, n'avait tout simplement pas été capable de déterminer avec justesse l'emplacement d'une hotte et de quatre brûleurs.

— Ils vont vous virer, chez Manille, lança Menotti d'une voix neutre.

— Oui, j'en ai bien peur, murmura Rudy.

— Je devais réunir quelques amis demain pour leur montrer ma cuisine, il faut que j'annule tout.

— Cela vaut mieux, dit Rudy.

Anéanti, il tira vers lui une chaise encore emballée et se laissa tomber dessus.

Comment allait-il réussir à se convaincre lui-même qu'un renvoi de chez Manille n'était pas une catastrophe ?

Qu'allaient-ils devenir, tous les trois ?

Il se sentait d'autant plus inepte que, s'il avait eu le cran d'explorer cette conscience diffuse, souterraine, gênante qu'il avait éprouvée depuis quelque temps d'une forme particulière d'inconduite à l'endroit de Menotti, il aurait pu rattraper le coup, corriger son erreur avant que les travaux fussent engagés.

Mais, cette impression, il s'était contenté de la renfoncer bien loin pour ne plus en être embarrassé, de même, pensa-t-il, qu'il avait repoussé hors d'atteinte, jusqu'aujourd'hui, la vérité sur le garçon de Dara Salam, sur toute l'histoire de Dara Salam.

Qu'allaient-ils devenir, tous les trois, s'il perdait son salaire ?

— Et pourtant je le savais, murmura-t-il, je le savais que je m'étais trompé !

— Ah bon ? fit Menotti.

— Oui, oui… J'aurais dû… oser affronter ça, cette possibilité de m'être trompé, et j'ai préféré fermer les yeux.

Il regarda Menotti, qui ôta ses lunettes, essuya les verres sur son tee-shirt, et il remarqua que son visage était calme, comme si, tout ayant été dit sur l'affaire, il n'y avait plus lieu de demeurer à cause de celle-ci hors de soi.

Il découvrit également que les traits du visage de

cette femme étaient bien dessinés sous la grosse monture qui en dissimulait habituellement la finesse.

Mais qu'allaient-ils devenir?

Il remboursait chaque mois cinq cents euros pour sa maison — que ferait-il de cette maison, de sa vie avec les siens?

— Vous voulez un café? lui demanda Menotti.

Il acquiesça, surpris.

Il se rappela l'onctueuse odeur de café dans l'haleine de Manille.

— Il y a un sacré bout de temps que j'ai envie d'un café, dit-il en suivant des yeux Menotti qui se levait lourdement, s'emparait d'une cafetière, la remplissait d'eau puis se perchait d'une fesse sur le comptoir neuf pour doser la poudre dans le filtre.

— Tout de même, ne put-il s'empêcher de lui lancer, cette glycine ne pouvait pas vous gêner, et elle était si belle.

Menotti ne se retourna ni ne lui répondit, toujours à demi assise sur le comptoir, attentive à sa tâche.

Ses pieds chaussés de baskets ne touchaient pas le sol.

Lui revint alors brutalement le souvenir d'autres pieds ne touchant pas le sol ou paraissant l'effleurer à peine, les pieds alertes, infatigables de Fanta volant au-dessus des trottoirs de Dakar, et il se dit J'ai coupé cette glycine et il se dit encore, ruisselant d'une sueur amère, C'est la glycine que j'ai coupée, elle ne pouvait pas me gêner et elle était si belle, et il laissa au fond de sa gorge les mots sévères qu'il avait destinés à Menotti au sujet de la glycine dont elle avait tranché le pied.

Son front ruisselait d'une sueur amère et froide.

Il lui semblait pourtant, à la lumière des aveux qu'il acceptait de se faire à lui-même, qu'il commençait à émerger du rêve ancien, du vieux et insupportable rêve dans lequel, quoi qu'il pût dire, quoi qu'il pût faire…

— Voilà pour vous, dit Menotti en lui tendant une tasse pleine.

Elle se servit à son tour, revint s'asseoir sur sa chaise.

Le plastique d'emballage crissait au moindre mouvement.

Ils burent à petites gorgées, sans rien dire, et Rudy se sentait apaisé, brave, et la sueur amère et froide séchait sur son front bien que, pensait-il, sa situation objective n'eût jamais été aussi navrante.

— Ce n'est pas dans le coin que je vais retrouver du travail, dit-il d'une voix tranquille, comme s'il eût parlé d'un autre.

Et Menotti lui répondit sur le même ton détaché, paisible, en claquant les lèvres pour signifier qu'elle avait achevé son café et qu'il était rudement bon :

— Guère de chance, en effet, il n'y a plus de travail par ici.

— Puis-je utiliser votre téléphone ? demanda-t-il avec un peu d'embarras.

Elle le précéda dans son salon, jusqu'au téléphone posé sur un guéridon.

Elle resta près de lui, immobile (ne bougeant que pour remonter vainement ses lunettes sur son nez), non pas tant pour le surveiller, crut-il comprendre, que pour ne pas demeurer seule dans sa cuisine ratée.

204

— Vous n'avez pas de portable ?

— Non, dit-il, c'était trop cher.

La honte porta une attaque contre la carapace encore tendre de sa fierté, de sa lucidité, mais il sentit que les assauts mêmes de la honte procédaient d'une habitude et qu'il était de son devoir, à lui Rudy, de ne pas s'abandonner à en souffrir, de ne pas se laisser aller au confort paradoxal de cette sensation familière.

— C'était vraiment trop cher, insista-t-il, et pas indispensable.

— Alors vous avez bien fait, dit Menotti.

— Comme votre cuisine, ajouta-t-il, trop chère et pas indispensable.

Elle resta muette, fixant l'espace devant elle d'un œil légèrement douloureux.

Il sentit qu'il était encore trop tôt, qu'il était encore au-dessus des forces de Menotti de renoncer aux espoirs de bonheur, de légèreté, de cohérence et de paix qu'avait contenus dans sa perfection supposée la cuisine de chez Manille.

N'était-ce pas d'ailleurs ce qu'il lui avait promis implicitement, quand elle l'avait appelé un soir de détresse et qu'il l'avait sentie fléchir dans sa résolution, en lui signifiant qu'une vie harmonieuse, bien conduite et enviable n'avait pas la moindre chance de se dérouler dans une vieille cuisine aux meubles dépareillés ?

Il composa une nouvelle fois le numéro de chez lui.

Il laissa sonner longtemps, si longtemps que, Fanta eût-elle décroché alors, il en eût été sur le coup plus inquiet que soulagé.

Pour tromper l'attente, et comme il y avait près du téléphone un annuaire de la région, il le feuilleta d'une main, et sa main alla directement, entraînée par sa volonté propre, jusqu'au nom de Gauquelan, le sculpteur, et il nota avec un peu de malaise que celui-ci habitait non loin, dans un quartier nouvellement investi par d'anciens citadins fortunés qui achetaient, à l'exemple des voisins de Menotti et, dans une moindre mesure, de Menotti elle-même, des propriétés rurales qu'ils transformaient à grands frais en demeures résidentielles.

Plus tard, sur le perron, s'apprêtant à prendre congé de Menotti, il eut l'impression de sentir les fleurs de glycine.

Il se tenait debout au dur soleil quand le parfum lourd, grisant des grappes mauves dans lesquelles il avait plongé son nez quelques semaines plus tôt, enivré de gratitude, vint le surprendre et, de nouveau, le bouleverser.

Ces effluves émanaient probablement, se dit-il, du pauvre tas que formaient sur le côté de la maison les restes de la glycine, laquelle lançait ses fragrances pour la dernière fois — ne lui disait-elle pas, à sa manière, Tu n'as rien fait, rien tenté pour moi, et à présent il est trop tard et je me meurs, lentement décomposée dans mes parfums.

Une vague de ressentiment le rembrunit.

Pour le masquer, il baissa la tête, enfouit les mains dans ses poches arrière.

De l'une d'elles il tira alors une brochure de maman qu'il tendit à Menotti d'un geste brusque.

— Ils sont parmi nous, lut-elle à haute voix.

Elle était perplexe.

— Qui ça, ils ?

— Oh, les anges, dit Rudy, feignant la désinvolture.

Elle ricana, froissa la brochure sans l'ouvrir.

Blessé pour maman et sentant du coup remonter
sa colère, il dévala les quelques marches du perron,
courut presque jusqu'à sa voiture.

Il roulait lentement, sans but, songeant qu'il était
bien inutile qu'il remît seulement les pieds chez
Manille à présent qu'il s'était grillé pour de bon.

Un certain dépit lui rendait encore pénible l'idée
de son échec, car il eût aimé claquer la porte de chez
Manille et non se trouver chassé pour une grossière
erreur de calcul dans un chantier où il avait tant
donné de lui-même, mais au grand effroi que lui inspirait la vision de son avenir succédait, amortissant
l'effroi, le sentiment que tout était ainsi dans l'ordre
des choses.

Il ne devait pas croupir chez Manille.

La tête lui tournait légèrement.

Comment avait-il pu supporter quatre années de
cette vie-là ? Ce n'était, reconnaissait-il, qu'une
question théorique, qu'un étonnement feint et de
pure forme, et il savait très bien en vérité comment l'on supportait de longues années d'une vie
mesquine.

Ce qu'il ignorait, c'était plutôt comment il eût
pu ne pas supporter ces années à la fois cuisantes
et piteuses — quel homme eût-il été, fût-il devenu,
que se serait-il passé s'il n'avait pas enduré une telle
médiocrité ?

Aurait-ce été une bonne chose ou serait-il tombé plus bas qu'aujourd'hui encore ?

Et qu'aurait-il fait de lui ?

Oh non, il n'était guère difficile de s'habituer à vivre dans le dégoût de soi, dans l'amertume, la confusion.

Même à l'état de fureur permanente, à peine contenue, il s'était accoutumé, même à ses relations tendues et froides avec Fanta et l'enfant, il avait fini par s'accoutumer tant bien que mal.

Un vertige nouveau s'emparait de lui à l'idée qu'il allait devoir considérer tout différemment sa vie avec les siens et, bien qu'il aspirât depuis longtemps à retrouver l'amour et la tendresse qu'ils avaient connus ensemble avant leur départ pour la France, il s'inquiétait aussi, obscurément. Fanta allait-elle le reconnaître tel qu'il était devenu, n'était-elle pas maintenant trop fatiguée, trop défiante et sceptique pour le rejoindre jusqu'au point où il pensait, lui, être arrivé ?

Tu viens trop tard et je me meurs.

Où pouvait-elle bien être en ce moment précis ?

Tout en désirant ardemment retrouver Fanta, voilà qu'il redoutait de rentrer chez lui.

Il porta la main à son front, sentit la fine blessure.

Il n'était point besoin, Fanta, de m'envoyer cet affreux oiseau justicier.

Une voix croassait dans son esprit : Tu viens trop tard, je me meurs, pieds tranchés, tombée au sol de ta maison hostile, tu viens trop tard.

Il avait faim maintenant et le café de Menotti lui avait donné une terrible soif.

Il roulait au pas, toutes vitres baissées, sur la petite

208

route silencieuse, entre les haies de thuyas et les clôtures blanches au-delà desquelles miroitait parfois l'eau bleutée d'une piscine.

Il avait laissé derrière lui le secteur de Menotti et, observant que le quartier dans lequel il arrivait était constitué de maisons plus importantes encore, plus récemment et luxueusement restaurées, il songea qu'il s'était de nouveau menti à lui-même en affectant de rouler sans but précis, il songea, mécontent, fâché contre Rudy Descas, qu'il aurait dû s'avouer que l'intention de venir rôder autour de chez Gauquelan, il l'avait eue dès que l'adresse du sculpteur lui avait sauté aux yeux, dans le salon de Menotti, et que sans doute même il l'avait eue longtemps auparavant déjà, quand il avait lu que Gauquelan avait reçu de la ville près de cent mille euros pour la statue du rond-point, celle dont la figure ressemblait tant à celle de Rudy.

Ah, pensa-t-il, enfiévré de chaleur et de soif, n'était-il pas en train de replonger dans les dangereux tours et détours de ce rêve âcre et monocorde à la fois, de ce rêve pénible et avilissant dont il commençait juste, à force de volonté, à s'extirper ?

Ne devait-il pas oublier ce Gauquelan qui lui avait inspiré tant de courroux haineux, injuste, déplacé ?

Il le devait, bien sûr, et c'est très certainement ce qu'il allait faire — cesser d'estimer que ce type avait quelque responsabilité mystérieuse, symbolique, dans la déveine de Rudy Descas, qu'il s'était secrètement joué de Rudy et de son innocence pour prospérer tandis que Rudy, lui…

Oh, c'était absurde, mais rien que d'y penser le rendait sombre, bilieux.

Il revoyait cette photo du journal local, de ce Gauquelan avec sa dent manquante, sa grosse face, son air suffisant, et il lui semblait incontestable que l'homme lui avait volé quelque chose, à l'égal de ceux qui, avisés, cyniques, se repaissaient de l'incapacité de tous les Rudy Descas à prendre leur part du grand festin de la fortune.

Gauquelan, cet artiste minable, avait réussi parce que Rudy végétait dans la pauvreté, et non accessoirement à cet état de fait, et l'esprit de Rudy ne pouvait démordre de cette relation de cause à conséquence.

L'autre s'engraissait sur son dos.

Cette idée le rendait fou.

De plus…

Il souriait avec difficulté, il sentait un sourire jaune étirer ses lèvres sèches, collantes — comme il avait soif !

De plus… ce pouvait être ridicule mais c'était ainsi, et cela avait la parfaite luminosité des vérités indémontrables : la petite âme de Rudy voltigeait, sans méfiance, et l'autre s'en était emparé pour créer son œuvre abjecte, la statue d'un homme qui ressemblait à Rudy jusque dans sa position de soumission furieuse et d'effroi.

Oui, cela le rendait fou d'imaginer que Gauquelan, même sans l'avoir jamais rencontré, s'était servi de lui, que ces types-là utilisaient à leur profit la confiance, la faiblesse, l'ignorance de ceux qui ne prennent pas la précaution de cloîtrer leur conscience.

Il arrêta la voiture devant un portail tout neuf, de fer forgé noir orné de pointes dorées.

C'était donc là, se dit-il, légèrement étourdi, que logeait Gauquelan, dans cette grande maison de pierres apparentes grattées et jointoyées de frais.

Le toit de tuiles était récent, et scintillante la peinture blanche des fenêtres, des volets, et une large terrasse abritait une table et des sièges de bois clair qu'un parasol jaune gardait à l'ombre.

Il était impossible, songea Rudy douloureusement, de vivre malheureux dans une telle maison.

Comme il aurait aimé habiter là avec Fanta et l'enfant !

Le portail n'était qu'un emblème puisque, détail qu'il jugea particulièrement distingué, il ne défendait rien : de chaque côté des deux piliers de pierre, jusqu'à la haie de troènes, une ouverture permettait aisément le passage.

Il descendit de voiture, referma tout doucement la portière.

Il se glissa dans la trouée, gagna la terrasse en quelques enjambées rapides.

Silence total.

Comment deviner, dans ces propriétés équipées de gigantesques garages, s'il y avait quelqu'un en ce moment ou non ?

Là où vivait Rudy ou maman, la présence d'une voiture devant la maison signalait infailliblement celle du propriétaire.

Il se courba, contourna la maison.

À l'arrière il y avait une porte dont il supposa qu'elle donnait dans la cuisine.

Il appuya tranquillement sur la poignée.

Comme si, pensa-t-il, je rentrais chez nous.

Et la porte s'ouvrit et il entra et referma derrière lui avec naturel.

Il s'arrêta néanmoins, à l'affût.

Puis, rassuré, il s'empara d'une bouteille d'eau minérale posée sur le comptoir, s'assura qu'elle n'avait pas été ouverte, la but en entier bien que l'eau fût à peine fraîche.

Tout en buvant, il promenait son regard sur la grande cuisine de Gauquelan.

Il nota immédiatement qu'une telle installation ne pouvait provenir de chez Manille, qui n'avait rien d'aussi fastueux, et cela l'irrita comme si Gauquelan avait choisi ce moyen supplémentaire de l'écraser, lui Rudy, en faisant monter sa cuisine par un concurrent plus chic.

Cependant il appréciait, en connaisseur — c'était vraiment une belle cuisine, et si sophistiquée qu'il n'aurait jamais pu, de toute façon, la concevoir.

Le plan central, tout de marbre rose, s'appuyait sur une théorie de placards laqués de blanc qui s'incurvaient élégamment pour suivre l'ovale de la plaque de marbre.

Au-dessus, un cube de verre, probablement la hotte, semblait tenir en l'air par le miracle de son seul raffinement.

Le sol était carrelé de grès rougeâtre, à l'ancienne.

Il brillait discrètement dans la pièce lumineuse, sans doute ciré maintes et maintes fois.

Oui, quelle merveilleuse cuisine, songeait-il avec rage, faite pour accueillir chaque jour une nombreuse famille autour de plats mijotés — et il croyait presque entendre le bouillonnement d'une viande en sauce sur le fourneau somptueux, de type professionnel, muni de huit feux, au corps tout de fonte émaillée blanche, étincelante.

Cependant la cuisine paraissait inutilisée.

La plaque de marbre était visiblement poussiéreuse et, à part la bouteille d'eau et quelques bananes sur une assiette, rien ne laissait supposer qu'on cuisinait ou prenait le moindre repas dans cette grande pièce aux poutres vernies.

Rudy traversa la cuisine, puis l'entrée de la maison.

Il avait conscience de sa souplesse, de sa légèreté, de son moi rafraîchi et invincible.

L'air climatisé renforçait son assurance car toute transpiration excessive l'avait quitté.

Il sentait sur sa poitrine, dans son dos, le coton presque sec de sa chemisette.

Oh, se dit-il surpris, je n'ai plus peur de rien, à présent.

Il s'arrêta sur le seuil du salon, qui donnait dans l'entrée du côté opposé à la cuisine.

Il percevait, distinct, sonore, un ronronnement.

En avançant la tête, il aperçut un fauteuil et là-dedans un homme gras, vieilli, qu'il reconnut comme le Gauquelan de la photo.

Une joue posée sur l'oreille du fauteuil, l'homme ronflait doucement.

Ses mains reposaient sur ses cuisses, paumes en l'air, dans une attitude de confiance, d'abandon.

Sur ses lèvres entrouvertes naissait parfois une bulle de salive que l'expiration suivante faisait éclater.

N'était-il pas grotesque ? se dit Rudy, le souffle court.

À sommeiller ainsi paisiblement tandis que…

Tandis que quoi ? se demanda-t-il, oppressé d'une joie méchante, étourdissante.

Tandis que rôde autour de lui, dans sa maison non défendue, son assassin au pied léger ?

Au bras haineux ?

Il se sentait penser à toute vitesse, avec clarté.

Nul doute qu'il se trouvât dans un tiroir de cette cuisine parfaite (un tiroir à extraction totale, avec amortisseur intégré) une batterie de couteaux de boucher dont le plus terrible pourrait atteindre d'un coup le cœur de Gauquelan — traverser la peau épaisse, le muscle, la couche de graisse dure et dense pareille à celle qui enveloppe le cœur petit du lapin, songea Rudy qui achetait parfois à la mère Pulmaire l'un de ces gros lapins qu'elle élevait dans des cages à peine plus larges qu'eux et qu'il devait, pour le prix d'ami, écorcher et vider lui-même bien qu'il eût horreur de le faire.

Il allait retourner sur ses pas, s'emparer de ce couteau fantastique et frapper la poitrine de Gauquelan.

Comme il se sentait calme, puissant, volontaire, comme il goûtait cette sensation !

Et après ?

Qui établirait le lien entre ce type et lui ?

Il était seul à savoir les raisons qu'il avait de maudire tous les Gauquelan du monde.

Il pensa à sa vieille Nevada garée devant la maison, il étouffa un ricanement.

Son affreuse voiture parlerait aussitôt contre lui

mais il était assez probable que personne encore, dans ce quartier paisible et à cette heure, ne l'avait remarquée.

Et quand bien même.

Il ne redoutait rien, maintenant.

Il regarda Gauquelan attentivement, il regarda depuis le seuil du salon dormir cet homme qui, de manière éhontée, gagnait tant d'argent.

Ses mains reposaient, grosses, abandonnées, confiantes.

De nouveaux picotements chatouillèrent l'anus de Rudy.

Il se gratta, machinalement.

Son père, Abel Descas, avait eu l'habitude de faire la sieste dans la grande pièce ombreuse de la maison de Dara Salam et il se tenait dans son fauteuil d'osier tout comme Gauquelan dans son crapaud — abandonné, confiant, méconnaissant les crimes qui s'imaginaient autour de lui, méconnaissant encore les crimes que formerait sa propre raison pour l'heure abandonnée, confiante.

Rudy essuya sur son pantalon ses mains soudain devenues moites.

Si l'associé de son père, Salif, avait profité du sommeil d'Abel, du sommeil d'après-midi plein d'abandon et de confiance, pour le poignarder, il vivrait, lui Salif, sans doute encore aujourd'hui, et qu'Abel fût mort n'aurait rien changé au destin de mort d'Abel puisqu'il s'était tué, Abel, quelques semaines après l'assassinat de Salif.

Ce dernier, se rappela Rudy, avait été un homme long et sec, aux membres lents, au pas prudent.

215

Lui était-il arrivé de contempler depuis le seuil de la grande pièce ombreuse le sommeil d'Abel, en songeant que celui-ci ignorait tout, livré aux rêves étranges de l'après-midi, des crimes qui se rêvaient autour de lui?

Salif avait-il haï le père de Rudy au point de désirer le tuer malgré les paumes ouvertes sur les cuisses, ou bien avait-il eu pour Abel une affection que ne démentaient nullement les tentatives d'escroquerie commises à l'encontre du même Abel, ces deux occurrences, l'affection et la tromperie, suivant leurs voies distinctes dans le cœur et les intentions de Salif, si bien que l'une ne brouillait jamais l'autre?

Rudy ne connaissait pas les sentiments que Salif, l'associé de son père, avait éprouvés pour celui-ci, il ne savait pas si Salif avait réellement essayé d'arnaquer Abel ou si Abel s'en était persuadé à tort, mais voilà qu'il réfléchissait malgré lui et se souvenait de son père endormi dans le fauteuil en osier, et voilà que ses cuisses devenaient humides, collantes, voilà que ses démangeaisons le reprenaient et qu'il recommençait à se tortiller, serrant et desserrant les fesses, confus et irrité et perturbé.

Gauquelan n'avait pas bougé.

Quand il se réveillerait, quand il frotterait l'une contre l'autre ses mains non plus innocentes et abandonnées mais impatientes, déjà prêtes à reprendre le travail méprisable qui lui rapportait tant, quand il s'extirperait pesamment de son fauteuil de velours frappé vert foncé et que, levant son œil rusé et froid, il apercevrait Rudy Descas immobile sur le pas de la porte, comprendrait-il que sa mort, sa mort bru-

216

tale, incomprise, s'était inventée dans l'esprit de cet inconnu ou croirait-il plutôt découvrir la figure inattendue d'un ami, pourrait-il prendre le visage haineux pour un visage bienveillant?

Il avait dû y avoir un après-midi, songea Rudy dans une sorte de panique, où son père était sorti de sa sieste et d'un rêve peut-être récurrent, monotone et glacial, où il avait frotté ses yeux et ses joues de ses mains non plus confiantes mais affairées, où il s'était extrait de son fauteuil en osier avec la souplesse pesante de l'homme musclé et compact qu'il était, où il était sorti de la pièce ombreuse et de la demeure tranquille pour se diriger vers le bureau de Salif, un bungalow peu éloigné de la maison, et peut-être flottait-il encore dans ses pensées brumeuses les vestiges d'un rêve pénible, vaguement avilissant, dans lequel son associé tentait de le voler en faisant établir des devis artificiellement gonflés pour la construction du village de vacances qu'Abel projetait, peut-être ne s'était-il pas débarrassé, en marchant vers le bungalow de Salif, de cette conviction trompeuse portée par certains rêves que les Africains qui l'entouraient n'avaient d'autre but que de le flouer, quand bien même ils tournaient vers lui une figure amie ou cordiale, quand bien même ils éprouvaient pour lui, comme Salif, une affection véritable, puisque ces deux occurrences, l'amitié et la tromperie, ne se mêlaient jamais l'une à l'autre mais cohabitaient en toute indépendance dans leur cœur et dans leurs intentions.

Rudy savait qu'il avait été présent quelque part dans la propriété l'après-midi où son père, peut-être

217

emporté par la certitude illusoire d'un rêve humiliant, avait frappé Salif devant le bungalow.

Il savait également qu'il avait aux alentours de huit ou neuf ans et que, depuis trois ans que maman et lui avaient rejoint Abel à Dara Salam, une crainte unique tempérait parfois la plénitude de son bonheur, celle de devoir peut-être un jour rentrer, bien que maman lui assurât que cela ne se produirait pas, en France, dans la petite maison où, chaque mercredi, un grand garçon aux jambes droites et lisses pareilles à de jeunes troncs de hêtre avait accaparé l'attention, l'amour, le rire de maman, et de sa seule présence adorable avait repoussé Rudy dans la nullité de ses cinq ans.

Ce qu'il n'arrivait pas à démêler, en revanche…

Sans y penser il fit un pas dans le salon, en direction de Gauquelan.

Il pouvait entendre maintenant le bruit de son propre souffle oppressé auquel les ronflotements de l'autre semblaient répondre avec une discrétion pleine de sollicitude, comme pour l'encourager à s'apaiser, à respirer moins fort.

Ce qu'il n'arrivait encore pas à discerner, c'était s'il avait assisté à la scène entre son père et Salif ou si maman la lui avait racontée si précisément qu'il avait cru ensuite avoir tout vu.

Mais pourquoi, comment maman aurait-elle décrit ce qu'on lui avait déjà raconté à elle-même, puisqu'elle n'y était pas ?

Rudy n'avait pas besoin de fermer les yeux pour voir comme s'il y était encore ou comme s'il y avait jamais été son père crier quelque chose à Salif puis,

218

avant que celui-ci ait eu le temps de lui répondre, l'assommer d'un coup de poing en pleine face.

Abel Descas avait été un homme puissant, aux mains larges et massives qui, pour abandonnées, confiantes et douces qu'elles pussent paraître dans le sommeil, étaient habituées à manier des outils, empoigner des matériaux rétifs, transporter des sacs de ciment, et l'unique coup de poing donné à Salif avait suffi à renverser celui-ci.

Mais Rudy avait-il vraiment vu le grand corps mince de l'associé de son père s'écrouler dans la poussière ou avait-il imaginé et rêvé le saut en arrière, presque comique, que Salif avait semblé exécuter sous l'impact du coup ?

Il lui était soudain insupportable de ne pas le savoir.

Il regarda les mains de Gauquelan, il regarda le cou gras, se disant qu'il serait difficile de sentir sous ses pouces les anneaux de la trachée à travers tant de chair et de peau flasque, s'il lui prenait le désir d'étrangler ce type.

Et il se dit que son père avait dû, comme lui, jouir parfois de ses élans de rage chaude, enveloppante, enivrante, il se dit cependant qu'un impitoyable self-control plutôt que la rage avait animé Abel lorsqu'il avait grimpé dans son 4×4 garé près du bungalow et que, lentement, calmement, comme s'il partait pour une course au village, il avait dirigé ses roues énormes vers le corps de Salif, vers le corps étendu inconscient de son associé et ami qui ne confondait jamais en son cœur l'affection et un possible goût pour la malversation, qui, s'il avait trompé Abel,

219

n'avait donc pas fait tort à l'ami ni même à l'idée de l'amitié mais, peut-être, à une simple et neutre image de collègue, une figure inhabitée.

Sans cesser de fixer Gauquelan, Rudy recula, repassa le seuil de la porte, s'arrêta de nouveau dans l'entrée.

Il se couvrit la bouche d'une main.

Il lécha sa paume, la mordilla.

Il avait envie de ricaner, de brailler, de lancer des insultes.

Comment ferait-il pour le savoir ?

Qu'adviendrait-il, pour qu'il le sût enfin ?

Mon Dieu, mon Dieu, se répétait-il, aimable et doux petit dieu de maman, comment savoir et comprendre ?

Car maman elle-même, qui n'y était pas, que savait-elle avec certitude de la présence ou de l'absence de Rudy cet après-midi-là devant le bungalow, au moment où Abel, aussi tranquillement que s'il partait chercher le pain au village, avait roulé sur la tête de Salif ?

Était-il possible que maman eût parlé à Rudy du bruit sec et bref, comme de quelque gros insecte écrasé, qu'avait produit le crâne sous la roue du 4×4, et que Rudy en eût ensuite rêvé jusqu'à croire qu'il l'avait entendu lui-même ?

Maman était bien capable, se dit-il, de lui avoir décrit un tel bruit et le sang de Salif coulant dans la poussière, atteignant les premières dalles de la terrasse, teintant à jamais la pierre poreuse.

Elle en était bien capable, se dit-il.

Mais l'avait-elle fait ?

Il se gratta frénétiquement, sans soulagement.

220

Il pouvait se représenter, les yeux grands ouverts, la cour devant le bungalow de bois et de tôle, l'étroite terrasse pavée de blanc, et le gros véhicule gris de son père broyant la tête de Salif dans le silence épais, accablé, d'un après-midi chaud et blanc, il pouvait se représenter dans ses moindres détails, haletant de douleur et d'incrédulité, la scène où couleurs et sons ne variaient jamais, mais il était aussi capable, cette scène immuable, de la voir en esprit depuis des angles divers, comme s'il avait été présent en plusieurs lieux à la fois.

Et il savait au plus intime de lui-même quelles avaient été les intentions de son père.

Car Abel avait nié, après, avoir écrasé délibérément Salif, il avait invoqué la nervosité et la colère pour expliquer la conduite détraquée, l'accident, prétendant qu'il était monté en voiture dans le seul but d'aller faire un tour qui l'apaiserait.

Rudy savait qu'il n'en était rien.

Il l'avait toujours su alors que son père avait dû tenter de ne plus le savoir, de se convaincre qu'il n'avait pas voulu achever de cette ignoble manière son associé et ami qui en son cœur ne mélangeait jamais…

Il savait qu'Abel, en s'asseyant sur le siège, en mettant le contact, voulait se venger de Salif et entretenir la bonne fièvre exaltante de sa rage en pulvérisant cet homme à terre, il le savait tout autant et mieux encore que s'il l'avait éprouvé lui-même, puisqu'il n'avait pas besoin, lui, pour se sauver, de chercher à le contester.

Mais d'où, alors, tenait-il cette conviction?

221

Était-ce parce que, présent devant le bungalow, il avait vu le mouvement des roues de la voiture et compris qu'une volonté précise, furieuse, passionnée, dirigeait le véhicule exactement vers la tête de Salif?

Rudy traversa la cuisine en courant.

Il ressortit par la porte de derrière, courut jusqu'au portail, se jeta dans l'ouverture.

Sa chemisette s'accrocha aux épines de la haie, il tira dessus brutalement.

Il ne s'autorisa à reprendre souffle qu'une fois tombé dans le siège de la Nevada.

Il agrippa le volant, posa son front au milieu.

Il gémissait doucement.

— Peu m'importe, peu m'importe, murmurait-il en ravalant sa bave avec des hoquets.

Car l'important n'était pas là, n'est-ce pas?

Comment avait-il pu se laisser aveugler par l'idée que la question fondamentale était d'apprendre si, ce terrible après-midi, il avait été présent ou non?

Car l'important n'était pas là.

Il lui semblait maintenant que cette interrogation n'était venue se glisser au premier plan de ses pensées que pour le distraire, fût-ce dans la souffrance, et lui dissimuler l'insidieuse progression du mensonge et du crime, du plaisir mauvais et de la déraison.

Tremblant, il démarra et, au carrefour suivant, tourna à droite pour s'éloigner au plus vite de la maison de Gauquelan.

Pourquoi lui faudrait-il, jusque dans le pire, ressembler à son père?

Qui attendait cela de lui?

Il revoyait le visage endormi de Gauquelan et les mains sans défense et lui-même sur le pas de la porte, et il pouvait voir son propre visage faussement calme et se rappeler ses réflexions faussement claires alors qu'il s'était demandé dans quel tiroir il trouverait l'arme la plus propre à tuer Gauquelan d'un coup — lui, Rudy, avec ses aspirations à la pitié, à la bonté, debout au seuil du salon de cet inconnu et, sous l'eau trompeuse de sa douce et calme figure d'homme cultivé, échafaudant un acte inexcusable au point de vue de la pitié, de la bonté.

Ses dents claquaient.

Qui avait jamais attendu de lui qu'il fût aussi violent et abject que son père, et qu'avait-il à voir, lui, avec Abel Descas ?

Il avait été un spécialiste de littérature médiévale et un enseignant honnête.

Qu'on pût seulement concevoir de gagner de l'argent en construisant un village de vacances le remplissait de répugnance et de gêne.

Alors (cramponné à son volant, il avait conscience de rouler trop vite et n'importe comment sur la route qui s'enfonçait maintenant dans la campagne, loin du quartier de Gauquelan) de quel héritage se sentait-il comptable ?

Et pourquoi aurait-il fallu qu'il empêchât Gauquelan de se lever de son fauteuil après que celui-ci eut ramené vers son visage ses mains soudain non plus vulnérables, enfantines…

Oh, songeait Rudy en donnant de brusques coups de volant dans les virages, ce n'est pas Gauquelan qu'il eût été utile d'empêcher à jamais d'émerger de sa sieste, la tête pleine encore de rêves fallacieux que le frottement des mains sur les yeux ne chassait pas, mais bien plutôt son père à lui, Rudy, aux intentions meurtrières nettement et fanatiquement établies en son cœur où se mêlaient sans cesse l'amitié et la colère, l'attachement aux autres et le besoin d'anéantir.

Et n'était-ce pas le digne fils de cet homme-là qui avait pris plaisir à serrer le cou du garçon de Dara Salam, puis, tout à l'heure, à épier le sommeil abandonné d'un étranger ?

Lui qui, songea-t-il débordant de dégoût pour lui-même, avait pleuré sur la glycine massacrée, il se rappela que son père avait manifesté une sentimentalité séduisante envers les bêtes, parlant, après certains repas, de se faire végétarien, ou fuyant ostensiblement loin des cris des poulets que maman égorgeait régulièrement derrière la maison.

Il ralentit en entrant dans un village, s'arrêta devant une épicerie qu'il connaissait un peu.

Une clochette tinta lorsqu'il poussa la porte vitrée.

L'odeur de viande froide, de pain, de sucreries chauffant au soleil dans la vitrine, lui fit sentir à quel point il avait faim.

Des rires et des exclamations télévisées filtraient à travers le rideau de lanières de plastique qui séparait la boutique du logement des épiciers, et les clameurs s'accentuèrent lorsque la femme se fraya une ouverture entre les lanières, les écartant le moins possible cependant pour éviter le passage des mouches.

Rudy se racla la gorge.

La femme attendait, la tête légèrement détournée vers son logement afin de capter un peu encore de l'émission.

Il demanda, d'une voix enrouée, une tranche de jambon et une baguette.

Elle souleva à pleines mains le bloc de jambon luisant, le plaça sur la machine, coupa une tranche qu'elle jeta ensuite sur la balance, de ses mains adroites et confiantes et non lavées, pensait-il machinalement, puis elle attrapa une baguette à l'allure molle dans un grand sac de papier posé à même le sol, la palpa, la laissa retomber pour en saisir une autre.

Il voyait le regard distrait qu'elle avait malgré la précision des gestes familiers, la façon dont elle gardait toujours une oreille tournée vers les rumeurs de la télévision, bien qu'aucune parole ne fût audible, comme si elle pouvait suivre le déroulement du programme aux seules variations d'intensité des bruits et des clameurs.

— Quatre euros soixante, dit-elle sans le regarder.

Il se sentit soudain fatigué de cette France provinciale qu'il connaissait si bien, oh, terriblement las, songea-t-il, du mauvais pain traînant à hauteur des pieds, du jambon pâle et mouillé, des mains qui, telles celles-ci à cet instant, empoignaient successivement la nourriture et l'argent, le pain et les billets.

Ces mains, se dit-il, indifférentes à la souillure du pain, reposaient-elles parfois abandonnées et fragiles, paumes en l'air…

Puis son dégoût passa.

Mais il lui restait au cœur la morsure d'une nostalgie qui lui venait de ce que, lors de ces longues années passées à Dara Salam ou, plus tard, dans la capitale, au Plateau, il se rappelait n'avoir éprouvé nulle répugnance quand des mains qui le servaient mélangeaient les contacts de la viande et des pièces de monnaie.

Au vrai, jamais il n'avait ressenti là-bas de répulsion envers quoi que ce fût, comme si sa joie, son bien-être, sa gratitude pour les lieux avaient brûlé d'un éclat purificateur les gestes usuels.

Tandis qu'ici, dans son pays natal…

En sortant de la boutique il entendit bruisser derrière lui les lanières de plastique et tinter la clochette de la porte, puis le lourd silence de midi l'enveloppa en même temps que la chaleur dense et sèche.

Les trottoirs étaient étroits de part et d'autre de la route, les maisons grisâtres avaient leurs volets clos.

Il remonta en voiture.

La température de l'habitacle l'étourdit légèrement.

Il sentait l'intérieur de sa tête chaud et faible sans que cela fût entièrement désagréable, sans que cela ressemblât, dans les effets, à cette fournaise qu'était devenu l'intérieur de son crâne lorsque, étendu dans la cour du lycée, le visage écrasé sur le goudron, il avait senti des mains prudentes, malhabiles, effarées, tenter de le relever, le soulevant aux aisselles, puis à la taille, avec peine, et il s'était dit confusément : Je ne suis pourtant pas très lourd, avant de comprendre que ces mains fines et terrifiées étaient celles de la principale du lycée, Mme Plat.

Alors il avait tâché de l'aider malgré sa grande

douleur aux épaules et il s'était senti gêné pour eux deux, comme si Plat le découvrait dans une intimité que rien dans leurs relations n'avait justifié qu'ils partagent jamais.

Les trois garçons étaient là, debout bien droits, groupés et silencieux, calmes, semblant attendre que justice leur fût rendue, si sûrs de leur cause qu'ils n'éprouvaient pas le besoin de se presser d'expliquer.

Rudy avait croisé le regard du garçon de Dara Salam.

Celui-ci l'avait soutenu avec neutralité, froideur, désintérêt.

Il avait touché doucement sa pomme d'Adam pour signifier, sans doute, qu'il avait encore très mal.

— Voulez-vous que j'appelle l'infirmière ? avait demandé Plat à Rudy, qui avait refusé.

Et bien que la chaleur à l'intérieur de sa tête fût telle qu'il ne pouvait savoir exactement, avant de les avoir prononcés, quels mots allaient franchir ses lèvres, il s'était lancé dans un discours embrouillé, ardent, visant à disculper entièrement les garçons.

Le regard perplexe et méfiant de Plat fixait la joue et la tempe ensanglantées de Rudy.

C'était une femme assez jeune, décontractée, avec laquelle il s'était toujours bien entendu.

Mais elle le regardait maintenant avec suspicion et un reste d'effroi et Rudy sentait à mesure qu'il parlait que sa défense paniquée des trois garçons jouait en sa défaveur autant qu'en la leur, il sentait que Plat se mettait à flairer entre eux tous une complicité de mauvais aloi, incompréhensible, ou, pire encore, une réaction d'épouvante chez lui, Rudy, face à des élèves dont il redouterait la vengeance.

À ce moment il avait déjà occulté en lui-même ce qu'il s'était passé réellement.

La vérité qu'il avait accepté de découvrir tout à l'heure, sur le parking de Manille, il la méconnaissait déjà.

Aussi était-il convaincu de mentir en déchargeant les garçons de toute responsabilité dans le début de l'affrontement.

Ce sont eux qui m'ont agressé, pensait-il, car ses doigts avaient alors oublié la tiédeur du cou de ce garçon de Dara Salam — et ce qu'il disait à Plat, c'était pourtant le contraire, par pudeur, par honte de sembler être une victime.

Plus tard, dans le bureau de Plat, il n'en démordrait pas : les garçons l'avaient jeté à terre parce qu'il les avait absurdement et volontairement offensés.

C'est faux, c'est faux, pensait-il, je n'ai rien fait à personne, et le sang cognait dans sa tête bouillante et ses épaules le faisaient atrocement souffrir.

— Mais pourquoi ont-ils fait ça ? Qu'est-ce que vous leur avez dit ? avait demandé Plat, désorientée.

Il s'était tu.

Elle avait reposé sa question.

Il avait continué de se taire.

Quand il avait repris la parole, ç'avait été pour affirmer que les garçons avaient eu raison de le battre, car ce qu'il leur avait lancé n'était pas excusable.

Les garçons, interrogés à leur tour, n'avaient rien dit.

Personne n'avait parlé du professeur Rudy Descas se jetant sur le garçon de Dara Salam.

Il n'était resté de l'histoire que la version de Rudy proférant une vilenie et s'attirant ainsi une réaction brutale.

Plat avait conseillé à Rudy de prendre un congé de maladie.

Son cas avait été discuté à l'académie et, venant il n'avait jamais su d'où, l'interjection «Putains de négros!» examinée comme celle qu'il aurait adressée aux trois garçons.

Quelqu'un s'était souvenu que le père de Descas, vingt-cinq ans auparavant, avait humilié et assassiné son associé africain.

Le conseil disciplinaire avait ainsi décidé la suspension de Rudy.

Il haletait, comme sous l'effet d'un coup.

Il pouvait, aujourd'hui, pour la première fois, se rappeler cette période, il pouvait se rappeler l'odeur du goudron et la pression de ses doigts sur la trachée du garçon, mais la douleur ancienne était réveillée.

Attendant la sentence du conseil, il avait passé un mois dans l'appartement du Plateau.

Ce joli trois-pièces d'une résidence neuve, plantée le long d'une avenue ombragée de flamboyants, il en était venu à le prendre en haine.

Il ne sortait que pour promener l'enfant et faire les courses au plus près de chez eux, persuadé que tout le monde savait son déshonneur, son ridicule.

N'était-ce pas de là, se dit-il, qu'était apparue également son antipathie pour l'enfant, jamais avouée et dont il aurait alors repoussé l'hypothèse avec fougue ?

Il démarra, roula jusqu'à sortir du village.

Il se gara sur un chemin de terre entre deux champs de maïs et, sans même descendre de voiture, se mit à dévorer le pain et le jambon, mordant alternativement dans l'un et dans l'autre.

Quoique le jambon fût insipide et aqueux et la baguette flasque, c'était si bon de manger enfin qu'il en avait presque les larmes aux yeux.

Mais pourquoi, pourquoi n'avait-il jamais pu éprouver envers Djibril l'amour évident, puissant, joyeux et fier que les autres pères, lui semblait-il, ressentaient envers leurs enfants ?

Il s'était toujours appliqué à aimer son fils, et ces efforts auparavant masqués par la bonne volonté et le temps restreint passé en compagnie du petit s'étaient trouvés démasqués lors de ces longues semaines durant lesquelles il s'était cloîtré dans l'appartement.

Il aurait voulu se cacher de tous alors, et Djibril était là et perpétuellement là, témoin de la flétrissure de Rudy, de sa dégradation, de l'anéantissement du travail effectué pour devenir un homme estimable et aimé.

Que l'enfant n'eût que deux ans ne changeait rien à la situation.

Ce petit ange était devenu son gardien terrible et scrutateur, le juge muet, narquois, de sa disgrâce.

Rudy bouchonna le papier d'emballage du jambon et le jeta à l'arrière.

Il avala le dernier bout de baguette.

Puis il sortit de voiture et s'approcha d'un rang de maïs pour uriner.

Entendant un battement d'ailes au-dessus de lui, doux frôlement de plumes et d'air chaud dans le silence, il leva les yeux.

Comme à un signal convenu, la buse fondit sur lui.

Il dressa ses deux bras pour protéger sa tête.

La buse remonta juste avant de le toucher.

Elle poussa un unique criaillement plein de colère.

Rudy se précipita dans la voiture, quitta le chemin en marche arrière, reprit la route à petite vitesse.

Alors qu'il s'était senti prêt, ayant fini son repas, à rentrer à la maison afin d'y retrouver Fanta, il prit sciemment la direction opposée, glacé de peur et de dépit.

L'idée l'effleura que l'oiseau avait pu vouloir lui signifier précisément qu'il devait revenir chez lui en toute hâte mais il la rejeta, intimement persuadé que la buse furieuse souhaitait au contraire lui interdire de reparaître.

Il sentait le sang battre à ses tempes.

— À quoi bon, à quoi bon, Fanta, marmonnait-il.

Car n'était-il pas, en un sens, à présent plus digne d'être aimé que ce matin-là seulement ?

Et ne pouvait-elle, cela, de la position suprême où elle se tenait et capable de lancer vers lui les attaques d'un oiseau acquis à sa cause, ne pouvait-elle le comprendre ?

De même qu'il ne proférerait plus jamais certains

mots absurdes et cruels que seule la colère lui faisait cracher, de même qu'il ne serait plus la proie
de ce type particulier de colère humiliée, impuissante, réconfortante, il n'essaierait plus de la ravir,
elle, Fanta, à l'aide de phrases séductrices et fausses,
puisque aussi bien les propos qu'il lui avait tenus
dans l'appartement du Plateau n'avaient pas cherché
à atteindre quelque vérité que ce fût mais uniquement à l'entraîner en France avec lui, au risque (il
n'y songeait pas alors, s'en moquait presque) de sa
chute à elle, de l'effondrement de ses plus légitimes
ambitions.

Il se souvenait des accents persuasifs et doux qu'il
avait su redonner à sa voix, lui qui, après un mois de
solitude avec Djibril, s'exprimait dans une sorte de
croassement réticent.

Même quand Fanta rentrait le soir, il ne parlait que
brièvement, avec fatigue.

Discrète, vive, pleine d'une joie contenue à retrouver l'enfant, elle prenait la relève auprès de celui-ci,
comme pour libérer enfin Rudy bien qu'ils sussent
tous deux qu'il n'avait de toute façon rien à faire,
et elle s'occupait si consciencieusement du petit que
Rudy pouvait feindre de n'avoir pas l'occasion de
parler car la situation ne s'y prêtait pas.

Il en était soulagé.

Il allait s'accouder au balcon, il regardait le soir
tomber sur l'avenue paisible.

De grosses voitures grises ou noires ramenaient
chez eux hommes d'affaires et diplomates, croisant
quelques servantes qui rentraient chez elles, à pied,
chargées de sacs en plastique, et celles qui n'avan-

çaient pas avec la lenteur de l'épuisement volaient au-dessus du trottoir de cette manière qu'avait encore Fanta de paraître non pas frôler le sol mais s'en servir comme seul point d'appui de son essor.

Puis ils mangeaient face à face le repas que Rudy avait préparé et comme l'enfant, alors, était couché, le son de la radio, leur prétendue volonté de suivre les informations les autorisaient à ne rien dire.

Il l'observait parfois, furtivement — sa tête petite et rase, l'harmonieux arrondi de son crâne, la grâce désinvolte de ses gestes, avec ses mains étroites et longues qui, au repos, pendaient à angle droit au poignet dont il semblait alors que son excès de finesse l'eût brisé, et son air sérieux, pensif, diligent.

Un flot d'amour le submergeait.

Mais il se sentait trop las et déprimé pour en rien laisser paraître.

Peut-être lui en voulait-il aussi, obscurément, de transporter avec elle l'animation de la journée et des images du lycée dont il n'avait plus connaissance, et de se mouvoir encore dans un milieu qui avait exclu Rudy.

Peut-être, obscurément, crevait-il de jalousie à son égard.

Dans les premiers temps de sa relégation, alors qu'il n'était censé n'être qu'en arrêt maladie, il écoutait d'un air morne les petites nouvelles qu'elle croyait bon de lui rapporter sur les uns et les autres, collègues, élèves, puis il avait pris l'habitude de quitter la pièce à ce moment-là, l'interrompant alors, par cette dérobade, aussi nettement que s'il l'avait frappée à la bouche.

N'était-ce pas pour éviter d'en arriver à un tel geste qu'il sortait ?

Mais, lorsqu'il avait reçu l'annonce de sa condamnation, renvoi du lycée et interdiction d'enseigner, la suavité de la parole lui était revenue et s'était mise au service de la déloyauté, de son cœur malhonnête, envieux et malheureux.

Il lui avait assuré qu'il n'y avait d'avenir pour eux qu'en France et qu'elle avait de la chance de pouvoir, grâce à son mariage, aller vivre là-bas.

Quant à ce qu'elle y ferait, aucun problème : il s'occuperait de lui trouver un poste au collège ou au lycée.

Et il savait que rien n'était moins sûr et cependant le ton de sa voix se faisait plus éloquent à mesure que les doutes affleuraient à sa conscience, et Fanta, naturellement probe, ne l'avait pas soupçonné et d'autant moins peut-être qu'il redevenait ainsi le jeune homme à la joyeuse figure amoureuse et bronzée dont une mèche claire blond-blanc glissait toujours sur le front, relevée d'un souffle ou d'une sèche torsion du cou, et si Fanta connaissait diverses figures habiles à dissimuler le mensonge et de celles-ci aurait pu se méfier, elle ne pouvait reconnaître celle-là, amoureuse, bronzée, ouverte, l'œil limpide et si pâle qu'il était improbable qu'on pût rien cacher là-dedans.

Ils avaient passé de longues journées à visiter les nombreux parents de Fanta.

Rudy était demeuré au seuil de l'appartement aux murs verts où il avait rencontré pour la première fois, quelques années plus tôt, l'oncle et la tante qui avaient élevé Fanta.

Il avait prétexté, pour ne pas entrer, un malaise quelconque, mais la vérité était qu'il ne pouvait envisager de soutenir le regard de ces deux vieux, non qu'il eût craint que fût dévoilé son visage menteur mais plutôt qu'il redoutait de se trahir lui-même et, dans la pièce à l'éclat glauque, au côté de Fanta qui évoquerait fièrement, confiante et décidée, tout ce qui les attendait de bon en France, d'être tenté de tout laisser tomber, de lui dire : Ah, on ne te donnera pas de poste de professeur là-bas, de lui raconter enfin ce qu'Abel Descas avait commis autrefois, et comment il était mort, et pourquoi les garçons l'avaient jeté à terre, lui, Rudy, puisque Fanta, sans croire à l'hypothèse qu'il eût insulté les élèves de la façon qu'on disait, devait penser qu'il leur avait manqué de respect d'une manière ou d'une autre.

Il était resté là, n'osant passer le seuil du logement.

Il n'avait pas fui, il n'était pas entré.

Il s'était contenté de protéger ses intérêts en se gardant à couvert de tout risque de sincérité.

Assommé d'une fatigue soudaine, il quitta la route et s'engagea dans une plantation de peupliers.

Il se gara sur un chemin herbu, là où la dernière ligne de peupliers laissait place à un bois.

Il avait si chaud dans la voiture qu'il se sentait au bord de l'évanouissement.

Le jambon et le pain mou et blanc lui pesaient sur l'estomac.

Il sortit de la voiture et se jeta dans l'herbe.

La terre était fraîche, lourde d'une odeur de limon.

Il roula un peu sur lui-même, ivre de joie.

Il s'étendit sur le dos, bras croisés au-dessus de sa tête et, offrant sa face au soleil, plissa les paupières et regarda les troncs blancs et les petites feuilles argentées des peupliers devenir rougeâtres entre ses cils.

Point n'était besoin, Fanta.

Elle ne fut d'abord qu'une tache noire parmi d'autres, loin au-dessus de lui dans le ciel laiteux, puis il entendit et reconnut son cri hargneux, véhément, et il comprit, à la voir piquer vers lui, qu'elle l'avait reconnu également.

Il fut sur ses pieds d'un bond.

Il sauta dans la voiture, ferma la portière à l'instant où la buse se posait sur le toit.

Il entendit le clap clap des serres sur le métal.

Il démarra brutalement en marche arrière.

La buse s'envola, il la vit se percher à mi-hauteur d'un peuplier.

De profil elle l'observait, inflexible et droite, de son œil jaspé, mauvais.

Il fit demi-tour et s'éloigna sur le chemin aussi vite qu'il le pouvait.

L'angoisse, la chaleur l'éblouissaient.

Allait-il maintenant jamais, se demanda-t-il, allait-il pouvoir sortir de sa voiture sans que l'oiseau vindicatif s'acharnât à vouloir lui faire payer ses vieux torts?

Et qu'en eût-il été s'il n'avait pris conscience, aujourd'hui précisément, de ces fautes passées?

La buse aurait-elle paru, se serait-elle montrée?

C'était bien injuste, se disait-il, au bord des larmes.

Quand il arriva devant la petite école, les élèves étaient en train de sortir des classes, toutes situées au rez-de-chaussée.

L'une après l'autre les portes s'ouvraient sur la cour et, comme s'ils s'étaient agglutinés contre le battant pour le contraindre à s'ouvrir, les enfants déboulaient titubants, un peu hagards, et ils clignaient des yeux dans la lumière dorée de fin d'après-midi.

Rudy quitta la voiture, jeta un regard vers le ciel.

Rassuré pour le moment, il s'approcha de la grille.

Au milieu de tous les enfants qui paraissaient, de loin, se ressembler jusqu'à la confusion, jusqu'à ne plus former qu'une masse du même individu fantastiquement multiplié, il reconnut le sien, pourtant pareil aux autres avec ses cheveux châtains, son tee-shirt bariolé, ses chaussures de sport — celui-là était, entre tous, son enfant, et il le reconnaissait.

Il appela :

— Hé, Djibril !

Et le garçon s'interrompit tout net dans sa course et la bouche grande ouverte dans un rire se ferma aussitôt.

Et Rudy vit avec douleur, avec malaise, l'inquiétude figer les traits du visage mobile, nerveux de son fils à l'instant où celui-ci l'aperçut derrière la grille et que tout espoir que ce n'eût pas été la voix de son père s'évanouit.

Rudy leva la main, l'agita en direction de l'enfant.

En même temps il scrutait le ciel et tâchait d'écouter, par-delà les bruits de la cour, une éventuelle imprécation.

Djibril le regarda fixement.

Il se détourna d'un mouvement résolu et reprit sa course.

Rudy l'appela de nouveau mais l'enfant ne lui portait pas plus d'intérêt que s'il avait vu un étranger derrière la grille.

Il jouait, à présent, tout au fond de la cour, à un jeu de ballon que Rudy ne connaissait pas.

N'aurait-il pas dû, en vérité, connaître les jeux de son fils ?

Rudy songea qu'il pourrait, comme le ferait tout autre père, pénétrer dans la cour, marcher d'un pas irrité jusqu'à son fils, l'empoigner par le bras et l'amener ainsi à la voiture.

Mais, outre qu'il craignait que Djibril ne se mît à pleurer et qu'il voulait éviter cela à tout prix, il redoutait l'espace dégagé de la cour.

Si la buse survenait, insensible et lugubre, où se cacherait-il ?

Il retourna s'asseoir au volant de la Nevada.

Il vit arriver le car scolaire et les enfants se ranger dans la cour pour se préparer à y monter.

Au moment où Djibril sortait de la cour, Rudy se rua hors de la voiture et trotta vers le car.

— Viens, Djibril ! cria-t-il d'une voix à la fois enjouée et impérieuse. C'est papa qui le ramène, aujourd'hui, dit-il encore à la femme qui s'occupait de surveiller les enfants dans le car et qu'il aurait dû connaître, pensa-t-il, au moins de vue — mais n'était-ce pas la première fois qu'il allait chercher Djibril à l'école?

Le garçon se détacha du groupe, tête baissée, et suivit Rudy comme s'il avait honte, faussement désinvolte, ne regardant rien ni personne.

Il tenait ses mains agrippées aux lanières de son cartable à hauteur des aisselles, et Rudy remarqua que ces mains tremblaient légèrement.

Il allait passer son bras sur l'épaule de Djibril, en un geste qu'il n'avait jamais d'habitude et auquel il lui fallait réfléchir avant de l'exécuter afin qu'il eût l'air, paradoxalement, le plus naturel possible, quand sa vision latérale capta l'image d'une forme brunâtre du côté des acacias qui bordaient le trottoir.

Il tourna prudemment la tête.

Il aperçut du coin de l'œil la buse posée là, en haut de l'arbre, placide, attendant.

Figé de terreur, il en oublia d'étreindre Djibril et ses deux bras restèrent raides et gauches le long de ses flancs.

Il fit effort pour atteindre la voiture.

Il s'y jeta dans un gémissement.

Que me veux-tu, que me veux-tu encore?

L'enfant monta à l'arrière, et claqua la portière avec une brusquerie étudiée.

— Pourquoi tu viens me chercher? demanda-t-il, et Rudy comprit qu'il était sur le point d'éclater en sanglots.

Il ne répondit pas immédiatement.

À travers la vitre il regardait la buse, incertain qu'elle l'eût vu.

Son cœur s'apaisa un peu.

Il démarra doucement pour ne pas éveiller l'attention de l'oiseau qui, peut-être, avait appris à reconnaître le ronflement particulier du moteur de la Nevada.

Quand ils furent hors de vue de l'école, il se tourna de trois quarts vers son fils, conduisant de la main gauche.

Le visage de l'enfant était tout froncé d'anxiété et d'incompréhension.

Il ressemblait tant ainsi à Fanta lorsqu'elle posait son masque d'indifférence et dévoilait ce qu'elle éprouvait communément vis-à-vis de Rudy et de leur vie en France, à savoir anxiété et incompréhension, qu'il en fut passagèrement agacé contre l'enfant et sentit renaître à son encontre les vieilles émotions agressives et troubles, comme si le garçon n'avait jamais eu d'autre but que de juger son père, qui avaient éclos en lui lorsque, chassé du lycée, il avait passé avec Djibril un mois d'indignité, de regrets et de mortification.

Il lui semblait maintenant que, quoi qu'il pût faire, son fils le blâmerait ou le prendrait en terrible peur.

— J'avais envie de venir te chercher aujourd'hui, c'est tout, dit-il de sa voix la plus aimable.

— Et maman? cria presque l'enfant.

— Quoi, maman?

— Elle va bien?

— Mais oui, oui.

Un peu méfiant encore, le visage du garçon se détendit néanmoins.

Rudy se tourna complètement vers la route pour dissimuler le sien.

Que savait-il de Fanta en ce moment ?

— Nous allons chez ta grand-mère, dit-il, tu pourras passer la nuit là-bas. Ça fait un moment que tu ne l'as pas vue, non ? Ça te va ?

Djibril grogna.

Rudy comprit, la gorge serrée soudain, que l'enfant était si soulagé par la réponse de Rudy au sujet de Fanta que le reste, ce qu'on allait faire de sa propre personne, lui importait peu.

— Maman va bien, c'est sûr ? demanda encore le garçon.

Rudy hocha la tête sans le regarder.

Il voyait dans le rétroviseur la petite figure d'un brun très pâle, les yeux noirs, le nez plat aux narines frémissantes comme les naseaux d'une génisse, la bouche charnue, et il reconnaissait tout cela et se disait : Voilà mon fils, Djibril, et bien que cette déclaration ne fît toujours rien résonner en lui, bien qu'elle tombât encore en lui, songeait-il, comme une pierre dans de la boue, il commençait à entrevoir, à prendre la mesure et de l'innocence et de l'indépendance du garçon dont toutes les pensées et toutes les intentions n'étaient pas liées à Rudy, et qu'habitait tout un monde intime, secret, où Rudy n'avait aucune part.

Le sens de l'existence de Djibril ne se résumait pas à condamner son père — ou si ?

Oh, cet arrêt de mort que lui avait semblé rendre contre lui alors honni, avili, l'enfant de deux ans au regard sévère !

Mais celui qu'il apercevait dans le rétroviseur n'était qu'un écolier pensif, provisoirement apaisé, qui déroulait en cet instant des rêveries enfantines

241

dans son esprit bien éloigné des préoccupations de Rudy — c'était son fils, Djibril, et il n'avait que sept ans.

— Dis-moi, tu as faim ?

Il s'entendait lui-même avec gêne : sa voix se brisait.

Comme le faisait Fanta, Djibril prit le temps de peser sa réponse.

Non pas, se figurait Rudy, pour évaluer ce qu'il préférait vraiment mais pour tâcher de ne fournir aucune prise à une possible connaissance que l'autre se formerait de lui, comme si tout ce qu'il disait pouvait être retenu à charge.

Comment en sommes-nous arrivés là ?

Quelle sorte d'homme suis-je donc, pour leur inspirer une telle circonspection ?

Abattu, il ne répéta pas sa question et Djibril resta silencieux.

Il avait le visage fermé, grave.

Rudy sentait un grand embarras entre eux.

Que devait-il dire ?

Que disaient les autres pères à leur garçon de sept ans ?

Il y avait longtemps, si longtemps qu'il ne s'était pas trouvé seul avec lui.

Était-il nécessaire de parler ?

Les autres pères, trouvaient-ils cela nécessaire ?

— À quoi jouais-tu dans la cour, tout à l'heure ?

— À quoi ? répéta l'enfant au bout de quelques secondes.

— Oui, tu sais, quand tu jouais au ballon. Je ne le connais pas, ce jeu.

Les yeux de Djibril allaient d'un coin à l'autre de la voiture, indécis, anxieux.

Il avait la bouche entrouverte.

Il se demande quel est le but caché de ma curiosité soudaine, inhabituelle, et, puisque ce but lui échappe, quelle tactique adopter, de quel côté exactement orienter sa suspicion.

— C'est juste un jeu, dit l'enfant d'une voix lente, basse.

— Mais qu'est-ce qu'il faut faire ? En quoi consistent les règles ?

Rudy s'appliquait à donner à son ton une rassurante aménité.

Il se haussa pour grimacer un sourire dans le rétroviseur.

Mais le garçon paraissait affolé maintenant.

Il a si peur que toute intelligence le déserte, toute capacité de réflexion.

— Je ne les connais pas, moi, les règles ! cria presque Djibril. C'est juste un jeu et voilà.

— OK, ce n'est pas grave. En tout cas, tu t'amusais bien, non ?

L'enfant marmotta quelque chose de bref et d'incompréhensible, pas encore soulagé.

Rudy lui trouvait à présent l'air presque nigaud, il en était affecté et mécontent.

Pourquoi l'enfant était-il incapable de comprendre que son père ne cherchait qu'à s'approcher de lui ?

Pourquoi ne faisait-il, de son côté, aucun effort en ce sens ?

Et la vive intelligence dont Rudy, peut-être complaisamment, l'avait toujours crédité, existait-elle encore, avait-elle réellement existé ?

Ou bien, peu stimulée dans cette école de village dont Rudy, au fond de lui, n'estimait guère les enseignants auxquels il trouvait des visages bornés, et entravée à la maison par l'atmosphère de tristesse, de rancœur et d'angoisse qui y régnait, s'était-elle rabougrie et desséchée, cette intelligence sans laquelle Djibril, son fils, ne serait plus qu'un garçon parmi tant d'autres peu intéressants ?

Si Rudy ne souhaitait aucun mal aux enfants médiocres, il ne voyait pas de raison ni même de possibilité particulière de les aimer.

Un gouffre d'amère affliction s'ouvrit en lui.

Il était impuissant à aimer son fils envers et contre tout, et quel qu'il fût, c'est donc qu'il ne l'aimait pas.

Il lui fallait des raisons suffisamment bonnes — était-ce cela, l'amour paternel ?

Il n'avait jamais entendu dire que cet amour-là dépendait de qualités que l'enfant possédait ou non.

Il le regarda encore dans le rétroviseur, il le regarda intensément, passionnément, attentif à sentir trembler en lui l'ombre d'un bouleversement singulier.

C'était son fils, Djibril, et il le reconnaissait entre tous les enfants.

Par habitude ?

Son cœur n'était qu'une mare de boue et tout s'y engloutissait dans un affreux chuintement.

Maman habitait un tout petit pavillon cubique, au toit court, à la sortie d'un village-rue, dans un lotissement récent.

Quand elle était rentrée en France avec Rudy, juste après la mort d'Abel, elle s'était réinstallée dans leur ancienne maison en pleine campagne, et Rudy avait dû intégrer comme interne le collège le moins éloigné.

Il avait fait ses études supérieures à Bordeaux (il se rappelait l'infinie désolation des rues noires, le campus excentré, perdu dans les mornes faubourgs) et c'est encore dans cette vieille maison isolée qu'il allait de temps en temps rendre visite à maman.

Puis, sitôt son diplôme acquis, il était reparti là-bas, professeur au lycée Mermoz.

À son retour forcé, cinq ans auparavant, en compagnie de l'enfant et de Fanta, il avait constaté que maman avait quitté sa maison pour s'installer dans ce pavillon aux minuscules fenêtres carrées, dont le toit paraissait un front trop bas qui donnait à l'ensemble un air buté et sot.

Comme il s'était senti, dès le début, mal à l'aise dans ce quartier d'habitations toutes semblables bâties sur des parcelles rectangulaires et nues qui s'ornaient naïvement maintenant de quelques sapins replantés après Noël ou de bosquets d'herbe de la pampa !

Il avait eu l'impression qu'en s'établissant là maman non seulement se soumettait mais ratifiait, en le devançant avec une saumâtre complaisance, le constat d'échec absolu qu'au terme de sa vie lui présenterait quelque autorité suprême.

Rudy avait brûlé de lui dire : Était-il vraiment nécessaire d'illustrer ainsi le naufrage ? L'existence en pleine campagne n'avait-elle pas plus de tenue ?

Mais, comme à son habitude avec maman, il n'avait rien dit.

Sa propre situation lui paraissait manquer tellement d'allure !

Du reste, il n'avait pas tardé à se rendre compte que maman appréciait son quartier et que l'abondant voisinage féminin lui permettait d'écouler bien plus facilement qu'avant ses brochures angéliques.

Elle s'était fait des amies parmi des femmes dont la seule vue inspirait à Rudy une tristesse pleine de gêne.

Le corps, le visage marqués des stigmates d'une vie terrible, brutale (cicatrices, traces de coups ou de chutes, empourprement alcoolique), elles étaient pour la plupart sans emploi et ouvraient volontiers leur porte à maman qui s'efforçait de déterminer avec elles le nom du gardien de leur âme, puis s'efforçait de le localiser, cet ange qui ne leur était jamais apparu, qui, faute d'avoir été correctement appelé, n'était jamais venu à leur aide.

En somme, avait fini par se dire Rudy non sans dépit, maman se trouvait parfaitement bien dans son sinistre lotissement.

Il tourna un peu dans le quartier, perdu comme chaque fois qu'il y venait, prenant successivement, sans s'en rendre compte, les mêmes rues.

Le jardinet de maman était l'un des rares qui ne fût pas encombré de jouets en plastique, de chaises et de tables démantibulées, de pièces de voitures.

L'herbe y poussait haute et jaunâtre car maman, prétendait-elle, n'avait pas le temps de s'en occuper, toute à son prosélytisme.

Djibril quitta la voiture de mauvaise grâce.

Il avait laissé son cartable sur la banquette, Rudy s'en saisit en descendant.

Il vit au regard effaré de l'enfant que celui-ci réalisait alors pleinement qu'il ne repartirait pas avec son père.

Il faut pourtant bien qu'il voie sa grand-mère de temps en temps, songea Rudy, navré.

Comme lui paraissait loin la matinée de ce même jour, lorsque, informant Fanta qu'il irait chercher Djibril et l'emmènerait dormir chez maman, le soupçon lui était venu qu'il ne désirait pas tant faire plaisir à celle-ci qu'empêcher Fanta de s'en aller !

Car pourquoi se fût-il soudain avisé de vouloir complaire à maman de cette façon-là ?

S'il ne pouvait donner entièrement raison à Fanta qui affirmait que maman n'aimait pas Djibril, car c'eût été faire l'erreur de considérer maman comme une personne ordinaire qui, simplement, aimait ou n'aimait pas, il lui paraissait évident depuis la naissance de l'enfant, depuis que maman, penchée sur le berceau, avait examiné les particularités physiques du petit, que Djibril ne correspondait nullement et qu'il n'y avait nul espoir qu'il correspondît jamais à l'idée que maman se faisait d'un messager divin, de sorte qu'elle n'avait guère pris la peine de s'attacher à l'enfant et c'est cela, cette aimable indifférence, que Fanta comprenait comme de l'antipathie.

Rudy posa sa main sur l'épaule de Djibril.

Il pouvait sentir sous ses doigts les os menus, pointus.

Djibril laissa aller sa tête contre le ventre de son

père et Rudy fouilla de ses doigts les cheveux bouclés et soyeux, tâtant le crâne bien lisse, parfait, miraculeux.

Des larmes acides lui vinrent aux yeux d'un coup.

Alors il entendit un cri au-dessus d'eux, un seul cri furieux et menaçant.

Il ôta sa main, poussa Djibril devant lui vers le portillon du jardin, si brusquement que le garçon trébucha.

Rudy le retint par le bras et ils franchirent l'espace d'herbe desséchée jusqu'à la porte de la maison et Rudy pensa qu'il avait l'air ainsi de mener l'enfant de force.

Mais, terrifié, hagard, n'osant lever les yeux vers le ciel, il ne songeait pas à desserrer l'étau de ses doigts.

Djibril gémit, se secoua.

Rudy le lâcha.

L'enfant le regardait avec une perplexité épouvantée.

Rudy grimaça un sourire, donna des coups de poing dans la porte.

Si la buse allait piquer sur lui avant que maman n'eût ouvert, qu'en deviendrait-il des tentatives de restauration de son honneur ?

Oh, tout serait perdu alors !

La porte s'ouvrit presque aussitôt.

Rudy tira Djibril à l'intérieur et referma le battant.

— Eh bien, eh bien, dit maman d'une voix enjouée. Quelle surprise !

— Je t'ai amené le petit, murmura Rudy, encore choqué.

Car point n'était besoin, Fanta, point n'était besoin maintenant...

Maman pencha son visage au niveau du visage de Djibril et l'examina attentivement avant d'appliquer le bout de ses lèvres sur le front de l'enfant.

Djibril, mal à l'aise, se tortillait.

Elle se haussa ensuite pour embrasser Rudy et il sentit au frémissement de sa bouche qu'elle était heureuse, excitée.

Il en fut légèrement inquiet.

Il devinait que sa joyeuse fébrilité n'était pas due à leur présence mais à quelque chose qui les avait précédés, lui et le garçon, et que leur visite n'allait en rien déranger car elle était négligeable, superflue à côté de cette mystérieuse source d'exultation.

Il en fut comme jaloux, à la fois pour lui et Djibril.

Il posa lourdement ses deux mains sur les épaules de son fils.

— J'ai pensé que tu serais contente de le garder pour la nuit.

— Ah !

Maman croisa les bras, dodelina de la tête, son œil scrutateur de nouveau posé sur le visage de l'enfant comme pour tâcher d'estimer sa valeur.

— Tu aurais dû me prévenir, mais bon, ça ira.

Rudy remarquait sans plaisir qu'elle semblait tout particulièrement juvénile et gracieuse ce jour-là.

Ses cheveux courts étaient teints de frais, d'un beau blond cendré.

Sa peau, poudrée, très blanche, était bien tendue sur les pommettes.

Elle portait un jean et un polo rose et quand elle se détourna pour aller vers la cuisine, il vit que le jean était serré et qu'il moulait ses hanches étroites, ses fesses petites, ses genoux très fins.

Dans la minuscule cuisine toute de bois sombre, un garçon était assis à la table exiguë.

Il était en train de goûter.

Il trempait dans un verre de lait un sablé que Rudy reconnut comme ceux que maman confectionnait pour les occasions spéciales.

Il avait environ l'âge de Djibril.

C'était un bel enfant aux yeux clairs, aux cheveux blonds bouclés.

Rudy eut une sorte de haut-le-cœur.

Il eut dans la bouche le goût du jambon, du pain blanc et mou.

— Tiens, assieds-toi là, dit maman à Djibril en lui désignant l'autre chaise face à la petite table. Tu as faim ?

Elle demandait avec l'air de souhaiter que la réponse fût négative et Djibril secoua la tête et refusa également de s'asseoir.

— C'est un petit voisin, je me suis fait un nouvel ami, dit maman.

L'enfant blond ne regardait personne.

Il mangeait avec application et bonheur, les lèvres humides de lait, sûr de lui, confiant.

Rudy fut alors certain qu'il n'y avait nulle autre cause à l'avide félicité, à l'éclat dur et heureux du visage de maman que la présence de ce garçon dans

sa cuisine, se régalant des biscuits qu'elle avait pré-
parés pour lui.

Non, nulle autre cause à cette palpitation de sa
peau, de ses lèvres que le garçon lui-même.

Il sut tout aussi clairement qu'il ne laisserait pas
Djibril à maman ce soir-là ni aucun autre soir et, cette
résolution prise, un immense soulagement lui vint.

Il serra son fils contre lui, chuchota à son oreille :

— On va rentrer tous les deux, tu ne restes pas là,
d'accord ?

Puis, comme Djibril devait avoir faim et qu'il
pouvait bien, pour si peu de temps, s'attabler chez
maman, Rudy lui versa un verre de lait et tira la
chaise afin qu'il y prît place.

— Viens, j'ai quelque chose à te montrer, dit
maman à Rudy.

Il la suivit dans le salon rempli de meubles trop
gros, inutiles, qui ne ménageaient pour circuler que
d'étroits couloirs aux angles compliqués.

— Comment tu le trouves ? demanda maman d'une
voix faussement détachée.

Cette voix, il la sentait vibrer de convoitise, d'impatience, d'enchantement.

— Il me sert déjà de modèle, il pose très bien. Je
ne le lâcherai pas, celui-là.

Elle eut un rire haut et bref.

— De toute façon, chez lui, personne ne s'en
occupe. Mon Dieu, comme il est beau ! Non ?

Sur sa table couverte de papiers et de stylos, de
paquets de brochures ficelés, elle prit un carton
qu'elle présenta à Rudy.

C'était l'ébauche d'un dessin.

Vêtu d'une robe blanche, le petit voisin de maman volait maladroitement au-dessus d'un groupe d'adultes figés dans ce qui devait figurer la crainte ou l'ignorance.

Maman expliquait, de sa voix tendue, ravie, coupante.

— Il est là, au-dessus d'eux, et ils ne l'ont pas encore reconnu, il ne leur a pas encore été donné de voir la lumière mais dans le dessin suivant ils seront éclairés et leurs yeux dessillés et l'ange pourra prendre place au milieu d'eux.

Rudy se sentait envahi d'un dégoût plein de lassitude.

Elle est cinglée, et de la plus stupide manière, et je ne veux plus ni ne dois plus protéger cela. Mon pauvre petit Djibril ! Ah, nous ne remettrons plus les pieds ici.

À cet instant, et Rudy crut qu'elle avait deviné ses pensées, maman lui caressa la joue, lui flatta la nuque en lui souriant tendrement, et sa main froide, moite, était d'un contact déplaisant.

Il apercevait, comme elle était petite, ses seins un peu lourds dans l'échancrure profonde du polo.

Ils lui parurent gonflés de lait ou de plaisir.

Il détourna les yeux, recula doucement pour qu'elle ôtât sa main.

Elle ne me parle jamais que de ce qui m'ennuie ou m'agace, et ce qu'il me faut encore savoir elle ne me l'apprendra pas d'elle-même car, elle, cela ne l'intéresse plus depuis longtemps.

— A-t-on su, commença-t-il avec raideur, lenteur, qui avait fait passer une arme à mon père ?

Elle demeura figée de surprise, quoique cela ne se devinât que dans le temps qu'elle prit pour reposer son carton sur la table puis se tourner vers lui, un sourire pincé, contrarié, étirant à demi ses lèvres sèches.

— Ces vieilles histoires, dit-elle.

— Est-ce qu'on l'a su ? insista-t-il.

Elle soupira, ostentatoire, importunée, coquette.

Elle se laissa tomber dans un fauteuil et parut presque disparaître dans les épaisseurs flasques et disproportionnées, emballées de similicuir rosâtre.

— Non, évidemment, on ne l'a jamais su, est-ce qu'il y a même eu enquête je n'en suis pas sûre, tu connais le pays, tu peux t'imaginer. Mais quelle importance, après tout. On peut tout se procurer dans les prisons, il suffit de payer.

Et la voix de maman se teintait à nouveau de cette aigreur rancuneuse, générale, butée, que Rudy lui avait entendue depuis qu'elle était rentrée en France quelque trente ans auparavant, et que sa passion pour les anges et le déploiement presque professionnel de sa propagande lui avaient fait abandonner peu à peu.

Il la retrouvait, cette aigreur, pareille, intacte, comme si le souvenir de cette période devait s'accompagner de la voix et des sentiments qui y avaient été associés.

— Ton père avait de quoi payer, ce n'était pas le problème. Il n'y avait même pas six semaines qu'il était à Reubeuss et il avait déjà trouvé le moyen de commander un revolver, il s'y connaissait, il connaissait les gens, le pays, tu sais bien. Il avait décidé qu'il

253

préférait crever plutôt que de croupir à Reubeuss puis d'endurer un procès qui ne lui laissait de toute façon aucune chance de s'en sortir.

— Il t'avait dit ça ? Qu'il préférait mourir ?

— Oui, enfin, plus ou moins, il y a une manière de dire sans le dire, mais je n'aurais jamais imaginé à l'époque qu'il irait jusque-là, pour ainsi dire se faire livrer une arme dans la cellule. Ça, non, je ne l'aurais pas imaginé.

Et toujours, dans la voix de maman, cette âpreté maussade, vaguement geignarde qui, autrefois, désolait Rudy et le faisait se sentir blâmable de ne pas réussir à contenter maman du simple fait de sa présence gentille, attentionnée auprès d'elle, du simple fait qu'il existât, lui, Rudy, enfant unique de cette femme obscure.

— Il n'y avait pas de cellules individuelles ni même pour six ou huit personnes, il était dans une pièce avec soixante autres types et il faisait tellement chaud, il me disait quand j'allais au parloir, qu'il passait une partie de ses journées à moitié évanoui. Je faisais ce que je pouvais, j'ai essayé de connaître son ange pour lui mais, contre sa volonté, contre son mauvais esprit, son incrédulité, quel résultat est-ce que j'aurais pu obtenir ?

Rudy voulait, faillit demander : Est-ce que j'étais là quand mon père a roulé sur Salif ? Est-ce que, cela, je l'ai vu ?

Mais une répugnance, une haine vive, brûlante, retinrent les mots.

Comme il détestait son père pour l'obliger à formuler en pensée des mots aussi atroces !

Il lui sembla que, quoi qu'il se fût passé effective-
ment cet après-midi-là entre Salif et son père, celui-ci
était au moins coupable d'avoir rendu possible que
de tels mots lui soient attachés, fût-ce sous la forme
d'une interrogation.

Cependant, saisi de répulsion, il ne demanda rien.

Ce fut elle qui reparla du père, peut-être parce
qu'elle avait senti toute la fielleuse réprobation contenue dans son silence.

— Il s'était persuadé tout seul qu'il était fichu,
reprit-elle de son ton acerbe, plaintif et monocorde,
que l'instruction ou ce qui en tiendrait lieu ne serait
faite qu'à charge, alors qu'on aurait déjà pu montrer
que ce type, Salif, l'avait bien escroqué, je l'ai compris très vite en mettant de l'ordre dans les affaires, et
c'était quand même une raison pour justifier, je ne dis
pas les coups ou le reste, mais la colère, l'altercation,
parce que, ce Salif, il était quand même censé être le
meilleur ami de ton père là-bas et c'est ton père qui
l'avait logé et qui l'avait pris avec lui dans la société,
et voilà qu'il se mettait à faire la seule chose qu'Abel
ne pouvait pardonner ni même comprendre, le tromper, grossièrement, sans modifier son attitude, sans
qu'il y ait jamais eu le moindre problème entre eux,
sans rien changer à son sourire ni à la chaleur de sa
voix quand il rencontrait ton père. Tout ça, on aurait
pu en parler, au procès. J'ai repassé tous les devis que
Salif avait fait faire, maçonnerie, menuiserie, plom-
berie, et je suis allée voir les entrepreneurs et il se
trouvait qu'ils étaient tous liés à Salif à un degré ou
à un autre, ou à la femme de Salif ou je ne sais quoi
encore, et ça sautait aux yeux qu'ils étaient gonflés,

ces devis, et que Salif avait prévu de s'en mettre plein les poches au passage. Moi, je n'ai jamais compris comment il avait pu accorder une telle confiance à ce type, il faut se méfier de tout le monde là-bas, les gens ne pensent qu'à te tondre la laine sur le dos. L'amitié, ça n'existe pas là-bas. Ils peuvent croire en Dieu mais les anges, ils les méprisent, ils en rigolent. Quand tu es reparti essayer de faire ta vie là-bas, j'étais sûre que ça ne marcherait pas, et tu vois ça n'a pas marché, j'en étais sûre.

— Si ça n'a pas marché, dit Rudy, ce n'est pas à cause du pays mais de mon père.

Elle ricana, triomphante, acrimonieuse.

— C'est ce que tu crois. Tu es trop blanc et trop blond, ils en auraient profité, ils se seraient acharnés à te détruire. Même l'amour, ça n'existe pas là-bas. Ta femme, elle t'a pris par intérêt. Ils ne savent pas ce que c'est que l'amour, ils ne pensent qu'à la situation et à l'argent.

Il quitta la pièce, retourna à la cuisine, et il sentait sa colère atténuée et presque abolie par sa décision, grisante, revigorante, de ne plus jamais rendre visite à maman, songeant : Elle viendra, elle, si ça lui chante, songeant encore : Les cuisines Manille, c'est fini, quelle joie, et il se sentait léger et jeune comme il ne l'avait jamais été depuis la période de sa rencontre avec Fanta, lorsqu'il descendait le boulevard de la République dans l'air tiède, pâle, scintillant du matin, clairement et simplement conscient de sa propre honnêteté.

Tassé sur sa chaise, Djibril n'avait pas touché à son verre de lait ni au moindre sablé.

L'autre garçon mangeait toujours, appliqué et réjoui, et Djibril le regardait avec un morne effarement.

— Tu vois, il n'avait pas faim, dit maman dans le dos de Rudy.

Dehors, comme ils avançaient vers la voiture, le bras de Rudy passé sur l'épaule de Djibril, Rudy se demanda si son regard n'avait pas fugitivement accroché l'image de quelque chose, au sol, juste devant le nez de la Nevada, de quelque masse indistincte qui n'avait pas lieu de se trouver là.

Mais ce fut si bref, et cette pensée si superficielle, il était par ailleurs si fier et heureux de ramener l'enfant à Fanta, qu'il oublia ce que ses yeux avaient peut-être vu presque aussitôt qu'il se fut demandé si ses yeux avaient vu quelque chose.

Il fit monter Djibril, jeta le cartable à ses pieds, et l'enfant lui sourit, largement, totalement, pour la première fois depuis bien longtemps, songea Rudy troublé.

Il s'installa à son tour, lança le moteur.

— À la maison ! s'écria-t-il avec entrain.

La voiture s'ébranla.

Elle passa sur un objet gros, dense, mou, qui la déséquilibra légèrement.

— Qu'est-ce que c'était ? demanda Djibril.

Au bout de quelques mètres, Rudy s'arrêta.

— Mon Dieu, mon Dieu, mon Dieu, murmura-t-il.

L'enfant s'était tourné vers la vitre arrière.

— On a écrasé un oiseau, dit-il de sa voix fraîche.

— Ce n'est rien, souffla Rudy, ça n'a plus d'importance maintenant.

contrepoint

S'éveillant de sa sieste quotidienne, émergeant de rêves vaporeux et satisfaits, Pulmaire contempla un instant ses mains qui reposaient bienheureuses sur ses cuisses puis elle porta son regard vers la fenêtre du salon face au fauteuil et vit de l'autre côté de la haie le long cou et la petite tête délicate de sa voisine qui paraissaient surgir du laurier comme une branche miraculeuse, un improbable surgeon pourvu d'yeux grands ouverts sur le jardin de Pulmaire et d'une bouche fendue en un calme et large sourire qui étonna fortement Pulmaire car elle ne se rappelait pas, cette Fanta, l'avoir jamais vue dans le contentement. Elle hésita, intimidée, elle leva une main un peu raide, sa main flétrie, tachetée de vieillesse, elle la fit aller lentement de droite à gauche. Et la jeune femme de l'autre côté de la haie, cette voisine singulière qui s'appelait Fanta et n'avait jamais tourné vers Pulmaire que des regards lavés de toute expression, leva sa propre main. Elle salua Pulmaire, doucement, avec intention et volonté, elle la salua.

III

Lorsque les parents de son mari et les sœurs de son mari lui dirent ce qu'ils attendaient d'elle, lui dirent ce qu'elle allait être obligée de faire, Khady le savait déjà.

Elle avait ignoré quelle forme prendrait leur volonté de se débarrasser d'elle mais, que le jour viendrait où on lui ordonnerait de s'en aller, elle l'avait su ou compris ou ressenti (c'est-à-dire que la compréhension silencieuse et les sentiments jamais dévoilés avaient fondé peu à peu savoir et certitude) dès les premiers mois de son installation dans la famille de son mari, après la mort de celui-ci.

Elle se souvenait des trois années de son mariage non comme d'une période sereine, car l'attente, le terrible désir de grossesse avaient fait de chaque nouveau mois une ascension éperdue vers une possible bénédiction puis, quand les règles survenaient, un effondrement suivi d'un morne découragement avant que l'espoir revienne et, avec lui, cette montée progressive, éblouie, pantelante le long des jours, tout au long du temps jusqu'à l'instant cruel où une imperceptible douleur dans le bas-ventre lui apprenait que cette fois ne serait pas encore la bonne — non, certes, cette époque n'avait été ni paisible ni heureuse, puisque Khady n'était jamais tombée enceinte.

Mais elle songeait à elle-même alors comme à une corde tendue à l'extrême, vibrante, solide, dans l'espace limité et ardent de cette attente.

Il lui semblait ne s'être préoccupée de rien d'autre, durant trois ans, que de soumettre son esprit au rythme de l'espoir et de la désillusion, afin qu'à cette dernière (le pincement au creux de l'aine) succédât très vite le regain obstiné, presque absurde de la confiance.

— Ce sera peut-être le mois prochain, disait-elle à son mari.

Et il répondait gentiment : «Oui, certainement», attentif à ne rien lui montrer de sa propre déception.

Car ce mari qu'elle avait eu avait été si gentil.

Il l'avait laissée, au sein de leur existence commune, devenir cette corde follement étirée que faisait trépider la moindre émotion, et il l'avait entourée de prévenances et de paroles prudentes, délicates, exactement comme si, occupée à créer, elle avait eu besoin pour l'accomplissement de son art, la mise en forme de son obsession, d'une atmosphère de muette déférence autour d'elle.

Jamais il n'avait protesté contre la présence envahissante dans leur vie de cette grossesse qui ne venait pas.

Il avait joué son rôle avec une certaine abnégation, se dirait-elle plus tard.

N'aurait-il pas été en droit de se plaindre du peu d'égards avec lequel, la nuit, elle l'attirait à elle ou le repoussait selon qu'elle pensait que la semence de son mari serait utile ou inutile à cette période, du peu de précautions qu'elle prenait pour lui signifier qu'elle ne voulait pas, si le moment était infécond, faire l'amour avec lui, comme si un tel déploiement de vaine énergie pouvait nuire au seul dessein qu'elle avait alors, comme si la semence de son mari constituait une réserve unique, précieuse, dont elle était la gardienne et dans laquelle il ne fallait en aucun cas puiser pour le plaisir, le seul plaisir ?

Son mari ne s'était jamais plaint.

Khady, alors, n'y avait vu nulle bravoure car elle n'aurait pas compris qu'il pût se plaindre ou simplement ne pas trouver légitime, obligatoire, exaltante l'ascèse à laquelle, dans un sens et bien que le nombre de leurs rapports sexuels fût élevé, les contraignait cette folie d'enfantement.

Non, assurément, elle n'aurait pas compris cela à l'époque.

Ce n'est qu'après la mort de son mari, de cet homme si bon, si pacifique qu'elle avait eu pour mari trois ans durant, qu'elle prit la mesure de la patience de cet homme, une fois que, arrachée à sa hantise, elle fut redevenue elle-même, celle qu'elle était avant son mariage et qui avait su précisément apprécier les qualités de vaillance et de dévouement de cet homme.

Elle en éprouva alors une très grande peine et du remords et presque une haine contre cette volonté hallucinée qui avait été la sienne de se trouver engrossée, qui l'avait rendue aveugle à tout ce qui, cette volonté, ne la servait pas, en particulier le mal dont son mari avait souffert.

Car n'avait-il pas fallu qu'il fût malade depuis un certain temps déjà pour mourir aussi brutalement, au petit matin d'une pâle journée de saison des pluies, à peine s'était-il levé comme d'habitude pour aller ouvrir la buvette qu'ils tenaient, Khady et lui, dans une ruelle de la médina ?

Il s'était levé puis, dans un soupir étranglé, presque un sanglot mais contenu, discret comme l'était cet homme, il s'était écroulé au pied du lit.

Tout juste éveillée et encore couchée, Khady n'avait pas imaginé d'abord, pas un instant, que son mari était mort.

Elle s'en voudrait longtemps d'une ombre de pensée qu'elle avait eue — oh, à dire vrai, elle s'en voulait encore plus d'un an après : quel désagrément s'il venait à être mal en point en ce moment précis, car les règles de Khady remontaient à deux bonnes semaines, elle sentait ses seins légèrement plus durs et sensibles et supposait donc que son ventre était fertile, mais si cet homme était indisposé au point de ne pouvoir ce soir-là faire l'amour avec elle, quel gâchis et quelle perte de temps, quelle affreuse déconvenue !

Elle s'était levée à son tour, s'était approchée de lui et lorsqu'elle avait compris qu'il ne respirait déjà plus, recroquevillé, les genoux presque au menton, un bras coincé sous sa tête et la main ouverte, paume en l'air innocente, vulnérable, et pareil alors, s'était-elle dit, à l'enfant qu'il avait dû être, menu et brave, jamais contrariant mais clair et droit, et solitaire et secret sous ses dehors liants, elle avait saisi cette paume candide, l'avait pressée contre ses lèvres, son front, ravagée par tant d'honnêteté — mais là

262

encore la douleur stupéfaite le disputait en son cœur à l'exultation pas encore retombée, pas encore informée, qui l'enveloppait tout entière quand elle pensait être en période d'ovulation, et dans le même temps qu'elle courait chercher de l'aide, s'engouffrait chez une voisine, les joues ruisselant de pleurs qu'elle ne sentait pas, cette part d'elle-même qui ne songeait encore qu'à la grossesse commençait fébrilement à se demander quel homme pourrait, pour cette fois, remplacer son mari, éviter que fût perdue cette chance qu'elle avait peut-être, ce mois-ci, de se trouver enceinte, et interrompre l'exténuante cadence de l'espoir et du désespoir qu'elle se représentait déjà, comme elle allait criant que son mari était mort, si elle devait laisser passer cette occasion.

Et la raison frayait son chemin en elle et elle comprenait que ce mois fertile serait gaspillé et les mois à venir également, et une grande désillusion, le sentiment qu'elle avait supporté tout cela, espoir et désespoir, trois ans durant pour rien, adultéraient son chagrin que cet homme fût mort d'une aigreur presque rancuneuse.

N'aurait-il pu mourir après-demain, dans trois jours ?

De telles pensées, Khady se reprochait encore maintenant de les avoir eues.

Après la mort de son mari, le propriétaire de la buvette l'avait mise à la porte pour installer un autre couple et Khady n'avait eu de meilleur recours que d'aller vivre dans la famille de son mari.

Ses propres parents l'avaient fait élever par sa grand-mère, morte depuis longtemps, et Khady avait perdu toute trace d'eux, après ne les avoir vus que de loin en loin lorsqu'elle était enfant.

Et bien qu'elle fût devenue une haute et fine jeune femme aux os délicats, à la chair pleine, au visage ovale et lisse, bien qu'elle eût vécu trois ans avec cet homme qui n'avait jamais eu pour elle que de bonnes paroles et qu'elle eût su également, dans la buvette, se faire respecter par une attitude inconsciemment altière, prudente, un peu froide, qui décourageait par avance les allusions moqueuses ou arrogantes à l'absence de progéniture, son enfance inquiète et délaissée, puis les vains efforts pour tomber enceinte qui, même s'ils l'avaient maintenue dans un état d'émotion intense, presque fanatique, avaient porté des coups peu sensibles mais fatals à sa précaire assurance en société, tout cela l'avait préparée à ne pas juger anormal d'être humiliée.

De sorte que, lorsqu'elle se retrouva dans une belle-famille qui ne pouvait lui pardonner de n'avoir aucun appui, aucune dot et qui la méprisait ouvertement et avec rage de n'avoir jamais conçu, elle accepta de devenir une pauvre chose, de s'effacer, de ne plus nourrir que de vagues pensées impersonnelles, des rêves inconsistants et blanchâtres à l'abri desquels elle vaquait d'un pas traînant, mécanique, indifférente à elle-même et, croyait-elle, ne souffrant guère.

Elle vivait avec les parents de son mari, deux de ses belles-sœurs et les jeunes enfants de l'une d'elles, dans les trois pièces d'une maison en mauvais état.

À l'arrière la maison s'ouvrait sur une cour de terre battue que se partageaient les habitants des maisons voisines.

Khady évitait de se montrer dans la cour car elle redoutait encore les paroles sarcastiques sur la nullité, l'absurdité de son existence de veuve sans biens ni enfants, et quand elle était obligée de s'y tenir pour éplucher les légumes ou préparer le poisson elle se rencognait si bien, ne laissant dépasser de sa mince silhouette accroupie dans son pagne, resserrée sur elle-même, que ses doigts rapides et, de son visage baissé, les hauts méplats de ses joues, qu'on cessait vite de lui prêter attention, qu'on l'oubliait, comme si ce bloc de silence et de désaffection ne valait plus l'effort d'une apostrophe, d'un quolibet.

Sans cesser de travailler elle glissait dans un état de stupeur mentale qui l'empêchait de comprendre ce qui se disait autour d'elle.

Elle se sentait alors presque bien.

Elle avait l'impression de dormir d'un sommeil blanc, léger, dépourvu de joie comme d'angoisse.

Tôt chaque matin elle quittait la maison en compagnie de ses deux belles-sœurs, toutes trois portant sur leur tête les bassines en plastique de tailles diverses qu'elles vendraient au marché.

Elles retrouvaient là leur emplacement habituel.

Khady s'accroupissait un peu à l'écart des deux autres qui feignaient, elles, de ne pas s'apercevoir de sa présence, et elle demeurait ainsi des heures durant, répondant par trois ou quatre doigts levés quand on s'enquérait du prix des bassines, immobile dans la bruyante animation du marché qui, en l'étourdissant vaguement, l'aidait à retrouver cette sensation de torpeur parcourue de songeries laiteuses, inoffensives, plaisantes, pareilles à de longs voiles agités par le vent sur lesquels apparaissaient de temps en temps le visage flou de son mari qui lui souriait d'un éternel et charitable sourire ou, moins souvent, celui de l'aïeule qui l'avait élevée et protégée et qui avait su reconnaître, bien qu'elle l'eût traitée avec rudesse, qu'elle était une petite fille particulièrement nantie de ses propres attributs et non une enfant parmi d'autres.

De telle sorte qu'elle avait toujours eu conscience d'être unique en tant que personne et, d'une certaine façon indémontrable mais non contestable, qu'on ne pouvait la remplacer, elle Khady Demba, exactement, quand bien même ses parents n'avaient pas voulu d'elle auprès d'eux et sa grand-mère ne l'avait recueillie que par obligation — quand bien même nul être sur terre n'avait besoin ni envie qu'elle fût là.

Elle avait été satisfaite d'être Khady, il n'y avait eu nul interstice dubitatif entre elle et l'implacable réalité du personnage de Khady Demba.

Il lui était même arrivé de se sentir fière d'être Khady car, avait-elle songé souvent avec éblouissement, les enfants dont la vie semblait joyeuse, qui mangeaient chaque jour leur bonne part de poulet ou de poisson et qui portaient à l'école des vêtements sans taches ni déchirures, ces enfants-là n'étaient pas plus humains que Khady Demba qui n'avait pourtant, elle, qu'une infime portion de bonne vie.

À présent encore c'était quelque chose dont elle ne doutait pas — qu'elle était indivisible et précieuse, et qu'elle ne pouvait être qu'elle-même.

Elle se sentait seulement fatiguée d'exister et lasse

des vexations, même si ces dernières ne lui causaient pas de réelle douleur.

Les deux sœurs de son mari ne lui adressaient pas la parole de tout le temps qu'elles passaient ensemble devant leur étal.

Sur le chemin du retour elles vibraient de l'excitation propre au marché, comme si toute la fébrilité et l'ardent brouhaha de la foule leur étaient entrés dans le corps et qu'elles devaient s'en soulager avant de rentrer, et elles ne cessaient d'asticoter Khady, de la bousculer ou de la pincer, agacées et émoustillées par la rigidité de sa chair insensible, la froideur renfrognée de son expression, sachant ou devinant qu'elle oblitérait toute faculté d'entendement dès lors qu'on la tourmentait, sachant ou devinant que les piques les plus acerbes se transformaient dans son esprit en voiles rougeâtres qui venaient partiellement mais fugacement embrouiller les autres, ses rêveries blêmes, bienfaitrices — le sachant, le devinant et s'en irritant sourdement.

Khady faisait parfois brusquement un pas de côté, ou bien elle se mettait à marcher avec une lenteur décourageante et les deux sœurs finissaient par se désintéresser d'elle.

— Qu'est-ce que tu as, la muette ? cria une fois l'une d'elles en se retournant et constatant l'écart qui grandissait entre leurs silhouettes et celle de Khady.

Et ce fut, là, un mot que Khady n'eut pas le temps d'empêcher son esprit de comprendre et ce mot la surprit en lui dévoilant ce qu'elle savait sans s'en rendre compte — qu'elle n'avait pas ouvert la bouche depuis très longtemps.

267

La rumeur qui ornait ses songes, vaguement com-
posée de la voix de son mari, de la sienne, de quelques
autres encore, anonymes, issues du passé, lui avait
donné l'illusion qu'elle parlait de temps en temps.

Une brève mais vive frayeur s'empara d'elle.

Si elle oubliait comment se forment les mots et la
façon dont on les sort de soi, sur quel avenir, même
pénible, pourrait-elle compter?

L'engourdissement et l'indifférence la reprirent.

Cependant elle n'essaya pas de prononcer quoi
que ce fût, par peur de n'y pas réussir ou qu'un son
inquiétant, étranger, parvînt à son oreille.

Quand ses beaux-parents, assistés de leurs deux
filles qui, cette fois, se contentaient d'écouter en
silence, annoncèrent à Khady qu'elle allait partir, ils
n'attendaient d'elle aucune réponse puisque ce n'était
pas une question qu'ils lui posaient mais un ordre
qu'ils lui donnaient, et bien que l'inquiétude vînt de
nouveau troubler son apathie, Khady ne parla pas, ne
demanda rien, croyant peut-être se garder ainsi du risque que les intentions qu'on avait à son propos ne se
précisent, que son départ ne devînt réel, comme si, se
dirait-elle plus tard, les parents de son mari avaient eu
le moindre besoin que ses mots répondent aux leurs
pour les confirmer dans le bien-fondé ou la réalité de
ce qu'ils disaient.

De cela, ils n'avaient aucunement besoin.

Khady savait qu'elle n'existait pas pour eux.

Parce que leur fils unique l'avait épousée en dépit
de leurs objections, parce qu'elle n'avait pas enfanté
et qu'elle ne jouissait d'aucune protection, ils l'avaient
tacitement, naturellement, sans haine ni arrière-pen-

sée, écartée de la communauté humaine, et leurs yeux durs, étrécis, leurs yeux de vieilles gens qui se posaient sur elle ne distinguaient pas entre cette forme nommée Khady et celles, innombrables, des bêtes et des choses qui se trouvent aussi habiter le monde.

Khady savait qu'ils avaient tort mais qu'elle n'avait aucun moyen de le leur montrer, autre que d'être là dans l'évidence de sa ressemblance avec eux, et sachant que cela n'était pas suffisant elle avait cessé de se soucier de leur prouver son humanité.

Elle écouta donc sans rien dire, détaillant alternativement les jupes imprimées de ses deux belles-sœurs assises sur le vieux canapé de part et d'autre de leurs parents et dont les mains reposaient entre les cuisses paumes en l'air, empreintes d'une ingénuité, d'une fragilité qui n'étaient pas dans le caractère de ces femmes mais qui dénonçaient soudain pour Khady celles de leur mort, qui anticipaient et dévoilaient la vulnérabilité innocente de leur figure lorsqu'elles seraient mortes, et ces mains sans défense ressemblaient tant à celles de son mari, le frère de ces deux femmes, quand la vie d'un coup l'avait quitté, que Khady en eut la gorge serrée.

La voix de sa belle-mère continuait de dérouler, sèche, menaçante, monocorde, ce qui devait être, pensait Khady de loin, de déplaisantes recommandations, mais elle ne faisait plus l'effort de comprendre.

À peine avait-elle entendu le nom de Fanta, une cousine qui avait épousé un Blanc et qui vivait maintenant en France.

Elle ouvrait de nouveau son esprit aux pâles chimères qui lui tenaient lieu de pensées depuis qu'elle habitait chez ces gens, oubliant, incapable même de se rappeler qu'elle l'avait éprouvée, la peur violente qui l'avait traversée quelques minutes plus tôt à l'idée qu'il lui faudrait s'en aller, non qu'elle eût le moindre désir de rester (elle ne désirait rien) mais parce qu'elle avait senti que ces rêveries ne survivraient pas à un tel changement de sa situation, qu'elle aurait à réfléchir, à entreprendre, à décider ne serait-ce que de la direction où porter ses pas et que, dans l'état de langueur qui était le sien, rien n'était plus terrifiant que cette perspective.

Les serpents se mordant la queue, gris sur fond jaune, et les gais visages féminins, bruns sur fond rouge, surmontant l'inscription «Année de la Femme Africaine», qui ornaient les tissus dont ses belles-sœurs s'étaient fait des jupes, serpents et visages multipliés par dizaines, monstrueusement écrasés là où le tissu plissait, dansaient une ronde mauvaise dans son esprit, supplantant la bonne et nébuleuse figure de son mari.

Il lui sembla que les deux sœurs, qu'elle évitait habituellement de regarder, la fixaient d'un air moqueur.

L'une d'elles rajusta sa jupe sur ses cuisses sans quitter Khady des yeux, et ses mains qui lissaient le tissu avec insistance parurent à Khady aussi dangereuses, provocantes, indéchiffrables qu'elles les avaient trouvées auparavant, lorsqu'elles reposaient oisives et retournées, désarmées, ingénues.

Profond fut son soulagement quand sa belle-mère, balayant l'air de ses doigts, lui signifia qu'elle en avait fini et que Khady pouvait quitter la pièce.

Elle n'avait aucune idée de ce qui venait de lui être dit au sujet des conditions de son départ — quand s'en irait-elle, vers quelle destination, dans quel but, par quel moyen ? — et comme, les jours qui suivirent, nul ne lui parla de nouveau, qu'elle se rendit au marché comme d'habitude et qu'on ne prêta aucune attention à sa personne, l'inquiétante possibilité d'un bouleversement de son existence se mêla dans son souvenir aux serpents et aux visages imprimés, en emprunta le caractère fantasmagorique et absurde, sombra dans l'oubli où disparaissent les rêves ineptes.

Un soir, la belle-mère lui donna une bourrade dans les reins.

— Prépare tes affaires, dit-elle.

Puis, comme par crainte que Khady n'emportât ce qui ne lui appartenait pas, elle déploya elle-même sur le sol de la chambre commune l'un des pagnes de Khady, posa dessus l'autre pagne que celle-ci possédait et un vieux tee-shirt bleu délavé et un morceau de pain emballé dans une feuille de journal.

Elle referma soigneusement le pagne, en noua les quatre bouts ensemble.

Elle tira ensuite de son soutien-gorge, lentement, dans une solennité pleine de regret et de dépit, un rouleau de billets qu'elle glissa (sachant que Khady n'avait pas de soutien-gorge ?) dans le haut de la culotte de Khady, passant brutalement ses doigts dans la ceinture du pagne et coinçant les billets entre la peau, qu'elle griffa de ses ongles jaunes, et l'élastique de la culotte.

Elle ajouta un bout de papier plié en quatre qui renfermait, dit-elle, l'adresse de la cousine.

— Quand tu seras là-bas, chez Fanta, tu nous enverras de l'argent. Fanta, elle doit être riche maintenant, elle est professeur.

Khady se coucha sur le matelas qu'elle partageait avec les enfants de sa belle-sœur.

Son effroi était si grand qu'elle en avait des nausées.

Elle ferma les yeux et tenta d'appeler à elle les songes crayeux et ondoyants qui la gardaient de l'intolérable contact avec la réalité dont elle-même faisait partie avec son cœur affligé, anxieux, empli de remords et de doute, elle tenta désespérément de se détacher de sa propre personne peureuse et faible mais les rêveries ce soir-là n'étaient pas de taille à lutter contre les intrusions de l'existence et Khady demeura avec son épouvante dans un tête-à-tête dont nul travail d'indifférence ne put la libérer.

La belle-mère vint la chercher dès l'aurore, lui intima muettement de se lever.

Khady enjamba les corps de ses belles-sœurs étendues sur un second matelas, et bien qu'elle ne souhaitât pas entendre leurs voix railleuses et dures ni voir briller dans l'aube grisâtre leurs yeux sans pitié, que les deux femmes fissent semblant de dormir à l'instant où elle s'en allait vers l'inconnu lui apparut comme un message fatal.

Était-ce parce qu'elles étaient certaines de ne jamais revoir Khady qu'elles préféraient s'éviter la peine de la saluer, de lui lancer un coup d'œil, de lever la main vers elle et de tourner de son côté une paume angélique et brave ?

Sans doute, c'était cela — Khady marchant vers sa

mort, elles préféraient dès maintenant ne plus avoir affaire avec elle, mues par l'appréhension bien compréhensible de se trouver unies si peu que ce fût à son sort funeste.

Khady étouffa un gémissement.

Dans la rue un homme attendait.

Il était vêtu à l'occidentale, d'un jean et d'une chemisette à carreaux, et portait des lunettes de soleil miroitantes bien que le jour vînt à peine de se lever, de sorte que lorsque Khady parut devant lui, poussée par la belle-mère d'une main impatiente, agacée, nerveuse, elle ne put déchiffrer s'il la regardait, elle, menue et tourmentée, son ballot serré sur sa poitrine ainsi qu'elle pouvait se voir dans les deux miroirs de ses verres.

Elle remarqua sa façon de se mordiller la lèvre inférieure, si bien que le bas de son visage, comme la mâchoire d'un rongeur, était toujours en mouvement.

La belle-mère lui tendit rapidement quelques billets de banque.

Il les fourra dans sa poche sans même les regarder.

— Tu ne dois pas revenir ici, marmonna-t-elle près de l'oreille de Khady. Tu dois nous envoyer de l'argent dès que tu seras là-bas. Si tu n'y arrives pas, tu ne dois pas revenir.

Khady esquissa le geste de s'accrocher au bras de la vieille femme mais celle-ci fila prestement à l'intérieur de la maison et referma la porte derrière elle.

— Viens, c'est par là, dit l'homme d'une voix neutre, basse.

Il se mit à descendre la rue sans prendre la peine de s'assurer que Khady le suivait bien, comme si, se dit-elle en lui emboîtant le pas, malhabile et trébuchante dans ses tongs de plastique rose tandis qu'il semblait rebondir sur les semelles épaisses et légères de ses chaussures de sport, il ne pouvait douter une seconde de l'intérêt qu'elle avait à l'accompagner, ou comme si, ayant été payé une fois pour toutes, il se moquait de savoir ce qu'elle décidait de faire.

Cette nonchalance vis-à-vis d'elle rassura un peu Khady.

Aussitôt ses pensées prirent congé de la réflexion et, tout en s'attachant à ne pas se laisser distancer et à ne pas perdre en route l'une de ses tongs, elle sentit que son esprit se laissait envahir par la brume familière non plus traversée pourtant des visages morts du mari ou de l'aïeule mais des images qu'attrapaient ses yeux au cours du trajet, dans les rues où l'entraînait cet homme et où elle n'avait pas souvenir d'être jamais allée, encore que, se dit-elle soudain, elle avait pu les parcourir dans son état habituel d'hébétude, de prostration mentale, et ne pas se le rappeler — tandis qu'il lui semblait que, ce matin, les plus modestes scènes qui s'égrenaient au long du chemin insistaient délicatement pour se fixer en transparence derrière l'écran de ses songes.

S'agissait-il qu'elle fût malgré elle protégée, arrachée à la somnolence dangereuse maintenant qu'elle se trouvait livrée à l'inconnu ?

Plus encore la surprit l'espèce de douleur, de pincement qu'elle éprouva en passant devant une femme enceinte qui, assise au pied d'un manguier, donnait à manger d'une bouillie de riz à un petit enfant.

Cette grande désolation de n'avoir pas de bébé, cette peine immense et amère, hors tout réflexe de honte vis-à-vis de l'entourage, elle ne l'avait pas ressentie depuis bien longtemps, depuis que, hébergée par sa belle-famille, tout s'était figé et glacé en elle.

Et voilà qu'elle regardait cette femme au lieu de laisser simplement ses yeux passer sur elle, qu'elle regardait son ventre gonflé et les lèvres barbouillées du petit garçon, et voilà qu'elle pensait avec tristesse : Je n'aurai donc pas d'enfant, moi, Khady ? cependant moins triste encore qu'étonnée de se trouver triste, d'identifier ce sentiment qui remuait de façon trouble et presque douce une partie d'elle-même qui s'était accoutumée à n'être plus que léthargique ou terrifiée.

Elle hâta le pas car l'homme devant elle marchait vite.

Une jeune femme qui aurait pu être elle, Khady, dans sa vie d'autrefois, sortait sur le trottoir et retirait le panneau de bois qui fermait l'unique fenêtre de sa buvette, et en voyant ce corps long et fin, aussi étroit aux hanches qu'aux épaules et la taille à peine marquée mais aussi dense et vigoureux dans sa minceur que le corps d'un serpent, elle reconnut une silhouette du même genre que la sienne et elle prit conscience du travail de ses muscles qui la faisaient aller d'un si bon pas, de leur vigueur, de leur <u>indéfectible</u> présence qu'elle avait oubliée, de tout son jeune corps solide auquel elle ne prêtait plus la moindre attention et dont elle se ressouvenait, qu'elle retrouvait dans l'allure de cette inconnue qui, maintenant, alignait sur le comptoir extérieur de la buvette les bouteilles de soda qu'elle proposait à la vente et qui, avec son air concentré, paisible, réservé, aurait pu être elle, Khady, dans sa vie d'autrefois.

L'homme lui faisait maintenant longer l'avenue de l'Indépendance.

Des écoliers en short bleu et chemisette blanche avançaient lentement sur le trottoir, tenant entre leurs doigts un morceau de baguette dans lequel ils mordaient de temps à autre, laissant tomber une pluie de miettes.

Presque sur leurs talons des corbeaux les suivaient.

Khady se pressa, rattrapa son guide et se mit à trottiner pour rester à sa hauteur, faisant claquer si fort ses tongs sur le bitume que les corbeaux, méfiants, s'envolèrent.

— On est presque arrivés, dit l'homme de sa voix neutre, moins pour rassurer ou encourager Khady que pour anticiper une éventuelle question.

Elle se demanda alors s'il était gêné qu'on la vît marcher à ses côtés, cette femme au pagne défraîchi, aux cheveux sans ornement, coupés court, aux pieds blancs de poussière, près de lui qui prenait, avec sa chemisette bien ajustée, ses lunettes, ses chaussures de sport vertes, un soin évident de son aspect et de l'opinion que celui-ci donnait, le concernant, à tous ceux qui posaient les yeux sur lui.

Il traversa l'avenue, obliqua sur le boulevard de la République en direction de la mer.

Dans le ciel d'un bleu clair et doux Khady voyait

voler choucas et mouettes, consciente de les voir voler et surprise, presque apeurée de cette conscience, se disant, non pas nettement, encore confusément et mollement, sa pensée encore ~~entravée~~ *embuée* par les brumes de ses rêveries, se disant : Il y a longtemps que je n'étais pas allée par là — vers le bord de mer où sa grand-mère l'envoyait, enfant, acheter du poisson aux pêcheurs tout juste débarqués.

Et elle ressentit alors si pleinement le fait indiscutable que la maigre fillette farouche et valeureuse qui discutait ~~aprement~~ *rouge* le prix du mulet, et la femme qu'elle était maintenant, qui suivait un étranger vers un rivage semblable, constituaient une seule et même personne au destin cohérent et unique, qu'elle en fut émue, satisfaite, comblée, et que ses yeux la picotèrent, et qu'elle en oublia l'incertitude de sa situation ou plutôt que cette précarité cessa de lui paraître aussi grave rapportée à l'éclat exaltant d'une telle vérité.

Elle sentit sur ses lèvres l'ombre, le souvenir d'un sourire.

Hello, Khady, se dit-elle.

Elle se rappelait combien, petite fille, elle avait apprécié sa propre compagnie et que, lorsqu'elle souffrait d'isolement, ce n'était jamais seule avec elle-même mais au milieu d'autres enfants ou dans les nombreuses familles chez lesquelles elle avait travaillé comme domestique.

Elle se rappelait aussi que son mari, avec son caractère bon et taciturne, placide et légèrement en retrait du monde, lui avait donné l'impression rassurante qu'elle n'avait rien à sacrifier de sa solitude, qu'il ne

lui demandait rien de tel et n'imaginait pas davantage
qu'elle pût chercher à le tirer hors de lui.

Et pour la première fois peut-être depuis quelques
années qu'il était mort, alors qu'elle courait à demi
sur le boulevard, haletante, les orteils recroquevillés
au bout de ses tongs pour les garder aux pieds, alors
qu'elle sentait sur son front la chaleur encore clé-
mente du ciel bleu, qu'elle entendait crier les choucas
dans leur colère d'éternels affamés et qu'elle distinguait en bordure de son champ de vision les points
sombres, innombrables, de leurs rondes saccadées,
pour la première fois depuis si longtemps qu'il était
mort son mari lui manqua, lui, cet homme-là précisément pour ce qu'il avait été.

Elle en eut la poitrine oppressée.

Car c'était pour elle un sentiment si nouveau.

Très éloignée de la vertigineuse et rancuneuse
désillusion où l'avaient jetée la certitude, à cause de
cette mort inattendue, qu'elle n'aurait pas d'enfant
de sitôt et l'amère évidence qu'elle y avait travaillé
pour rien, très loin aussi du regret non moins amer
d'avoir perdu une existence qui lui avait convenu
en tout point, cette douleur de l'absence la prenait
au dépourvu et l'embarrassait, et de sa main libre,
l'autre soutenant son baluchon, elle se donna de petits
coups entre les seins, comme pour se faire accroire
qu'elle souffrait d'une gêne physique.

Mais, oh, c'était bien cela : elle aurait voulu que
son mari fût là, près d'elle, ou simplement quelque
part dans le vaste pays dont elle ne connaissait, elle,
que cette ville, et qu'une partie encore de cette ville,
et dont elle se représentait mal les limites, l'étendue,

la forme, enfin qu'elle pût se rappeler la calme figure lisse et sombre de son mari et savoir que cette figure était inaltérée, chaude, animée et qu'elle ondoyait lourde fleur au bout de sa tige quelque part sur cette terre en même temps que la sienne, sa figure à elle, Khady, qu'elle tendait à présent machinalement vers celle de l'étranger («C'est là qu'on va la prendre, la voiture, elle va arriver»), cette face inconnue et dédaigneuse, secouée de tics inquiétants, dont Khady devait bien reconnaître pourtant la présence vivante près de la sienne, dont elle pouvait sentir la chaleur près de sa propre joue et la légère odeur de sueur, tandis que, ce à quoi pouvait ressembler maintenant le visage de son mari, elle ne voulait pas l'imaginer, elle ne pouvait pas se le représenter.

Ce visage aimé, elle aurait accepté de ne plus jamais le revoir, si elle avait su qu'il était, même loin d'elle, intact, chaud, moite de sueur.

Mais que, à jamais, il n'existât plus que dans la mémoire d'une poignée de personnes, voilà ce qui, soudainement, l'accablait de chagrin et de pitié pour son mari, et bien qu'elle eût mal et se donnât encore des tapes sur la poitrine elle ne pouvait s'empêcher de se sentir chanceuse.

L'homme s'était arrêté au bas du boulevard, près d'un petit groupe de personnes chargées de paquets.

Khady avait posé son baluchon et s'était assise dessus.

Ses muscles se relâchaient, ses orteils s'ouvraient sur la mince semelle de plastique.

Elle avait remonté un peu son pagne, presque jusqu'aux genoux, afin de laisser le soleil frapper la peau sèche, poussiéreuse, craquelée, de ses tibias, de ses mollets.

Peu lui importait qu'elle ne comptât, elle, pour personne, que nul ne pensât jamais à elle.

Elle était tranquille et vivante et jeune encore, elle était elle-même et son corps en pleine santé savourait de toutes ses fibres l'indulgente chaleur du petit matin et ses narines mobiles humaient avec gratitude les odeurs douceâtres venues de la mer qu'elle ne pouvait apercevoir mais dont elle entendait la rumeur juste au bas du boulevard, dont elle distinguait comme un déferlement de luminosité glauque dans le jour matinal, comme un reflet de bronze sur le bleu tendre du ciel.

Elle ferma à demi les yeux, ne laissant à son regard qu'une fente par laquelle elle pouvait voir aller et venir d'un pas nerveux l'homme chargé de la conduire.

Vers quelle destination?

Elle n'oserait jamais le lui demander, elle ne voulait d'ailleurs pas le savoir, pas encore, car que ferait, songeait-elle, son pauvre cerveau d'une telle information, lui qui connaissait si peu du monde, qui ne connaissait qu'une toute petite quantité de noms, et ces noms concernaient les choses dont on se sert chaque jour et nullement ce qu'on ne peut ni voir ni utiliser ni comprendre.

Lorsque des souvenirs de l'école où sa grand-mère l'avait envoyée quelque temps s'insinuaient dans ses songes, ce n'était que bruit, moqueries, bagarres et confusion et quelques vagues images d'une fille osseuse, méfiante, prompte à griffer pour se défendre et qui, recroquevillée sur le sol carrelé parce qu'il n'y avait pas assez de chaises, entendait sans pouvoir les séparer les uns des autres les mots rapides, secs, impatients, contrariés d'une institutrice qui, par chance, ne lui accordait pas la moindre attention, dont le regard perpétuellement outragé ou à l'affût de l'outrage effleurait la fille sans la voir, et si la fille préférait qu'on la laissât en paix elle n'avait pour autant pas la moindre peur de cette femme ni des autres enfants, si elle acceptait les humiliations elle n'avait pour autant peur de personne.

Khady sourit intérieurement.

La fille minuscule et teigneuse, c'était elle.

Elle toucha machinalement son oreille droite, sourit de nouveau en sentant sous ses doigts les deux morceaux disjoints du lobe : un enfant s'était jeté sur elle pendant la classe et lui avait arraché sa boucle d'oreille.

Oh non, elle n'avait jamais rien compris ni rien appris à l'école.

La litanie de mots indiscernables proférés d'une voix sans timbre par la femme au visage brutal, ennuyé, elle la laissait flotter au-dessus d'elle, n'ayant aucune idée de l'ordre de choses auquel ces mots se rattachaient, sachant bien qu'il s'agissait d'une langue, le français, qu'elle était en mesure de parler un peu et d'entendre mais incapable de la reconnaître dans ce débit pressé, coléreux, gardant toujours par ailleurs une partie de son esprit aux aguets, tournée vers le groupe des autres enfants d'où pouvait à tout instant provenir une attaque sournoise, coup de pied ou claque quand l'institutrice se tournait vers le tableau.

Voilà pourquoi, aujourd'hui, elle ne savait de l'existence que ce qu'elle en avait vécu.

Aussi préférait-elle que l'homme qu'on lui avait imposé comme guide ou compagnon ou gardien n'infligeât pas à son esprit le vain tourment d'un nom fatalement inconnu de lui (l'esprit ignorant de Khady), si elle lui demandait où ils allaient ainsi tous les deux, puisque, accueillant ce nom obscur, voire bizarre et impossible à mémoriser, elle ne pourrait cependant ignorer que son propre sort y était lié.

Ce n'était pas que de son sort elle se préoccupât outre mesure, non, mais à quoi bon altérer cette toute neuve et bienfaisante sensation de plaisir dans l'atmosphère tiède (légère odeur de fermentation ou de saine pourriture montant du trottoir, ses pieds reposés, bienheureux, tout son corps concentré et délassé dans l'état d'immobilité complète qu'il savait atteindre), pourquoi risquer de l'altérer inutilement ?

Les gens attendaient comme elle-même le faisait, assis sur de gros sacs de plastique écossais ou sur des boîtes en carton nouées de ficelles serrées, et bien que Khady regardât droit devant elle par la fente de ses paupières mi-closes, elle pouvait deviner à l'absence de vibrations, à certaine qualité stagnante de l'air autour d'elle, que l'homme, berger ou geôlier, protecteur ou secret artisan de maléfices, était seul à s'agiter, arpentant fébrile le bitume sableux et défoncé, et dansotant, rebondissant involontairement dans ses chaussures de sport vertes exactement, songeait Khady, comme sautillaient non loin les corbeaux noir et blanc, noirs au cou largement bordé de blanc, desquels il était peut-être, peut-être, le frère finement changé en homme le temps d'emporter Khady.

Un frisson d'angoisse troubla son impassibilité.

Plus tard, quand la chaleur était devenue telle que Khady s'était enveloppé la tête et le torse du pagne rangé la veille dans son paquet et que le petit groupe d'individus s'était transformé en une foule tumultueuse, l'homme la saisit par le bras, la dressa sur ses pieds et la poussa à l'arrière d'une voiture déjà occupée par plusieurs personnes, dans laquelle il se jeta à son tour en protestant bruyamment, avec indignation et mépris, et il sembla à Khady qu'il était furieux de trouver autant de monde dans la voiture et qu'on lui avait pourtant assuré qu'il n'en serait pas ainsi et qu'il avait même payé pour cela.

Elle cessa de l'écouter, mal à l'aise, sentant déjà contre son flanc la chaleur rageuse de cet homme, les tressaillements de ses muscles inquiets, exaspérés.

Cachait-il derrière ses verres miroirs les petits yeux ronds, durs et fixes des corbeaux, cachait-il sous sa chemisette à carreaux bizarrement fermée au cou cette zone de plumes blanchâtres qu'ils avaient tous sur le devant ?

Elle lui lança un regard de côté tandis que la voiture démarrait, quittait lourdement, péniblement, la place maintenant encombrée de minibus et d'autres grosses et pesantes voitures pareilles à la leur dans lesquelles montaient ou essayaient de monter de nombreuses personnes dont les propos et parfois les appels, les exclamations se mêlaient aux cris batailleurs des corbeaux noir et blanc volant bas au-dessus de la chaussée, elle regarda la bouche de l'homme qui ne cessait de se contracter et les frémissements fiévreux de son cou et elle pensa alors que les corbeaux ouvraient et fermaient semblablement, sans trêve, leur bec noir, qu'une même pulsation saccadée agitait leur gorge noir et blanc, noir ourlé de blanc, comme si la vie fragile devait signaler, prévenir de sa délicatesse, de sa vulnérabilité.

Pour rien au monde elle ne lui aurait demandé quoi que ce fût.

Car elle redoutait maintenant, non plus qu'il lui jetât à la figure un mot qui ne se rapporterait à rien du peu qu'elle connaissait mais que, au contraire, il évoquât ses frères corbeaux et le lieu ténébreux et lointain où il rentrait peut-être en l'emmenant avec lui, elle, Khady qui ne gagnait pas dans la famille de son mari ce qu'elle coûtait en nourriture et dont on se débarrassait par ce moyen, mais, oh, les billets coincés dans l'élastique de sa culotte serviraient-ils à payer son passage vers ce lieu certainement funeste, terrible ?

Son esprit s'affolait, revenant à la confusion évanescente dans laquelle il avait baigné mais sans la douceur et la lenteur qui l'avaient protégé.

Que devait-elle penser, que pouvait-elle comprendre ?

Comment interpréter les indices de la malchance ?

Elle se rappela très indistinctement une histoire de serpent racontée par sa grand-mère, une bête violente et invisible qui avait tenté plusieurs fois d'enlever la grand-mère de Khady et qu'un voisin avait réussi à tuer bien qu'on ne pût la voir, mais elle ne se souvenait de rien concernant les corbeaux et c'était ce qui l'effrayait.

Aurait-elle dû se souvenir de quelque chose ?

L'avait-on déjà, autrefois, mise en garde ?

Elle tenta de s'écarter un peu de son compagnon en se serrant contre les deux vieilles femmes assises à sa gauche mais la plus proche lui donna un coup de coude significatif, sans même tourner la tête.

Khady essaya alors de réduire le volume de son corps en pressant fortement contre elle son baluchon.

Elle fixa des yeux la nuque rasée et plissée du chauffeur et s'efforça de ne plus songer à rien, s'autorisant juste à noter qu'elle avait faim et soif à présent et pensant avec désir au morceau de pain que sa belle-mère lui avait emballé et dont elle sentait contre sa poitrine les bords durs, et sa tête allait et venait de droite et de gauche, rudement ballottée au rythme des cahots de la voiture qui s'engageait maintenant sur une route large, creusée d'ornières, dont Khady pouvait apercevoir entre la tête du chauffeur et celle du passager de l'avant, à travers le pare-brise fêlé, le déroulement rapide, berçant malgré les secousses, et cette route était bordée de maisons de parpaings au toit de tôle devant lesquelles becquetaient de petites poules blanches et jouaient des enfants alertes, maison et enfants tels que Khady avait autrefois rêvé d'en avoir avec son mari au visage doux, tôle brillante, blocs de ciment bien montés, cour propre et nette et enfants aux yeux vifs, à la peau saine, qui seraient les siens et s'ébattraient sans peur au ras de la route bien qu'il semblât à Khady que le capot de la voiture

allait les avaler comme il engloutissait la route creusée d'ornières, rapide et large, et quelque chose en
elle voulait crier pour avertir du danger et supplier le
chauffeur de ne pas dévorer ses enfants qui avaient
tous le doux visage de son mari mais à l'instant où
les mots allaient sortir de sa bouche elle les retenait,
horriblement honteuse et déconcertée car elle prenait
conscience que ses enfants n'étaient que des corbeaux
au plumage hirsute qui picoraient devant les maisons
et parfois hargneusement s'envolaient au passage des
voitures, noir et blanc et belliqueux, vers la branche
basse d'un fromager, et que dirait-on si elle s'avisait
de vouloir protéger ses enfants-corbeaux, elle qui,
par chance, avait encore la figure et le nom de Khady
Demba et garderait son visage humain tant qu'elle
serait dans cette voiture, tant qu'elle continuerait de
fixer la nuque rase et grasse du chauffeur et se tiendrait ainsi hors de l'emprise de cet homme, de cet
oiseau féroce au pied léger, que dirait-on de Khady
Demba, Khady Demba.

Elle sursauta violemment au contact de la main de
l'homme sur son épaule.

Déjà sorti de la voiture, il la tirait vers lui pour la
faire descendre tandis que les femmes la poussaient
sans ménagement.

L'une d'elles grondait que leur portière était
bloquée.

Khady mit pied à terre, encore endormie, maladroite, quittant la suffocante chaleur de la voiture
pour la touffeur humide d'un lieu qui, s'il ne lui rappelait rien de précis, ressemblait assez au quartier
dans lequel elle avait vécu, rues sableuses, murs roses

286

ou bleu clair ou de ciment brut, pour que s'éloignât d'elle la peur d'avoir été emmenée dans l'antre aux corbeaux.

D'un geste impatient l'homme lui fit signe de le suivre.

Khady regarda vivement autour d'elle.

Des échoppes encadraient la petite place où la voiture s'était garée au milieu d'autres du même genre, longues, cabossées, et une foule d'hommes et de femmes circulaient entre les voitures en discutant les prix du trajet.

Khady avisa dans un coin les deux lettres WC peintes sur un mur.

Elle les montra à l'homme qui s'était retourné pour vérifier qu'elle était bien là, puis elle fila se soulager.

Quand elle sortit des latrines, il avait disparu.

Elle s'arrêta à l'endroit précis où il s'était tenu quelques minutes auparavant.

Elle dénoua son paquet avec précaution, arracha un morceau de pain, entreprit de le manger à toutes petites bouchées.

Elle laissait se dissoudre chaque bout longuement sur sa langue afin d'en extraire tout le goût, saveur à la fois plate et un peu piquante car le pain était vieux, et elle trouvait qu'il était bon de manger et, dans le même temps, ses yeux allaient et venaient d'un coin à l'autre de la place afin de tâcher d'apercevoir celui dont dépendait son sort.

Car, à présent que les corbeaux ne se montraient plus (seuls voletaient ici et là pigeons et moineaux gris), elle redoutait bien moins une éventuelle parenté de l'homme avec eux que de rester ici abandonnée, elle, Khady Demba qui ignorait où elle se trouvait et ne voulait pas le demander.

Le ciel était terne, couvert.

À l'éclat voilé de la lumière, à la position basse déjà du halo rosâtre derrière le gris pâle du ciel, Khady devinait non sans surprise que la journée tirait à sa fin, qu'ils avaient donc roulé plusieurs heures.

Tout d'un coup, l'homme fut devant elle de nouveau.

Il lui tendit brusquement une bouteille de soda à l'orange.

«Allez, viens, viens», souffla-t-il de sa voix agacée, pressante, et Khady se remit à trottiner derrière lui en raclant ses tongs dans la poussière, buvant le soda à grandes lampées, enregistrant brièvement, dans un état d'effroi concentré, lucide, les lointaines odeurs de putréfaction maritime, les façades croulantes et telles qu'elle n'en avait jamais vu d'énormes maisons aux balcons effondrés, ornées de colonnettes décrépites qui lui semblaient prendre dans le jour finissant, dans le crépuscule violet l'aspect de très vieux os soutenant quelque grand corps animal ravagé, puis la légère puanteur de poisson pourrissant se fit plus forte à l'instant où l'homme obliqua vers l'un de ces monstres à demi tombés, poussa une porte et fit entrer Khady dans une cour où elle ne vit rien d'abord qu'un amas de sacs et de ballots à peine plus sombre que le jour finissant, que le crépuscule violet.

Ensuite elle distingua émergeant de l'amoncellement de bagages les visages gommés par le soir, sans âge ni traits, de femmes, d'hommes, d'enfants assis dans un silence que perçaient seulement de temps en temps une toux, un soupir.

L'homme lui chuchota de s'asseoir mais Khady resta debout au plus près de la porte qu'ils venaient de franchir, non qu'elle voulût résister à ce qu'il lui commandait, plutôt parce que, dans l'effort terrible qu'elle faisait pour contraindre son esprit indompté, volatil, craintif, à noter puis tâcher d'interpréter, avec les maigres moyens qui étaient les siens, avec les références réduites dont il disposait, ce que captaient ses yeux, dans ce terrible effort de sa volonté et de son intelligence son corps s'était figé, ses jambes raidies, ses genoux transformés en deux boules contractées aussi dures et inflexibles que les nœuds d'un bâton.

Il y avait entre elle et ces gens un rapport simple, puisqu'elle se trouvait en même temps qu'eux dans cette cour.

Mais quels étaient la nature et le motif de ce rapport, et cette situation était-elle bonne pour eux comme pour elle, et comment repérerait-elle une mauvaise situation, et pouvait-elle disposer de sa personne librement ?

Qu'elle fût capable de formuler intérieurement de telles questions l'étonnait et la troublait.

Son esprit travaillait, cherchait, souffrait d'être ainsi soumis à la réflexion mais la progression de ce labeur en elle la fascinait et ne lui déplaisait pas.

L'homme n'insista pas pour la faire asseoir.

Elle pouvait sentir l'odeur ferrugineuse de sa sueur,

sentir aussi les vibrations presque électriques de son excitation inquiète.

Pour la première fois il releva sur son front ses lunettes de soleil.

Dans la pénombre ses yeux très noirs semblaient très ronds et luisants.

L'ancienne crainte reprit Khady, que l'homme eût à voir avec les corbeaux.

Elle jeta un coup d'œil au groupe indistinct de paquets et d'êtres assis ou allongés d'entre lesquels elle eût été à peine surprise de voir s'élever des ailes repérables dans la nuit à leur frange blanche ou d'entendre battre contre les flancs invisibles ces ailes frangées de blanc, mais sentant alors que dans cette peur même se manigançait une dérobade, une tentative de fuite de son esprit vers les contrées blafardes et rêveuses et solitaires quittées depuis peu, depuis ce matin-là seulement, et se forçant à repousser son appréhension et à ne s'occuper que de cette réalité immédiate, de cette menace imminente qu'elle entrevoyait par éclats dans le regard brillant de l'homme, dans le sifflement vorace de sa voix qui demandait, qui exigeait de l'argent.

— Paye-moi maintenant, tu dois me payer !

Et qu'il attribuât l'immobilité, l'absence de réaction de Khady à un refus de lui donner ce qu'il voulait, elle en fut soudain précisément consciente — elle laissa mollir ses genoux, s'infléchir son visage et légèrement s'ouvrir sa bouche en une sorte de sourire conciliant qu'il ne pouvait cependant sans doute pas discerner.

Elle s'entendit, comme de très loin, croasser — et

n'était-ce pas un peu la voix de cet homme qu'elle imitait ?

— Payer, pourquoi je dois te payer ?

— Eh, c'était convenu, je t'ai amenée jusqu'ici !

Brusquement elle lui tourna le dos, glissa la main le long de son ventre, tâtonna puis extirpa cinq billets chauds et moites, si usés et si doux qu'on aurait dit des morceaux de tissu.

Elle pivota et fourra les billets entre les doigts de l'homme.

Il les compta sans les regarder.

Il eut un grommellement satisfait, enfouit les billets dans la poche de son jean et Khady aussitôt regretta, à le voir calmé si vite, de lui avoir donné autant.

Elle sentait obscurément qu'elle eût été prête maintenant à lui demander non pas le nom de la ville où il l'avait emmenée ni même le nom de l'endroit où ils se trouvaient à présent mais la raison d'un tel voyage, qu'elle eût été en mesure de l'entendre et de tâcher d'en tirer un enseignement, mais une répugnance la retenait à l'idée de lui parler de nouveau, de percevoir sa propre voix puis la sienne à lui empreinte de ce grincement de gorge raclée qui lui rappelait le cri des oiseaux hargneux, noir et blanc aux ailes bordées de blanc.

Mais déjà il avait tourné les talons et quitté la cour.

Et alors qu'elle avait ignoré tout au long de la journée s'il était geôlier ou ange gardien, terrible ou bienveillant, alors qu'elle avait redouté de découvrir son regard, la disparition de cet homme bloqua le cours apaisé, studieux, absorbé de sa pensée nouvellement soumise et canalisée et Khady retomba dans les brumes vaguement angoissées de ses rêvasseries monotones.

Elle se laissa tomber à terre, se pelotonna sur son ballot.

Ni éveillée ni somnolente elle demeura ainsi prostrée, presque inconsciente de ce qui l'entourait et seulement accessible aux sensations de chaleur, puis de faim et de soif qu'elle éprouvait du fond de son inertie entrecoupée de soubresauts anxieux, jusqu'à ce qu'un soudain remue-ménage l'obligeât à lever la tête, à se dresser sur ses pieds.

Tous les occupants de la cour s'étaient mis debout à l'entrée, supposa rapidement Khady, d'un petit groupe d'hommes.

Des chuchotements agitèrent la foule auparavant silencieuse.

L'obscurité était profonde, lourde.

Khady pouvait sentir les filets de sueur rouler sous ses bras, entre ses seins, au creux de ses genoux qu'elle avait tenus repliés.

Des éclats de voix brefs, volontairement étouffés, lui parvinrent du côté des trois ou quatre individus qui venaient d'entrer, et bien qu'elle n'eût pas saisi ce qu'ils disaient, soit qu'elle fût trop éloignée, soit qu'ils se soient exprimés dans une langue inconnue d'elle, Khady comprit qu'il se passait enfin ce que les gens de la cour avaient attendu, au bruissement affairé, préoccupé, assourdi qui parcourait l'assemblée.

Un bourdonnement emplit son crâne.

Elle ramassa son paquet, suivit en chancelant un peu le lent mouvement vers la porte.

À peine la rue sableuse eut-elle été atteinte, faiblement éclairée par un maigre croissant de lune, que le silence s'abattit de nouveau sur le groupe qui marchait maintenant en une file spontanément organisée et discrète, car même les petits enfants se tenaient tranquilles sur le dos de leur mère, derrière les hommes de tête, ceux qui avaient rompu la longue attente de la cour.

Au loin des chiens hurlaient.

C'était, avec le bruissement des tissus, le frottement des tongs sur le sable, le seul bruit de la nuit.

Les dernières maisons disparurent.

Elle sentit alors ses minces semelles de plastique s'enfoncer dans un sable profond, encore tiède en surface et froid dessous, et la marche des uns et des autres autour d'elle s'alentit, gênée par les masses de sable fin qui alourdissaient tongs et savates et soudain glaçaient les orteils et les chevilles alors que les tempes ruisselaient encore de sueur.

Elle perçut également comme par anticipation, comme avant même que cela ait eu lieu, la fin du silence prudent, tacite qui avait prévalu dans la rue, elle devina à l'imperceptible frémissement, aux respirations accentuées qui faisaient frissonner l'onde régulière de la foule en mouvement que pour celle-ci le danger, quel qu'il eût été, d'être entendue, remarquée, était passé, ou bien peut-être que la tension avait atteint un point tel maintenant qu'on s'approchait de la mer que la question de la retenue ne pouvait qu'être oubliée, rejetée.

Des exclamations fusèrent dont Khady ne put rien comprendre sinon la grande angoisse qui en altérait le ton.

Un enfant se mit à pleurer, puis un autre.

À l'avant les hommes qui menaient le groupe s'arrêtèrent, crièrent des ordres d'une voix enfiévrée, mauvaise.

Ils avaient allumé des lampes torches qu'ils braquaient tour à tour sur les figures comme à la recherche de traits particuliers, elle vit apparaître alors, par fragments fugaces rayonnant soudain d'une violente lumière blanche, les visages éblouis, yeux mi-clos, les visages singuliers de ceux dont elle n'avait pu jusqu'alors considérer que l'ensemble.

Tous étaient jeunes, à peu près comme elle.

Un homme lui fit penser fugitivement à son mari, avec son air calme, un peu triste.

Son propre visage passa dans le faisceau de lumière brutale et elle songea : Oui, moi, Khady Demba, toujours heureuse de prononcer muettement son nom et de le sentir si bien accordé avec l'image qu'elle avait, précise et satisfaisante, de sa propre figure ainsi qu'avec son cœur de Khady, ce qui se nichait en elle et auquel nul n'avait accès en dehors d'elle-même.

Mais elle avait peur maintenant.

Elle pouvait entendre le fracas des vagues toutes proches, elle distinguait d'autres lumières, moins crues, plus jaunes et chancelantes, du côté de la mer.

Oh, elle avait bien peur.

Elle tenta frénétiquement, dans un effort de mémoire qui lui donna le vertige, de lier ce qu'elle voyait et percevait, lueurs vacillantes, grondement du ressac, hommes et femmes rassemblés sur le sable,

294

à quelque chose qu'elle eût entendu dans la famille de son mari, au marché, dans la cour de la maison où elle avait vécu, auparavant encore quand elle tenait la buvette et ne pensait tout au long du jour qu'à l'enfant qu'elle voulait tant concevoir.

Il lui semblait qu'elle aurait pu se souvenir d'une bribe de conversation, de quelques mots sortant d'une radio, attrapés au vol et vaguement rangés en soi-même parmi les informations dénuées d'intérêt mais non de possibilités d'en avoir un jour, il lui semblait qu'elle avait su sans y prêter attention, sans y attacher d'importance, à certaine période de son existence la signification d'une telle réunion d'éléments (nuit, lampes tremblantes, sable froid, visages anxieux) et il lui semblait qu'elle le savait encore mais que les pesanteurs de son esprit récalcitrant l'empêchaient d'accéder à cette zone de connaissances brouillonnes et chiches auxquelles se rapportait peut-être, certaine-ment, la scène qu'elle était en train de vivre.

Oh, elle avait bien peur.

Elle se sentit poussée dans le dos, entraînée par une soudaine progression du groupe vers le bruit des vagues.

Les hommes aux lampes torches vociféraient, de plus en plus pressants et nerveux à mesure que les gens s'approchaient de la mer.

Khady sentit que l'eau submergeait ses tongs.

Puis elle distingua nettement les lumières mouvan-tes devant elle, comprit qu'elles devaient provenir de lampes accrochées à l'avant d'un bateau, elle dis-cerna alors, comme s'il lui avait fallu d'abord saisir de quoi il s'agissait pour le voir, les formes d'une grande barque semblable à celles dont elle guettait le retour lorsque, petite fille, sa grand-mère l'envoyait acheter du poisson sur la plage.

Les gens devant elle entraient dans l'eau, soulevant leurs bagages au-dessus de leur tête, puis se hissaient dans la barque, tirés par ceux qui y étaient déjà et dont Khady put entrevoir dans la clarté jaunâtre, fragile, mobile, les visages calmes, soucieux, avant de se retrouver elle-même avançant gauchement dans l'eau froide, jetant son paquet dans la barque, laissant des bras la haler jusqu'à l'intérieur.

Le fond de la barque était rempli d'eau.

Elle agrippa son paquet, s'accroupit contre l'un des côtés du bateau.

Une odeur incertaine, putride montait du bois.

Elle resta ainsi hébétée, stupéfaite tandis que grimpait encore dans la barque un tel nombre de personnes qu'elle craignit d'être étouffée, écrasée.

Elle se mit debout, titubante.

Prise de terreur, elle haletait.

Elle tira sur son pagne mouillé, passa une jambe par-dessus le bord du bateau, attrapa son ballot, souleva l'autre jambe.

Une douleur effroyable lui déchira le mollet droit.

Elle sauta dans l'eau.

Elle regagna la grève en pataugeant, se mit à courir dans le sable, dans l'obscurité qui s'épaississait à mesure qu'elle s'éloignait du bateau, et bien que son mollet la fît considérablement souffrir et que son cœur cognât si fort qu'elle en avait la nausée, la conscience claire, indubitable, qu'elle venait d'accomplir un geste qui n'avait procédé que de sa résolution, que de l'idée qu'elle s'était formée à toute vitesse de l'intérêt vital qu'il y avait pour elle à fuir l'embarcation, la comblait d'une joie ardente, féroce, éperdue, lui révélant dans le même temps qu'il ne lui était encore jamais arrivé de décider aussi pleinement de quoi que ce fût d'important pour elle puisque, son mariage, elle n'avait été que trop pressée d'y consentir lorsque cet homme gentil et tranquille, un voisin alors, l'avait demandée, lui permettant ainsi de s'éloigner de sa grand-mère mais certainement pas, songeait-elle suffocante, sans cesser de courir, certainement pas d'avoir l'impression que sa vie lui appartenait, oh non, certainement pas, ni que sa vie dépendait des choix qu'elle, Khady Demba, pouvait faire, car elle avait été choisie par cet homme qui s'était avéré être, par chance, un homme bon, mais elle l'avait ignoré au moment où ce choix s'était porté sur elle, elle l'avait ignoré en acceptant, reconnaissante, soulagée, d'être choisie.

Épuisée, elle se laissa tomber dans le sable.

Elle était pieds nus, ses tongs étaient restées dans l'eau ou peut-être au fond de la barque.

Elle tâta son mollet blessé, sentit sous ses doigts du sang, des chairs déchiquetées.

Elle se dit qu'elle avait dû accrocher sa jambe à un clou en passant par-dessus le bord du bateau.

La nuit était si noire qu'elle ne pouvait pas même discerner le sang sur sa main en approchant celle-ci tout près de ses yeux.

Elle frotta ses doigts dans le sable, longuement.

Ce qu'elle pouvait voir en revanche, c'était, au loin, bien plus loin qu'il lui semblait avoir couru, les petites lumières jaunâtres que la distance immobilisait et l'éclat blanc et puissant de la lampe torche qui traversait l'obscurité sans trêve, par saccades énigmatiques.

Avant même d'ouvrir les yeux, à l'aube, elle comprit que ne l'avaient réveillée ni l'inquiétude ni la douleur pourtant vive de sa plaie au mollet ni l'intensité encore blafarde de la lumière mais un regard posé sur elle dont elle sentait l'insistance, l'immobilité, à une imperceptible démangeaison de sa peau, si bien qu'elle resta un moment à feindre le sommeil, tous les sens en alerte, afin de se donner le temps d'adopter une contenance.

Subitement elle souleva ses paupières, s'assit dans le sable.

À quelques mètres d'elle un jeune homme était agenouillé, qui ne baissa pas les yeux quand elle dirigea les siens vers lui et se contenta d'incliner légèrement la tête en montrant les paumes de ses mains, lui signifiant qu'elle ne devait pas le craindre, cependant qu'elle l'examinait d'un œil furtif, prudent et, repassant mentalement les images de la veille selon une cohérence et à une vitesse auxquelles elle aurait pu croire sa pensée trop déshabituée pour s'y plier, reconnaissait l'un des visages qu'elle avait entraperçus, blêmis par le faisceau de la lampe torche, juste avant de monter dans la barque.

Il lui parut être plus jeune qu'elle, vingt ans peut-être.

Et c'est presque d'une voix d'enfant, un peu haute, un peu grêle, qu'il demanda :

— Alors, ça va ?

— Merci, ça va bien, et toi ?

— Ça va, merci. Moi, c'est Lamine.

Elle hésita puis, sans pouvoir ôter complètement de sa voix un certain ton de fierté et presque d'arrogance, lui dit son nom complet :

— Khady Demba.

Il se leva, vint s'asseoir plus près d'elle.

La plage déserte, au sable grisâtre, était couverte de déchets, plastiques, bouteilles, sacs d'ordures crevés que Lamine considérait avec une froide application, ses yeux ne s'arrêtant, détachés, sur chaque détritus que pour en évaluer l'usage encore possible puis passant à un autre et rejetant le précédent non seulement dans l'oubli mais dans l'inexistence, tout simplement ne le voyant plus.

Son regard se posa sur le mollet de Khady, il eut un rictus horrifié qu'il masqua gauchement sous un vague sourire.

— Tu es bien blessée, hein.

Un peu contrariée, elle regarda à son tour.

La plaie béait en deux parties encroûtées de sang noirci, couvertes de sable.

La tenace douleur ronronnante sembla se réveiller sous son regard et Khady laissa échapper un geignement.

— Je sais où on peut trouver de l'eau, dit Lamine.

Il l'aida à se mettre sur ses pieds.

Elle sentit la force nerveuse, en permanente tension, de son corps efflanqué et dur, comme raidi, aguerri par la défiance, le qui-vive, les privations aussi bien que la

299

faculté d'effacer celles-ci de ses sensations de même qu'il paraissait ôter de sa vision, en les niant, les objets qu'il n'était pas intéressant de ramasser sur la plage.

Khady se savait un corps maigre et résistant mais non pas, comme celui du garçon, trempé dans le bain glacial des sacrifices obligés, de sorte que pour la première fois de sa vie elle eut l'impression d'avoir eu plus de chance qu'un individu précis.

Elle vérifia en palpant le haut de son pagne que le rouleau de billets était bien serré dans l'élastique de sa culotte.

Puis, refusant son aide, elle marcha au côté de Lamine vers la rangée de maisons et d'échoppes aux toits de tôle qui bordaient la plage au-delà de la dernière ligne d'ordures.

Chaque pas relançait la douleur.

Et comme, de surcroît, elle éprouvait une grande faim, elle souhaita ardemment d'acquérir bientôt un corps insensible, minéral, sans désirs ni besoins, qui ne fût qu'un outil au service d'une intention dont elle ignorait encore tout mais comprenait qu'elle serait bien forcée d'en trouver la nature.

Oh, elle savait déjà une chose, elle la savait non pas comme elle en avait eu l'habitude, c'est-à-dire sans savoir qu'elle savait, mais de façon consciente et nette.

Je ne peux pas revenir dans la famille, se dit-elle, ne se demandant même pas, car c'était inutile, si c'était là une bonne chose ou une source supplémentaire de détresse, ayant cependant l'impression, à penser ainsi clairement et calmement, qu'elle faisait, en quelque sorte, un choix.

Et lorsque Lamine lui eut fait part de sa propre intention, lorsqu'il lui eut assuré, de sa voix un peu stridente entrecoupée de petits rires anxieux quand un mot lui manquait et qu'il semblait craindre alors de n'être pas pris au sérieux, qu'il arriverait un jour en Europe ou mourrait et qu'il n'y avait aucune autre solution au problème qu'était sa vie, il parut évident à Khady qu'il ne faisait là que rendre explicite son dessein à elle.

Aussi, en décidant de l'accompagner, n'ébranla-t-elle nullement sa propre conviction qu'elle dirigeait maintenant elle-même le précaire, l'instable attelage de son existence.

Bien au contraire.

Comme il l'avait conduite, dans le cœur de la ville, jusqu'à une pompe afin qu'elle pût ôter de sa blessure le sable qui s'y était collé, puis lui avait expliqué qu'il avait déjà tenté plusieurs fois de partir, que de menues ou graves circonstances imprévues l'avaient toujours empêché de réussir (ainsi, la veille, le délabrement de la barque l'avait fait renoncer) mais qu'il avait maintenant un savoir suffisant de ces occurrences pour espérer les contrer ou les esquiver ou les accepter sans peur et qu'elles ne pouvaient être innombrables et qu'il pensait les avoir toutes expérimentées ou pénétrées par l'esprit, Khady reconnut tout simplement qu'il était au courant de choses qu'elle ne pouvait pas même se représenter et qu'en demeurant avec lui elle profiterait et s'emplirait de ces connaissances, au lieu de parcourir par ses propres moyens l'inconcevable chemin jusqu'à celles-ci.

Combien remarquable était à ses propres yeux

qu'elle ne se fût pas dit : Qu'est-ce que je peux faire
d'autre, de toute façon, qu'aller avec ce gars ? mais
qu'elle eût pensé tirer profit de cette association.

Éblouie de douleur, elle nettoya la déchirure de
son mollet.

Les deux morceaux de chair étaient nettement
séparés.

Elle déchira une lanière dans le tissu du pagne qui
lui servait de baluchon puis l'enroula bien serrée
autour de son mollet afin de fermer les deux bords
de la plaie.

Tout au long des jours qui suivirent, statiques
et lourds, l'air resta grisâtre, et la luminosité était
intense cependant, comme si la mer aux tons de métal
scintillant diffusait son éclat plombé.

Il semblait à Khady qu'il lui était accordé un suspens afin qu'elle pût s'imprégner d'une quantité
d'informations telle qu'elle n'en avait encore jamais
assimilé en vingt-cinq ans d'existence, et cela discrètement, sans avoir pratiquement l'air de rien apprendre, une prudence instinctive la retenant de montrer
à Lamine l'étendue de son ignorance.

Il l'avait ramenée dans la cour d'où leur groupe
était parti.

De nombreuses personnes s'y trouvaient de nouveau réunies et le garçon allait de l'une à l'autre en
proposant de l'eau ou de la nourriture qu'il filait
ensuite chercher dans la ville.

Ce qu'il rapportait pour Khady et pour lui, sand-
wiches à l'omelette, bananes, poisson grillé, il ne lui
demanda jamais de le payer et Khady ne le proposa

pas car elle avait pris le parti de ne parler de rien qui n'ait encore été mentionné, se contentant de réponses brèves à des questions tout aussi laconiques, et ainsi ne parlant pas d'argent comme Lamine n'en parlait pas, le questionnant en revanche avec une avidité contenue dès qu'il évoquait son voyage et les moyens de le réaliser, une insistance à laquelle elle tâchait de donner quelque chose de morne, de contraint, d'ennuyé, et elle sentait alors son visage se couvrir du voile de maussaderie impénétrable à l'abri duquel, dans la famille de son mari, elle avait déroulé ses non-pensées tièdes et blêmes.

Oh, son esprit travaillait vite, à présent !

Il lui arrivait, à son esprit, de s'embrouiller, comme grisé par ses propres compétences.

Il ne savait plus très bien alors si cette jeune figure fervente là devant était celle du mari de Khady ou d'un inconnu prénommé Lamine ni les raisons exactes pour lesquelles il lui fallait ne rien oublier de ce qui sortait de cette bouche à l'haleine chaude, presque fiévreuse, et une tentation le prenait de se vider, de retourner à l'état d'avant, quand rien d'autre ne lui était demandé que de ne se compromettre en nulle affaire de la vie réelle.

Mais il ne s'agissait que de très brefs moments.

Khady mémorisait puis, la nuit venue, allongée dans la cour, classait les nouvelles informations par rang d'importance.

Ce qu'il convenait de garder toujours présent à l'esprit : le voyage pouvait durer des mois, des années, ainsi que cela s'était passé pour un voisin de Lamine qui n'avait gagné l'Europe (ce que c'était exactement que cela, l'Europe, et où cela se trouvait, elle remettait à plus tard de l'apprendre) qu'au bout de cinq ans après son départ de la maison.

Ceci encore : il était impératif d'acheter un passeport, Lamine connaissait une filière sûre.

Et puis : le garçon se refusait maintenant à partir sur la mer depuis cette côte.

Le trajet serait plus long, beaucoup plus long, mais il passerait par le désert et arriverait à un certain endroit qu'il faudrait escalader pour se retrouver en Europe.

Et puis, et puis, avait dit Lamine à plusieurs reprises, son visage lisse et creux, luisant de sueur, soudain fermé, buté, il lui était indifférent de mourir s'il fallait même envisager de payer de ce prix la poursuite d'un tel but, mais vivre comme il avait vécu jusqu'à présent, il ne le voulait plus.

Bien que Khady exclût spontanément des données essentielles tout ce qui touchait à l'existence du garçon auparavant, bien qu'elle tâchât de ne plus l'écouter lorsqu'elle avait l'impression que cela ne lui serait pas utile, ne ferait que l'attrister ou l'embarrasser, voire, inexplicablement, l'emplir d'une douleur sourde comme s'il ravivait ainsi ses plus vieux souvenirs à elle plus encore que les siens, elle ne put empêcher sa mémoire de retenir qu'une belle-mère, nouvelle femme de son père après la mort de sa mère, avait battu Lamine à le rendre fou, des années durant.

Le garçon souleva son tee-shirt pour lui montrer dans son dos des traces rosâtres, légèrement boursouflées.

Il était allé au lycée, il avait échoué deux fois au bac.

Mais il avait, oh, de l'ambition pour ses études, il rêvait d'être ingénieur, qu'est-ce que cela voulait dire ? se demanda Khady malgré elle car elle ne voulait pas s'y intéresser.

Lorsqu'au bout de quelques jours elle entreprit de retirer le tissu qui protégeait son mollet, il collait si fortement à la plaie qu'elle dut l'arracher, provoquant dans tout le muscle une telle douleur qu'elle ne put retenir un cri.

Elle enroula serré une autre bande de tissu propre.

Elle marchait d'un coin à l'autre de la cour en boitillant et s'efforçait de s'habituer et de dresser son corps à cette entrave afin que cette nouvelle situation, le pas ralenti et la douleur continue, devînt une part d'elle-même qu'elle pourrait oublier ou négliger, reléguée parmi les circonstances, comme les histoires pénibles du passé de Lamine, qui, ne pouvant servir, risquaient seulement de freiner ou de dévier le développement encore jeune, incertain de ses pensées en y insinuant des éléments de trouble, d'incontrôlable souffrance.

De la même façon laissait-elle son regard glisser sur les visages des gens qui arrivaient chaque jour nombreux dans la cour — et son regard, elle le sentait, était neutre, froid, privé du moindre encouragement à lui adresser la parole, non qu'elle redoutât qu'on lui demande quelque chose (cela, elle ne le redoutait nullement) mais parce que son esprit s'affolait à la simple perspective qu'on pût lui raconter des existences douloureuses, compliquées, longues et difficiles à comprendre pour elle, Khady, qui manquait des principes que semblaient posséder naturellement les autres pour interpréter les choses de la vie.

Un jour le garçon l'emmena par les rues étroites, au sol sableux, dans l'échoppe d'un coiffeur à l'arrière de laquelle une femme prit des photos du visage de Khady.

Quelques jours encore après il revint avec un carnet bleu usé, plissé, qu'il donna à Khady en lui disant qu'elle s'appelait maintenant Bintou Thiam.

Les yeux du garçon avaient un air de fierté, de triomphe et d'assurance qui alerta légèrement Khady.

Elle se sentit fugacement redevenir faible, tributaire de la détermination et des connaissances d'autrui comme des intentions indécelables qu'on nourrissait à son propos, et la tentation l'effleura, par fatigue de vivre, de se résoudre à cette subordination, de ne plus réfléchir à rien, de laisser de nouveau sa conscience voguer dans le flux laiteux des songes.

Un peu écœurée, elle se reprit.

Elle remercia le garçon d'un hochement de tête.

Elle avait dans le mollet des élancements terribles qui la rendaient distraite.

Mais, bien qu'elle fût toujours décidée à ne pas parler d'argent avant lui, elle ne pouvait plus ignorer cette question, et que Lamine eût acheté pour elle un passeport, qu'il se comportât comme s'il était évident qu'elle n'avait pas d'argent ou que, d'une façon ou d'une autre, elle paierait plus tard, cela l'inquiétait au point qu'elle souhaitait parfois le voir disparaître, s'évaporer de sa vie.

Elle s'attachait cependant à son visage fervent, à sa voix adolescente.

Elle se surprenait à le regarder avec plaisir, presque un tendre amusement lorsque, sautillant dans la cour comme ces oiseaux légers aux longues pattes grêles qu'elle se rappelait avoir vus, enfant, sur la plage et dont elle pensait maintenant qu'elle ignorait le nom (car elle pouvait envisager maintenant que toute chose eût un nom et qu'elle l'ignorât, elle réalisait, gênée, avoir cru que ce qu'elle connaissait avait seul un nom), il passait d'un groupe à l'autre, œuvrant à ses affaires avec une fougue innocente, enfantine, qui inspirait confiance.

Il était habité d'une intuition particulière.

Elle commençait à trouver le temps long mais n'eût pas pensé un instant à s'en plaindre, quand il lui annonça qu'ils partaient le lendemain, et c'était comme si, songea-t-elle, il avait deviné l'ennui qu'elle s'était mis à éprouver sans trop s'en rendre compte et avait décidé qu'il s'agissait d'une mauvaise chose — mais pourquoi cela ?

Quelle importance cela pouvait-il avoir pour lui ?

Oh, certes, elle avait de l'amitié pour le garçon.

Ce soir-là, dans l'obscurité de la cour où ils étaient allongés, elle sentit qu'il se rapprochait d'elle, hésitant, incertain de sa réaction.

Elle ne le repoussa pas, elle l'encouragea en se tournant vers lui.

Elle souleva son pagne, fit glisser sa culotte en

enroulant soigneusement les billets dans le tissu, la serra sous sa tête.

Voilà des années qu'elle n'avait pas fait l'amour, pas une fois depuis que son mari était mort.

Et tandis qu'elle caressait prudemment le dos bourrelé du garçon et s'étonnait dans le même temps de la légèreté extrême de son corps et de la douceur, de la délicatesse presque excessives (car elle sentait à peine qu'il était là) avec lesquelles il bougeait en elle, lui revenaient comme par réflexe, rappelées aussitôt par cette sensation d'un corps sur le sien et bien que celui-là fût si différent du corps dense et lourd de son mari, les prières d'enfantement qu'elle n'avait cessé de murmurer à l'époque et qui l'avaient tenue à l'écart de tout plaisir possible, qui l'avaient détournée de la concentration nécessaire à toute recherche de jouissance.

Elle les chassa farouchement.

Une sorte de bien-être, de confort physique l'envahit alors — rien de beaucoup plus vif que cela, rien qui ressemblât à ce dont parlaient entre elles, avec des soupirs et de petits rires, ses belles-sœurs, mais Khady en fut heureuse et reconnaissante au garçon.

Quand il se dégagea il heurta durement, par inadvertance, son mollet.

Une explosion de douleur ravagea la conscience de Khady.

Elle haletait, à demi évanouie.

Elle entendait les murmures inquiets de Lamine à son oreille, elle songeait, souffrant au point qu'elle en était presque détachée et comme surprise, étrangère à elle-même qui souffrait si violemment, elle

308

songeait : Qui s'est jamais soucié de moi comme il le fait, ce garçon si jeune, j'ai de la chance, vraiment, de la chance…

Ils montèrent avant l'aube dans un camion au plateau découvert où s'entassait déjà tellement de monde qu'il parut impossible à Khady de trouver le moindre espace où se loger.

Elle se percha sur un tas de ballots, à l'arrière du camion, à grande hauteur au-dessus des roues.

Lamine lui recommanda de s'agripper fermement aux ficelles des paquetages afin de ne pas tomber.

Il était assis tout contre elle, à cheval sur une caisse, et Khady pouvait sentir l'odeur acide, légère de sa sueur qui s'unissait à la sienne par l'intermédiaire de leurs bras collés l'un à l'autre.

— Si tu tombes, le chauffeur ne s'arrête pas et tu meurs dans le désert, lui souffla le garçon.

Il lui avait confié une gourde de cuir remplie d'eau tiède.

Khady l'avait vu donner tout un paquet de billets au chauffeur en expliquant qu'il payait pour elle également, puis il l'avait aidée à grimper dans le camion, incapable qu'elle était, avec sa jambe qui lui semblait être devenue si lourde, de se hisser toute seule.

L'exaltation réprimée, dissimulée sous des gestes pointilleusement précis (comme celui de vérifier de multiples fois si le bouchon de la gourde était bien serré) et des recommandations répétées, rabâchées d'une voix basse et lente (Accroche-toi, si tu tombes, le chauffeur ne s'arrête pas et tu meurs dans le désert), qu'elle devinait pourtant à d'infimes tressaillements

sur le visage de Lamine, cette ardeur légèrement enivrée l'avait gagnée, de telle sorte qu'elle n'était pas
effrayée ni humiliée de se voir assistée par le garçon
dans les gestes les plus simples et que ce soutien qu'il
lui apportait, ces deux mains qu'il avait entrecroi-
sées afin qu'elle y posât le pied puis qu'il avait éle-
vées vigoureusement pour lui faire atteindre le haut
du camion, ne remettait nullement en cause l'idée
qu'elle avait maintenant de sa propre indépendance,
de son affranchissement d'une quelconque volonté
d'autrui la concernant, de même qu'elle s'attachait
à ne voir dans l'argent que Lamine donnait pour elle
au chauffeur rien qui fût en rapport avec sa propre
responsabilité.

Cela ne devait avoir, pour Khady Demba, aucune
conséquence.

S'il plaisait à Lamine de jouer un rôle crucial dans
l'avènement de sa liberté, elle lui en avait de la gratitude — oui, son affection pour le garçon était grande
et sincère mais ne la rendait comptable de rien.

La tête lui tournait un peu.

L'intense douleur, qui ne s'apaisait jamais à présent, se mêlait à la joie, et c'était comme si cette dernière l'élançait violemment elle aussi.

Quand le camion s'ébranla, la secousse lui fit perdre l'équilibre.

Lamine la retint de justesse.

— Tiens bon, tiens bon, lui cria-t-il à l'oreille, et
elle pouvait voir de près sa figure maigre et creuse
rosie par la lumière de l'aube, ses lèvres pâles, ger-
cées qu'il humectait d'innombrables coups de langue,
ses yeux un peu fous, un peu hagards, pareils, son-

gea-t-elle, à ceux qu'elle avait vus un jour, sombres et affolés, d'un grand chien jaunâtre que des femmes du marché avaient acculé contre un mur et auquel, armées de bâtons, elles s'apprêtaient à faire payer le vol d'un poulet — pareils à ces yeux de chien emplis d'une terreur innocente qui avaient croisé le regard de Khady et avaient alors atteint son cœur refroidi, engourdi, un instant l'avaient fait vibrer de sympathie et de honte.

Était-ce pour elle que Lamine avait eu si grand-peur ?

Elle s'écarta très légèrement de ce visage enflammé, oh, elle en sentait la chaleur presque insupportable sur sa peau.

Cramponnée aux ficelles, elle regarda s'espacer puis disparaître les dernières maisons le long de la route.

Était-ce pour elle qu'il avait eu si grand-peur ?

Elle devait se rappeler, sans amertume, avec une sèche tristesse, les attentions que Lamine avait eues à son égard.

Tout cela, elle se le rappellerait sans jamais penser néanmoins qu'il avait cherché à la tromper, et cette tristesse distante qu'elle éprouverait en resongeant à l'inquiétude qu'il avait eue pour elle le concernerait lui bien plus qu'elle — c'est la destinée du garçon qui l'affecterait jusqu'à tirer de ses yeux deux larmes parcimonieuses et froides, tandis qu'elle jugerait de son propre sort avec neutralité, presque détachement, comme si, elle, Khady Demba, n'ayant jamais misé sur la vie la même somme

311

d'espoir que Lamine, n'avait pas lieu de se plaindre d'avoir tout perdu.

Elle n'avait pas perdu grand-chose, penserait-elle — et pensant également, avec cette impondérable fierté, cette assurance discrète et inébranlable : Je suis moi, Khady Demba, alors que, les muscles des cuisses endoloris, la vulve gonflée et douloureuse et le vagin brûlant, irrité, elle se relèverait maintes fois par jour de l'espèce de matelas, morceau de mousse grisâtre et puant qui serait pour de si longs mois son lieu de travail.

Elle n'avait pas perdu grand-chose, penserait-elle.

Car jamais, au plus fort de l'affliction et de l'épuisement, elle ne regretterait la période de sa vie où son esprit divaguait dans l'espace restreint, brumeux, protecteur et annihilant des songes immobiles, au temps où elle vivait dans sa belle-famille.

Elle ne regretterait pas davantage l'époque de son mariage, quand chaque pensée n'était faite que de l'attente d'une grossesse.

Au vrai, elle ne regretterait rien, immergée tout entière dans la réalité d'un présent atroce mais qu'elle pouvait se représenter avec clarté, auquel elle appliquait une réflexion pleine à la fois de pragmatisme et d'orgueil (elle n'éprouverait jamais de vaine honte, elle n'oublierait jamais la valeur de l'être humain qu'elle était, Khady Demba, honnête et vaillante) et que, surtout, elle imaginait transitoire, persuadée que ce temps de souffrance aurait une fin et qu'elle n'en serait certainement pas récompensée (elle ne pouvait penser qu'on lui devait quoi que ce fût pour avoir souffert) mais qu'elle passerait simplement à autre chose qu'elle ignorait encore mais qu'elle avait la curiosité de connaître.

Quant à l'enchaînement des situations qui les avait amenés là, elle et Lamine, elle l'avait en tête précisément et s'efforçait, calmement, froidement, de le comprendre.

Après une journée et une nuit de route, le camion s'était arrêté à une frontière.

Tous les voyageurs étaient descendus, s'étaient rangés en file et avaient présenté leur passeport à des militaires qui criaient un mot, un seul, que Khady avait compris bien qu'il ne fût pas de sa langue.

Argent.

À ceux qui levaient leurs mains, paumes en l'air, pour signifier qu'ils n'avaient rien ou qui sortaient trop peu de leur poche, ils assenaient de tels coups de matraque que certains tombaient à terre où ils demeuraient, inconscients, parfois rossés encore par un soldat que ses efforts pour cogner, le travail que cela lui demandait, semblaient étourdir de fureur.

Khady s'était mise à trembler de toute sa chair.

Lamine, debout près d'elle, lui avait pressé la main.

Elle pouvait voir la mâchoire du garçon tressauter comme si ses dents claquaient derrière ses lèvres serrées.

Il avait tendu son passeport au militaire et quelques billets roulés en montrant Khady, puis lui-même.

L'homme avait pris les billets du bout des doigts, avec mépris.

Il les avait jetés à terre.

313

Il avait lancé un ordre et un soldat avait frappé Lamine dans le ventre.

Plié en deux, le garçon était tombé à genoux, sans un mot, sans un geignement.

Le soldat avait sorti un couteau, soulevé l'un des pieds de Lamine et d'un coup de lame avait fendu la semelle du garçon.

Il avait passé un doigt dans la fente, puis il avait fait de même avec l'autre chaussure.

Et quand Lamine, presque aussitôt, comme si le danger était plus grand de rester prostré que de faire face à son ennemi, s'était remis debout, chancelant, ses genoux osseux cognant l'un contre l'autre, Khady avait pu voir deux filets de sang couler de sous ses chaussures, aussitôt bus par la poussière.

Celui des militaires qui commandait aux autres s'était alors approché d'elle.

Khady avait tendu le passeport que Lamine avait fait faire pour elle.

L'esprit limpide quoiqu'elle ne pût empêcher son corps entier de grelotter, elle avait glissé la main dans la ceinture de son pagne, avait tiré la maigre liasse de billets qui, serrée par l'élastique de sa culotte, détrempée de sueur, ressemblait à un bout de chiffon verdâtre, l'avait posée délicatement, respectueusement dans la main de l'homme tout en collant son épaule à celle de Lamine pour bien montrer qu'ils étaient ensemble.

Cela faisait maintenant plusieurs semaines, elle ne savait au juste combien, qu'ils étaient échoués dans cette ville du désert, non pas celle où le soldat

314

avait entaillé la plante des pieds de Lamine mais une autre, plus éloignée de leur point de départ, où les avait conduits le camion une fois passé ce premier contrôle.

Ceux des voyageurs qui avaient encore de l'argent, qu'ils l'eussent dissimulé très habilement ou que, pour d'obscures raisons, ils n'eussent pas été fouillés ni battus, avaient pu continuer la route en payant une nouvelle fois le chauffeur.

Mais elle, Khady Demba, Lamine et quelques autres, avaient dû s'arrêter là, dans cette ville envahie par le sable, aux maisons basses couleur de sable, aux rues et aux jardins de sable.

Affamés, épuisés, ils s'étaient allongés pour dormir devant l'espèce de gare routière où les avait abandonnés le camion.

D'autres camions attendaient, prêts à repartir avec leur chargement de passagers.

Quand ils s'étaient réveillés à l'aube, tout engourdis de froid, le sable les avait recouverts entièrement et le mollet de Khady lui causait une telle souffrance qu'il lui semblait, par flashes, que cela ne pouvait être réel, soit qu'elle fût en train de se débattre dans le plus cruel cauchemar de son existence, soit qu'elle fût déjà morte et dût comprendre que c'était cela, sa mort, une insoutenable et pourtant durable, permanente douleur physique.

Le tissu dont elle avait bandé son mollet plusieurs jours auparavant s'était comme incrusté dans la plaie.

Il était humide sous les grains de sable, imprégné d'un suintement rougeâtre, nauséabond.

Elle n'eut pas la force de l'enlever bien qu'elle sût qu'elle aurait dû le faire — tout juste trouva-t-elle assez de courage pour bouger doucement sa jambe raidie, parcourue de fourmillements.

Elle finit par se lever, secoua le sable de ses cheveux, de ses vêtements.

Elle fit quelques pas en claudiquant.

Des formes couvertes de sable remuaient sur le sol.

Elle revint vers Lamine qui s'était assis et qui, déchaussé, le visage inexpressif, regardait la plante de ses pieds que le couteau du soldat avait fendue en même temps que les semelles.

Une croûte de sang séché traçait une ligne sombre sur la peau racornie, fendillée.

Elle savait que le garçon avait mal mais qu'il ne le montrerait pas ni ne parlerait jamais de ses blessures, elle savait aussi qu'à son regard interrogateur il ne répondrait que par une expression volontairement morne qui masquerait son humiliation (oh, comme il était humilié, comme elle en était désolée pour lui et navrée de ne pouvoir à sa place endosser l'humiliation, elle qui savait supporter cela, qui en était profondément si peu affectée), car quelle explication convaincante pourrait-il lui donner sinon de cet échec, en tout cas d'un tel ralentissement, si tôt survenu, de leur périple, lui qui l'avait assurée tout connaître à présent des obstacles et des dangers de la route ?

Elle savait bien cela, elle le comprenait et l'acceptait — cette mortification qui vidait son regard, le rendait, lui, inaccessible, si différent du garçon intense et amical qu'il avait été.

316

Le comprenant, elle ne lui en tenait pas rigueur.

Ce qu'elle ignorait à ce moment-là, ce qu'elle n'avait pas encore les moyens d'envisager et qui se découvrirait peu à peu à son entendement, c'est que le garçon était grandement et doublement humilié, à la fois de ce qu'il s'était passé la veille et, a priori, de quelque chose qui n'était pas encore arrivé et dont l'esprit non pas naïf mais inexpérimenté de Khady n'avait pas encore l'intuition mais dont le garçon savait, lui, que cela arriverait, voilà pourquoi, comprendrait Khady plus tard, il avait eu honte devant elle, honte de savoir et qu'elle ne sût pas et honte de la chose elle-même, voilà pourquoi toute la personne du garçon s'était retirée loin d'elle, durcie dans l'épouvante et ne voulant avoir, avec l'innocence de Khady, nulle affaire.

Lui avait-il dit, par la suite, quoi que ce fût de précis ?

Elle ne s'en souviendrait pas exactement.

Il lui semblerait cependant que non.

Simplement ils avaient erré, boitant l'un et l'autre de deux manières différentes (le garçon s'efforçant de ne poser sur le sol que la tranche extérieure de ses pieds, elle, Khady, évitant de prendre appui sur sa jambe malade et avançant par sautillements irréguliers) par les rues accablées d'une chaleur sèche et poussiéreuse, sous le ciel jaunâtre, couleur de sable, scintillant.

Les cheveux ras de Lamine, son visage et ses lèvres craquelées étaient encore couverts de sable.

Hébétés, et pour échapper à l'espace sans ombre, ils s'étaient réfugiés dans une gargote aux murs de terre, sans fenêtre, où, dans la demi-obscurité, ils avaient mangé des morceaux de chèvre grillés durs et filandreux et bu du coca, sachant tous les deux qu'ils n'avaient plus même pour payer cette austère nourriture le moindre argent et Lamine se retranchant dans ce détachement âpre, déchirant à l'abri duquel, seul avec son indignité, il pouvait, croyait-il peut-être, empêcher celle-ci de contaminer Khady, lui qui savait ce qu'il adviendrait et elle, croyait-il peut-être, l'ignorant encore — mais elle l'avait pressenti alors que, achevant de mastiquer un dernier morceau de viande qu'elle fit passer avec une dernière goulée de soda, et ses yeux croisant les yeux hostiles, à demi clos, de la femme qui les avait servis, qui, affalée sur une chaise dans le coin le plus obscur, les scrutait, elle et le garçon, en respirant bruyamment, elle s'était demandé comment ils allaient maintenant s'acquitter de ce qu'ils devaient et qu'à sa façon le regard appréciateur, inquisiteur, inamical de la femme lui avait répondu.

Elle s'attacherait férocement à cette conviction, pendant toute cette période, que la réalité de la seule douleur physique était à prendre en compte.

Car son corps souffrait en permanence.

La femme la faisait travailler dans une pièce minuscule qui donnait sur une cour à l'arrière de la gargote.

Sur le sol au dur carrelage, un matelas de mousse.

Khady s'y trouvait allongée la plupart du temps, vêtue d'une combinaison beige, quand la femme

318

introduisait un client, généralement un homme jeune à l'allure misérable, lui aussi échoué dans cette ville où il survivait comme boy, et qui jetait souvent en entrant dans la pièce torride, étouffante, des coups d'œil effarés autour de lui, comme pris au piège de ce qui était à peine, songeait Khady, son propre désir mais les manœuvres de la tenancière qui tâchait d'amener là chaque client de sa gargote.

La femme s'en allait en fermant la porte à clé.

L'homme alors baissait son pantalon dans une hâte presque inquiète, comme s'il s'agissait d'en finir au plus vite avec quelque obligation pénible et vaguement menaçante, il s'allongeait sur Khady qui écartait le plus possible sa jambe malade, bandée de frais chaque jour par la femme, afin d'éviter tout heurt, et alors qu'il la pénétrait en laissant échapper souvent une plainte étonnée, car la récente démangeaison qui enflammait et desséchait le vagin de Khady échauffait aussitôt le sexe du client, elle rassemblait toutes ses forces mentales pour contrer les multiples attaques de la douleur qui assaillait son dos, son bas-ventre, son mollet, pensant : Il y a un moment où ça s'arrête, et sentant rouler sur son cou, sur sa poitrine à demi cachée par la bordure en dentelle de la combinaison, la sueur abondante de l'homme qui se mêlait à la sienne, pensant encore : Il y a un moment où ça s'arrête, jusqu'à ce que l'homme, laborieusement, eût terminé et, dans une exclamation de douleur et de déception, promptement se fût retiré d'elle.

Il cognait à la porte et ils entendaient tous deux les pas lents et lourds de la femme qui venait ouvrir.

Certains clients rouspétaient, protestant qu'ils avaient mal, que la fille n'était pas saine.

Et Khady songeait, surprise : La fille, c'est moi, presque amusée qu'on pût la dénommer ainsi, elle qui était Khady Demba dans toute sa singularité.

Elle demeurait étendue un moment encore après le départ des deux autres.

Les yeux grands ouverts, le souffle lent, elle détaillait, très calme, les fissures des murs rosâtres, le plafond de tôle, la chaise de plastique blanc sous laquelle elle avait rangé son ballot.

Parfaitement immobile, elle entendait battre sourdement, calmement, son propre sang à ses oreilles et, si elle remuait tant soit peu, le bruit de succion de son dos mouillé sur le matelas tout imbibé de sueur et l'infime clapotement dans sa vulve brûlante, et elle sentait refluer doucement la douleur et la vaincre la puissance juvénile, impétueuse de sa constitution solide et volontaire, et elle pensait, calme, presque sereine : Il y a un moment où ça s'arrête, si calme, si sereine que lorsque la femme revenait non pas seule comme elle le faisait habituellement, pour la laver, la soigner et lui donner à boire, mais en compagnie d'un autre client qu'elle faisait entrer avec une vague mimique de regret ou d'excuse en direction de Khady, elle n'en éprouvait qu'un brusque abattement, un instant de désorientation et de faiblesse, avant de penser, calmement : Il y a un moment où ça s'arrête.

La femme, après qu'elle avait imposé à Khady de ces rapports coup sur coup, s'occupait d'elle avec une sollicitude toute maternelle.

Elle arrivait avec un seau rempli d'eau fraîche et

une serviette et baignait le bas-ventre de Khady avec douceur.

Le soir, elles s'asseyaient toutes deux dans la cour et Khady mangeait un bon repas de bouillie de maïs et de viande de chèvre en sauce arrosé de coca-cola, et elle en gardait une portion pour Lamine.

La femme ôtait le bandage de Khady, enduisait de graisse la blessure qui était gonflée et nauséabonde, la serrait de nouveau dans un tissu propre.

Et comme elles étaient là, paisiblement assises dans la tiédeur du soir, repues, et que, si Khady se tournait vers la femme, elle ne distinguait dans le crépuscule que les contours d'une face ronde et bienveillante, il lui semblait parfois être revenue au temps de son enfance qui, bien que brutale, enténébrée, confuse, avait connu de ces moments presque heureux, lorsque Khady s'asseyait aux pieds de sa grand-mère, le soir devant la maison, afin d'être coiffée.

Juste avant la nuit Lamine arrivait.

Il se coulait dans la cour pareil, songeait Khady avec un brin de pitié et de dégoût, à un chien qui redoute la bastonnade mais craint plus encore de trouver sa gamelle vide — à la fois voûté et véloce, furtif et âpre, et Khady comme la femme feignaient de ne l'avoir pas remarqué, elle par délicatesse, la femme par mépris, et Lamine ramassait l'assiette pleine et l'emportait dans la chambre de Khady où la femme l'autorisait, ou du moins ne le lui défendait pas, à passer la nuit, à la condition implicite qu'il eût dégagé dès l'aube.

Avant de rentrer dormir, la femme remettait à Khady une petite partie de l'argent gagné.

Khady se retirait à son tour, retrouvait la chambre

rosâtre éclairée par une faible ampoule crasseuse suspendue à la tôle.

Elle avait alors l'impression, en voyant Lamine, auparavant si énergique, accroupi dans un coin et raclant l'assiette de sa cuiller, que toutes ses douleurs la rattrapaient.

Car à la honte sans remède du garçon que pouvait-elle opposer sinon l'évidence un peu lasse de son propre honneur à jamais sauvegardé, la conscience un peu lasse de son irrévocable dignité ?

Il eût préféré peut-être la voir humiliée, désespérée.

Mais il avait seul la charge de l'humiliation et du désespoir et Khady sentait qu'il lui en voulait sans s'en rendre compte, c'est pourquoi elle aurait aimé, le soir, qu'il ne fût pas là encombrant l'espace réduit de ses amertumes, de ses reproches muets, obscurs et injustes.

Elle savait aussi qu'il lui avait de la rancune qu'elle refusât maintenant de faire l'amour avec lui.

La raison qu'elle se donnait à elle-même et qu'elle avait dite au garçon était que son sexe boursouflé, ulcéré avait besoin de repos.

Mais, elle le pressentait, également ceci : Lamine avait honte d'elle et pour elle tout autant qu'il avait honte de lui.

Elle en était contrariée.

De quel droit l'incluait-il dans ce sentiment d'abjection qu'il éprouvait, lui, parce qu'il n'avait pas sa force d'âme ?

Aussi refusait-elle de se laisser toucher, peu désireuse d'avoir mal pour le contenter.

Elle s'écroulait sur le matelas, silencieuse, fatiguée.

Ce que faisait le garçon de ses journées solitaires dans la ville suffocante, desséchante, il ne lui importait pas de le savoir.

Elle sentait venir sur ses lèvres une moue renfrognée qui devait décourager toute velléité de discussion.

Cependant que, ses doigts se tendant machinalement vers le mur pour en caresser les crevasses et les bosses, et juste avant que le sommeil l'emporte, un sursaut de joie sauvage faisait trembler son corps rompu comme elle se rappelait soudain, feignant de l'avoir oublié, qu'elle était Khady Demba : Khady Demba.

Elle s'éveilla un matin et le garçon n'était plus là.

Curieusement elle comprit ce qu'il s'était passé avant même de constater l'absence de Lamine, elle le comprit dès son réveil et bondit vers le ballot défait, ouvert sous la chaise où elle l'avait laissé bien noué, elle en sortit le peu qu'il contenait, deux tee-shirts, un pagne, une bouteille de bière vide et propre, et, gémissant, dut constater ce qu'elle avait compris avant de s'apercevoir de quoi que ce fût, que tout son argent avait disparu.

Ce n'est qu'à cet instant qu'elle réalisa qu'elle était seule dans la pièce.

Elle se mit à pousser de petits cris de détresse.

La bouche grande ouverte, il lui semblait étouffer.

Pour s'être éveillée dans la certitude qu'une mauvaise action avait été commise à son encontre, avait-elle, durant la nuit, entendu quelque chose ou avait-elle fait de ces rêves qui coïncident exactement avec une réalité à venir ?

Elle sortit, traversa la cour en boitant si fort qu'elle manquait trébucher à chaque pas, se précipita dans la gargote où la femme buvait son premier café du matin.

— Il est parti, il m'a tout volé ! cria-t-elle.

Elle s'affala sur une chaise.

La femme la considérait d'un air froid, avisé, très lointainement apitoyé.

Elle finit son café avec une satisfaction un peu gâtée par l'irruption de Khady, fit claquer sa langue sur son palais puis, péniblement, se leva pour s'approcher de Khady, la prendre dans ses bras et, maladroite, la bercer en lui promettant qu'elle ne la laisserait pas tomber.

— Pas de risque, chuchota Khady, avec ce que je te rapporte.

Elle songeait dans un profond accablement que tout était à recommencer, que tout devrait être enduré de nouveau et davantage encore car sa chair était affreusement meurtrie, alors que la veille seulement elle avait calculé que deux ou trois mois de travail leur suffiraient, à elle et au garçon, pour continuer le voyage.

Le garçon, oh, elle l'avait déjà oublié.

Elle ne se rappellerait au bout de peu de temps ni son prénom ni son visage et le souvenir qu'elle garderait de cette trahison serait celui d'un coup du sort.

Quand elle repenserait à cette époque, elle arrondirait à une année le temps passé entre la gargote et la chambre rosâtre mais elle savait que cela avait probablement duré beaucoup plus et qu'elle s'était, elle aussi, ensablée dans la ville désertique, comme la plupart des hommes qui venaient la voir, qui erraient là depuis des années, ayant perdu le compte exact, venus de pays divers où leur famille devait les croire morts car ils n'osaient, honteux de leur situation, donner de leurs nouvelles, et dont le regard flottant, apathique passait sur toute chose sans paraître rien voir.

Il leur arrivait de rester allongés près de Khady, inertes et impénétrables, et ils semblaient alors avoir oublié pour quoi ils étaient venus ou le juger si dérisoire et exténuant qu'ils préféraient finalement demeurer ainsi, ni endormis ni véritablement vivants.

Mois après mois Khady maigrissait.

Elle avait de moins en moins de clients et passait une bonne partie de ses journées dans la pénombre de la gargote.

Et cependant son esprit était clair et vigilant et elle se sentait encore parfois inondée d'une joie chaude quand, seule dans la nuit, elle murmurait son nom et une fois de plus le trouvait en convenance exacte avec elle-même.

Mais elle maigrissait et s'affaiblissait et la blessure de son mollet tardait à guérir.

Il arriva pourtant un jour où son pécule lui parut suffisant pour qu'elle tentât de repartir.

Pour la première fois depuis des mois elle sortit dans la rue, claudiqua dans la fournaise, retrouva le parking d'où partaient les camions.

Elle revint chaque jour, obstinée, cherchant à comprendre avec qui elle devait se lier, parmi les hommes nombreux qui hantaient l'endroit, pour réussir à monter dans l'un des camions.

Et elle n'était plus surprise de l'écho âpre, combatif de sa propre voix dure et asexuée qui questionnait avec les quelques mots d'anglais qu'elle avait appris dans la gargote, non plus que ne la surprit le reflet, dans le rétroviseur d'un camion, du visage hâve, gris, surmonté d'une étoupe de cheveux roussâtres, du visage aux lèvres étrécies et à la peau desséchée qui se trouvait donc être le sien maintenant et qu'on n'aurait pu dire avec certitude, songea-t-elle, être celui d'une femme, et de son corps squelettique on n'aurait pu l'affirmer non plus et néanmoins elle restait Khady Demba, unique et nécessaire au bon ordonnancement des choses dans le monde bien qu'elle ressemblât maintenant de plus en plus à ces êtres égarés, faméliques, aux gestes lents qui vaguaient dans la ville, qu'elle leur ressemblât au point de songer : Entre eux et moi, quelle différence essentielle? après quoi elle riait intérieurement, ravie de s'être fait à elle-même une bonne plaisanterie, et se disait : C'est que je suis, moi, Khady Demba!

Non, plus rien ne la surprenait, plus rien ne l'effrayait, pas même cette immense fatigue qui l'assommait à toute heure, lui rendant d'un coup si lourds ses membres grêles qu'elle peinait à mettre un pied devant l'autre, à porter la nourriture à sa bouche.

À cela aussi elle s'était accoutumée.

Elle considérait maintenant cet épuisement comme la condition naturelle de son organisme.

Des semaines plus tard, cet état de grande faiblesse l'empêcherait de quitter la tente de plastique et de feuillage sous laquelle elle demeurait étendue, dans une forêt dont elle avait oublié le nom et dont les arbres lui étaient inconnus.

Elle ne savait pas depuis combien de temps elle était arrivée là ni comment il se pouvait que la lumière du soleil qui traversait difficilement le plastique bleu dévoile à son regard ses bras et ses jambes et ses pieds si lointains et si maigres alors qu'elle se sentait peser si massivement sur la terre, dans laquelle il lui semblait, dès qu'elle fermait les yeux, s'enfoncer sous l'effet de son poids.

Et elle, Khady Demba, qui n'avait honte de rien, mourait de honte à se voir ainsi, énorme, encombrante, inamovible.

Une main moite, à l'odeur puissante, lui soulevait la tête et tentait d'introduire quelque chose dans sa bouche.

Elle voulait s'en défendre car l'odeur de cette chose comme celle de la main la dégoûtaient, mais elle avait si peu de force que ses lèvres s'entrouvraient malgré elle et qu'elle laissait descendre jusque dans son ventre une sorte de pâte gluante et fade.

Elle avait tout le temps froid, d'un froid profond et terrible dont ne pouvait la soulager ni le tissu dont elle était couverte ni la chaleur des mains qui, parfois, la massaient.

Et alors qu'elle espérait trouver dans la terre qui s'ouvrait et se creusait sous la poussée de son corps gigantesque la chaleur qui, songeait-elle, aurait suffi à la remettre sur pied, elle ne rencontrait dès qu'elle fermait les yeux qu'un froid plus grand encore, contre lequel ne pouvait rien le soleil bleuâtre qui filtrait à travers le plastique ni même l'air humide, confiné, chaud sans doute, puisqu'elle se sentait transpirer abondamment, de la tente sous les arbres.

Oh, certes, elle avait froid et mal dans chaque parcelle de son corps, mais elle réfléchissait avec une telle intensité qu'elle pouvait oublier le froid et la douleur, de sorte que lorsqu'elle revoyait les visages de sa grand-mère et de son mari, deux êtres qui s'étaient montrés bons pour elle et l'avaient confortée dans l'idée que sa vie, sa personne n'avaient pas moins de sens ni de prix que les leurs, et qu'elle se demandait si l'enfant qu'elle avait tant souhaité d'avoir aurait pu l'empêcher de tomber dans une telle misère de situation, ce n'était là que pensées et non regrets car aussi bien elle ne déplorait pas son état présent, ne désirait à celui-ci substituer nul autre et se trouvait même d'une certaine façon ravie, non de souffrir mais de sa seule condition d'être humain traversant aussi bravement que possible des périls de toute nature.

Elle se rétablit.

Elle put s'asseoir, elle put boire et manger normalement.

Un homme et une femme qui semblaient vivre ensemble sous la tente lui donnaient un peu de pain ou de la bouillie de blé qu'ils faisaient cuire à l'extérieur, sur un feu de bois, dans une vieille casserole sans manche.

Khady se rappelait qu'elle avait voyagé à leurs côtés dans le camion.

Ils étaient tous deux taciturnes et Khady n'avait de langue en commun avec eux qu'un anglais dérisoire, mais elle finit par comprendre qu'ils essayaient depuis des années de passer en Europe où l'homme avait réussi à vivre quelque temps, autrefois, avant d'en être expulsé.

Chacun avait des enfants quelque part, qu'il n'avait pas vus depuis longtemps.

La tente faisait partie d'un vaste campement de cabanes ou de bâches soutenues par des pieux, et des hommes en haillons se déplaçaient entre les arbres, transportant des bidons ou des branchages.

Khady s'était aperçue qu'elle n'avait plus rien, ni ballot ni passeport ni argent.

L'homme et la femme passaient leurs journées à fabriquer des échelles, chacun la sienne, et Khady fut quelque temps à les observer et à comprendre la façon dont ils procédaient, puis elle se mit en quête de branches et travailla à son tour à construire une échelle, recherchant méthodiquement dans ses souvenirs celui du récit que lui avait fait un garçon sans prénom ni visage de son ascension manquée d'un grillage séparant l'Afrique de l'Europe et interrogeant de sa nouvelle voix brusque et rauque l'homme et la femme, et l'un ou l'autre lui répondait de quelques mots qu'elle ne connaissait pas toujours mais qui, reliés à ceux qu'elle avait appris ou sommairement traduits par un dessin dans la terre, finirent par représenter assez bien ce que le garçon lui avait expliqué, et ils lançaient vers elle des bouts de la ficelle qu'ils utilisaient pour fixer chaque barreau aux montants de l'échelle, avec réticence, contrariété, comme si, songeait Khady calmement, l'ayant dépouillée de toutes ses possessions ainsi qu'elle pensait qu'ils l'avaient fait, ils ne pouvaient se retenir de l'aider malgré le déplaisir qu'ils en éprouvaient.

Elle sortit de la forêt avec la femme, elles longèrent une route bitumée jusqu'aux portes d'une ville.

Elle boitait fortement et son mollet abîmé se voyait sous le bord de son vieux pagne.

Elles mendièrent dans les rues.

Khady tendit la main comme cette femme le faisait.

Des gens leur lancèrent dans une langue incompréhensible ce qui devait être des insultes et certains crachèrent à leurs pieds, d'autres leur donnèrent du pain.

Khady mordit dans le pain avec violence tant elle avait faim.

Ses mains tremblaient.

Elle laissa sur le pain des traces sanglantes, ses gencives saignaient.

Mais son cœur battait lentement, paisiblement et elle-même se sentait ainsi, lente, paisible, hors d'atteinte, à l'abri de son inaltérable humanité.

Peu après l'aube des cris, des aboiements, des bruits de course retentirent dans le camp.

Des militaires détruisaient les cabanes, arrachaient les bâches, dispersaient les pierres des foyers.

L'un d'eux s'empara de Khady, lui arracha son pagne.

Elle le vit hésiter et comprit qu'il était rebuté par l'aspect de son corps, par sa maigreur, par les taches noirâtres qui parsemaient sa peau.

Il la frappa au visage et la jeta à terre, la bouche plissée de colère, de dégoût.

Plus tard, beaucoup plus tard, des semaines et des mois peut-être, alors que chaque nuit devenait plus froide que la précédente et que le soleil semblait chaque jour plus bas et plus pâle dans la forêt, les hommes qui s'étaient proclamés ou avaient été désignés chefs du camp annoncèrent l'attaque du grillage pour le surlendemain.

Ils s'ébranlèrent à la nuit, des dizaines et des dizaines d'hommes et de femmes parmi lesquels Khady se sentait particulièrement ténue, presque impalpable, un souffle.

Elle portait comme les autres son échelle et celle-ci, quoique légère, lui paraissait plus lourde qu'elle-même, absurdement comme se font lourdes parfois les choses rêvées, et cependant elle avançait claudicante et non moins rapide que ses compagnons, sentant cogner son cœur énorme dans la minuscule cage d'os de sa poitrine fragile, brûlante.

Ils marchèrent longtemps, silencieux, à travers la forêt puis des terrains empierrés où Khady plusieurs fois tituba et tomba, et elle se releva et reprit sa place dans le groupe, elle qui se sentait n'être qu'un infime déplacement d'air, qu'une subtilité glaciale de l'atmosphère — elle avait si froid, elle était tout entière si froide.

Ils arrivèrent enfin dans une zone déserte éclairée de lumières blanches comme un éclat lunaire porté à incandescence, et Khady aperçut le grillage dont ils parlaient tous.

Et des chiens se mirent à gueuler comme ils progressaient toujours et des claquements rebondirent dans le ciel et Khady entendit : Ils tirent en l'air, énoncé d'une voix que l'anxiété rendait stridente, inégale, puis la même voix peut-être lança le cri convenu, une seule interjection, et tout le monde se mit à courir vers l'avant.

Elle courait aussi, la bouche ouverte mais incapable d'inspirer, les yeux fixes, la gorge bloquée, et déjà le grillage était là et elle y appuyait son échelle, et la voilà qui montait barreau après barreau jusqu'à ce que, le dernier degré atteint, elle agrippât le grillage.

Et elle pouvait entendre autour d'elle les balles claquer et des cris de douleur et d'effroi, ne sachant pas si elle criait également ou si c'était les martèlements du sang dans son crâne qui l'enveloppaient de cette plainte continue, et elle voulait monter encore et se rappelait qu'un garçon lui avait dit qu'il ne fallait jamais, jamais s'arrêter de monter avant d'avoir gagné le haut du grillage, mais les barbelés arrachaient la peau de ses mains et de ses pieds et elle pouvait maintenant s'entendre hurler et sentir le sang couler sur ses bras, ses épaules, se disant jamais s'arrêter de monter, jamais, répétant les mots sans plus les comprendre et puis abandonnant, lâchant prise, tombant en arrière avec douceur et pensant alors que le propre de Khady Demba, moins qu'un souffle, à peine un mouvement de l'air, était certainement de ne pas toucher terre, de flotter éternelle, inestimable, trop volatile pour s'écraser jamais, dans la clarté aveuglante et glaciale des projecteurs.

C'est moi, Khady Demba, songeait-elle encore à l'instant où son crâne heurta le sol et où, les yeux grands ouverts, elle voyait planer lentement par-dessus le grillage un oiseau aux longues ailes grises — c'est moi, Khady Demba, songea-t-elle dans l'éblouissement de cette révélation, sachant qu'elle était cet oiseau et que l'oiseau le savait.

contrepoint

Chaque fois qu'on donnait de l'argent à Lamine en échange de son travail, que ce fût dans l'arrière-cuisine du restaurant, Au Bec fin, où il lavait la vaisselle le soir, dans l'entrepôt où il déballait les marchandises d'un supermarché, sur un chantier, dans le métro, partout où il allait pour louer ses bras, chaque fois que les euros passaient de mains étrangères aux siennes il pensait à la fille, il l'implorait muettement de lui pardonner et de ne pas le poursuivre d'exécrations ou de songes empoisonnés. Dans la chambre qu'il partageait avec d'autres, il dormait sur son argent et rêvait de la fille. Elle le protégeait ou, au contraire, le vouait au pire. Et quand, à certaines heures ensoleillées, il levait son visage, l'offrait à la chaleur, il n'était pas rare qu'un demi-jour tombât soudain inexplicable, et alors il parlait à la fille et doucement lui racontait ce qu'il advenait de lui, il lui rendait grâce, un oiseau disparaissait au loin.

DU MÊME AUTEUR

Aux Éditions Gallimard

PUZZLE, trois pièces (avec Jean-Yves Cendrey), 2007
MON CŒUR À L'ÉTROIT, 2007 (Folio n° 4735)
TROIS FEMMES PUISSANTES, 2009 (Folio n° 5199)

Aux Éditions de Minuit

QUANT AU RICHE AVENIR, 1985
LA FEMME CHANGÉE EN BÛCHE, 1989
EN FAMILLE, 1991
UN TEMPS DE SAISON, 1994
LA SORCIÈRE, 1996
HILDA, 1999
ROSIE CARPE, 2001
PAPA DOIT MANGER, 2003
TOUS MES AMIS, 2004
LES SERPENTS, 2004

Chez d'autres éditeurs

COMÉDIE CLASSIQUE, *P.O.L*, 1987 (Folio n° 1934)
LA DIABLESSE ET SON ENFANT, *L'École des Loisirs,* 2000
LES PARADIS DE PRUNELLE, *Albin Michel jeunesse,* 2002
AUTOPORTRAIT EN VERT, *Mercure de France,* 2005 (Folio n° 4420)
LE SOUHAIT, *L'École des Loisirs,* 2005

Composition Dominique Guillaumin
Impression Maury
à Malesherbes, le 20 décembre 2010
Dépôt légal : décembre 2010
Numéro d'imprimeur : 160980
ISBN 978-2-07-044049-9/Imprimé en France.

178827